守命塔

轩胖儿

著

辽宁人民出版社

图书在版编目（CIP）数据

夺命塔 / 轩胖儿著．—沈阳：辽宁人民出版社，
2022.1

（暗夜悬疑小说系列）

ISBN 978-7-205-10298-2

Ⅰ．①夺… Ⅱ．①轩… Ⅲ．①长篇小说—中国—当代
Ⅳ．① I247.5

中国版本图书馆 CIP 数据核字（2021）第 197459 号

出版发行：辽宁人民出版社
　　　　地址：沈阳市和平区十一纬路 25 号　邮编：110003
　　　　电话：024-23284321（邮　购）　024-23284324（发行部）
　　　　传真：024-23284191（发行部）　024-23284304（办公室）
　　　　http://www.lnpph.com.cn
印　　刷：北京长宁印刷有限公司天津分公司
幅面尺寸：145mm×210mm
印　　张：8
字　　数：224 千字
出版时间：2022 年 1 月第 1 版
印刷时间：2022 年 1 月第 1 次印刷
责任编辑：赵维宁
封面设计：乐　翁
版式设计：一诺设计
责任校对：耿　珺
书　　号：ISBN 978-7-205-10298-2
定　　价：49.80 元

目录

第一章　法官之死

"A级通缉令"一案后，NY市公检法展开了一次大整顿，主要针对悬而未决的陈年旧案进行梳理，该建电子档案的建电子档案，该抓人的抓人。

很多悬案是因为当时的侦破手段比较落后导致的，现代的侦破手段多种多样，对破案起了非常大的作用。严打的风吹起来后，很多犯罪嫌疑人为了减轻刑罚，纷纷主动投案自首。一时间，NY市看守所和监狱人员爆满。

刘天昊洗脱了嫌疑，却因为逃跑时打伤了同事而受到行政警告处分。案子破了，没有庆功宴，没有嘉奖，给人留下的是对司法公正性、严肃性的思考。

王佳佳的专题报道引发了社会广大民众的关注，更多的吃瓜群众则是不分青红皂白地指责当年的办案民警和审判法官，却疏忽了真正的凶手罗爱凤和刘大龙，疏忽了案件发生的根本原因。

法院并未因为舆论而仓促判决，在经历了数次的取证、审讯、讨论，确认罗爱凤是真凶后，最终判决陆某某无罪。随后检察院和法院启动了对陆某某的民事赔偿，可惜的是，陆家已没了后人，这笔钱最终只能放在法院的账户上永远冻结。

王佳佳的笔墨并未放在大笔的赔偿款上，而是把陆某某的成长经历作为重点来写。

如果陆某某没有身陷冤案，如果陆云波的母亲是名正常的女性，如果陆云波没有遭受他人的歧视……但现实没有那么多"如果"。

……

韩孟丹和虞乘风离开后，房间中只剩下刘天昊和阿哲两人。

"那次你救我是齐队的意思还是你自己的意思？"刘天昊问道。

阿哲笑了笑，并未直接回答问题："齐队是齐队，我是我。"

刘天昊点了点头，诚心诚意地说道："明白了，谢谢。"

刘天昊和齐维的约定没有第三人知道，破案期间，他的身份依然是通缉犯，当时刘天昊一直琢磨着案子，对阿哲挺身相救的事儿没细想。阿哲身为警察，帮助通缉犯潜逃是知法犯法，对于他来说是件极为冒险的事儿。

"我多多少少和我叔学了一些旁门左道，我算出你是我的贵人，所以才救你，其实就是为了博取你的好感。"阿哲的话很直接，却并不让人感到反感。

刘天昊呵呵一笑："我对你的印象一直很好，要不是齐维不放你走，我早就把你调过来了。"

"别别，我好不容易说服齐队，要向他学习五年，把他的破案手法学来，唉……不过现在四年过去了，我还是摸不透他的套路。"阿哲笑着说道。

齐维破案不走寻常路是整个公安系统人尽皆知的，这也导致他总是功过参半的原因。

刘天昊点点头，没再说什么，他知道阿哲没说实话，那次阿哲帮他一定有其他的原因，只是阿哲不说，他永远都不会知道。齐维不按套路出牌，阿哲深藏不露，这一对儿组合可不简单。

"去看看刘叔吧，我感觉他这次受的打击比较大。反正你身体也没好利索，休息几天再上班吧。"阿哲转身离开。

刘天昊看着阿哲的背影心中感叹着。

人一生可以有很多朋友，有一小部分是真朋友，他们不在乎权力、金钱、名望，更多的是信任和真友谊，在人最困难的时候会主动伸出手来帮忙，就算帮不上忙也会安慰几句。

齐维、虞乘风、韩孟丹、赵清雅、慕容霜、王佳佳、阿哲等人属于真朋友，他们是法律的维护者，却冒着危险帮助刘天昊，原因就是他们信任他，信任他的人品。

这份信任绝对不是金钱能买来的！

另一类朋友占大多数，是人在巅峰时期结交下的，这类朋友无非冲着权势和钱财，很少会有感情投入，一旦人离开了权力位置或者没了钱财，朋友就会一哄而散，生怕跑得慢了被人粘上。

法官李克建是名优秀的法官，做事认真、精通业务，恪尽职守，从不徇私枉法，敢于对权贵说不。工作干得好，得罪的人自然少不了，用行业内部的话说，他能在庭长的位置上平稳退休实属不易。

但老李的一句话说得好，一身正气，走到哪儿，歪门邪道都得靠边，从来没怕过任何事儿、任何人。在办完陆某某奸杀案的翻案程序后，他和下任庭长做了交接，正式开始退休生活。

退下来之后，他就像一列急速飞驰的火车突然没了动力，又像一记重拳打在棉花上，没有任何着力点。生活节奏一下子慢了下来，身体开始发福，原本一头黑发很快变成了花白，在称呼上，也由人人敬重的李庭长变成了平易近人的邻居老李。

老李的妻子叫丁秀文，比他大三岁，是名退休的教师，和其他的女性一样，每天必做的一件事儿就是跳广场舞。她还要拽着老李一起去跳，老李毕竟是当过领导的，摆不下面子，索性在家里养养花、弄弄草、弄点高雅一些的爱好。

老李的爱好之一是写毛笔字，按照专业来看，他的书法并不怎么样，只是他在位时很多人求他办事，就以求书法为借口用钱购买他的字，时间久了，他就真的以为自己的字写得不错。

退休之后，他有了大块时间，每天都会写几幅字。不过，那些原本笑脸求字的人再也不肯上门，于是老李就写字到处送人，令他失望的是，就算送人也没人肯收，这时他才知道自己的字为什么能卖钱了。

他还有一个喜好，就是做木工活儿，有时候他还自诩为木匠皇帝朱由校，他曾经的作品被很多"木工爱好者"竞相收藏，收藏的理由和收藏他的字画完全一致。

他弄了些木匠工具，在自家的半地下室置办了个木匠作坊，时不时地做出一些木制品来。

这天晚上8点左右，跳舞跳了一身汗的丁秀文从广场回家，开门后却没看到老李，也没听见半地下室电锯咆哮的声音，她喊了两声，老李没有像往常一样回应，她皱着眉头看了看门口的鞋，老李常穿的运动鞋还在，他不可能出门。

老李的家是一跃二的三百多平方米跃层，开发商还赠送了一个半地下室和一个三百多平方米的院子，虽说是洋房，却和别墅没什么分别。奇怪的是，所有房间的灯都亮着，这也不符合老李的作风。他一向节俭，向来都是人走关灯，不可能把全家里弄得灯火通明。

"老李！"丁秀文在一楼转了一圈，没发现老李，又上了二楼书房。

老李的腰不太好，做木匠活儿累了就去二楼书房练习书法，老李妻子到了二楼后，发现书房中没人，毛笔头儿的墨水还没干，铺平的宣纸上写了两个半字。

老李做事一向有头有尾，要是写字，一定会把字写完，任何事都不会打扰到他，现在却写了两个半字就放下了毛笔，到底发生了什么事让他改变了行为方式？

老李妻子心中升起一种不好的预感，她慌慌张张地下了楼，小跑着奔向半地下室，如果老李没离开房间，就只能在半地下室！

奇怪的是，整个房子灯火通明，只有半地下室是漆黑一片。

她顺着墙摸到了开关，打开后发现灯并未亮起来，又摸着找到墙上的电闸开关摸了摸，是电闸跳闸了。

地下室的装修是普通的家装，电路是按照家装规格做的，老李经常用一些大功率的电气设备，跳闸是常态化的事儿。

当她把开关推上去，整个地下室全部亮了起来，电锯声响了起来，但也只是响了一下便停止。

"这个老李，马马虎虎的，弄跳闸了都不知道恢复，也不知道在鼓捣什么。"她唠叨着推开一扇门，里面是一些工具和一张单人床，有时候老李玩累了又不想上楼，就在这儿休息一会儿，但此时床上空空的。

当她推开另外一个房间的时候，她突然呆住了，随后是一声撕心裂肺的号叫："老李！"

第二章　不该出现的木雕

法官李克建死亡的消息很快传到市政法委书记杨国峰的耳朵里，他几乎从椅子上蹦起来，愤怒地攥紧拳头，脸上的表情极其复杂，有愤怒、有惊讶，还有一丝难以捕捉的慌乱。

他的心情是极其沉重的，作为一名公检法的资深人员，很清楚这个职业所带来的危险。要履职尽责、维护法纪，就免不了要得罪人。想要不得罪人，只能当老好人，和稀泥、打太极。

在位时，有官方背景的光环，很少有人来寻衅滋事。卸任后，没了身份和背景的支撑，很多别有用心的人可能会找上门来算旧账。

公安局长钱建国的心情也是无比沉重，他理解杨书记为什么会愤怒，一个一生都致力于维护法纪的法官，退休后却惨死于家中，如果不能给予一个交代，怕是会引发政法体系内的动荡。

过了好一阵，杨国峰才松开拳头，把大手按在桌子上，脸色凝重地看向钱建国，问道："老李是怎么死的？"

从钱局亲自到他办公室汇报来看，老李的死绝不是一次意外。

"被电锯割断了喉咙。"钱局说道。

李克建喜欢木匠活儿这件事儿行业内都知道，他购买的设备好多都是从德国进口的高档货，花了大价钱，他干活儿又一向小心谨慎，严格遵守安全操作规程，就算有意外，被割伤手指、被锯末子崩伤了眼睛倒还说得过去，要说被电锯割断了脖子绝不会有人相信。

"还有吗？"杨国峰知道钱局的做事风格，如果没有结果，他绝不会轻易地站到顶头上司面前。

"电锯设置有保护功能，可以分辨出木头和人体的不同，能够在割伤人体之前作出反应，迅速收起电锯并立刻断电，从理论来讲，绝不会割伤人。"钱局说道。

他的声音虽说不大，却像惊雷一般震撼着对方。

电锯的保护功能主要是为了防止木工割伤手指，甄别系统可以分辨出人体和木料的不同，反应速度在 0.05 秒左右，一旦系统感知到手指接近锯齿时，会立刻收起电锯并断电，想割破皮肤都很难，更别说割断喉咙。

就算没有这个功能，李克建也不可能把脖子凑到电锯上！

"是老李家嫂子丁秀文先发现的，尸体趴在电锯台上，伤口恰好切断了气管和大动脉，如果是老李不小心摔倒碰到了电锯，尸体要么滑落到电锯台下，要么被电锯继续卷进，最终导致头颅和身体分离，不可能这么恰好！"钱局说道。

"哪有那么恰好的事儿！"杨国峰眼神有些迷离地念叨着，过了一阵后，才把目光转到钱局身上："谁在查这件案子？"

"刘天昊。"钱局回道。

"哦。"杨国峰应了一声，他这一声应答显得有些敷衍。

"PD 市有件棘手的案子，齐维借调过去了。老李的这件案子，刘天昊是最合适的人选。"钱局说道。

"不是还有忠义呢吗？"杨国峰并未让步。

钱局托了托眼镜："忠义和老李关系密切，如果让他查案，怕是会带着情绪，他自己主动提出回避此案。"

"老李的案子疑点比较多，再加上他身为公检法人员，身份比较特殊，一旦处理不好，很可能会造成不良影响。我不是担心刘天昊的能力，而是他的政治敏感性，你我都是体制内的老人了，知道什么事该做，什么事不该做，刘天昊却不同……"

　　钱局打断了杨书记的话："我明白，这是他的缺点，也是优点。不过您放心，有忠义和乘风、孟丹三个人看着他，应该不会出格！"

　　杨国峰的眉头逐渐舒展了一些，转身走到窗户前，背着手望向车水马龙的城市："建国，一个国家、一座城市、一个单位，它们都像一部永不休息的机器一样，人只是其中的一个很微小的零部件，少了一个，就换上去一个，永远不会因为少了一个人而停歇。无论人多有天分，都并非不可取代。"

　　钱建国若有所思地点了点头。

　　杨国峰转身看向钱建国："建国，咱俩配合多少年了？"

　　钱建国略加思索后苦笑一声："三十多年了吧，记不太清楚了，从PD市，我是干警，您是刑侦科科长，咱们就一起共事，后来又一起来到了NY市。"

　　杨国峰没再说话，转过身去继续望着窗外的城市，轻轻地叹了一口气。

　　……

　　"死者六十一岁，男性，颈部大动脉和气管遭到电锯锯片切割，死因是失血性休克，身体其他部位无明显外伤，眼睑下和指甲、嘴唇无紫绀现象，口腔内干净，无粥样物，目测，死者的下颌咬合肌、脖颈、上肢发生尸僵现象，根据尸僵程度和尸体温度推断，死者死亡时间大约是一小时前，也就是今晚二十点前后，更确切的时间还需要解剖后才能确定。"韩孟丹说道。

房间很大，一进入房间就闻到一股浓浓的木料香气，除此之外还有很浓的血腥味道。房间的周边摆放着一些设备，有刨床、车床、电锯、镂铣机、抛光机、钻孔机、电脑雕刻机等，还有几台说不出名字的机器，中间放着一张巨大的不锈钢桌台，上面放着很多手动的机械设备和木料。

靠近门口有一面展示柜格，里面放着各种各样的木工作品。

可能是由于职业的原因，桌台上的手动工具摆放得非常整齐。大型器械中，除了正在使用的电锯之外，其他设备都处于停电状态，机械擦拭得干干净净。

李克建的尸体放平在地上，他的表情很平静，双眼微微闭上，皮肤苍白，像是长时间在水中浸泡过的肉类一般，在全白色的 LED 灯照射下显得更加诡异，身上的衣物已被鲜血浸染，变成了刺眼的暗红色，他的手上拿着一块形状规则的木头。

脖子上的伤口只有喉咙正面的一道，位于喉结下方的位置，伤口边缘模糊，大量的血块聚集在伤口周围。

电锯台上和附近的地面、墙面上喷溅着大量的鲜血，锯齿和附近的台面上散落着大量的碎肉，电锯锯片已缩回到台面以下，电锯电源的 LED 指示灯亮着。

"据死者家属说，她是在下午五点半离开家去广场跳舞的，八点左右回家，发现死者的时间是八点五分，八点七分报的警。这个品牌的电锯我在网上查了一下，是德国原装进口的，以最为安全的保护机制著称，能在人手碰到锯片的 0.05 秒内做出反应，从理论来讲，不太可能割伤人体。"虞乘风说道。

刘天昊蹲在电锯下方观察着电锯片。电锯片的锯齿上满是血迹，鲜血顺着锯片流到了电机上，又流到地面。

"房间中没有搏斗过的痕迹，指纹只有死者和家属两个人的，未发现第三者的指纹和鞋印，窗户都是锁着的，入宅大门采用的是最高等级的防盗锁，我让小钟看过，在没有钥匙的情况下，这种锁头至少要十分钟时间才能打开。据死者家属陈述，大门钥匙只有他们夫妻和女儿才有，女儿在德国留学前把钥匙放在家里，所以，如果这是一起谋杀案，那就是最难破解的密室杀人案。"虞乘风介绍道。

自打"画魔"一案后，开锁匠小钟的名气已经在 NY 市传播开了，很多人慕名而来进行挑战，这其中还包括一些知名的锁厂，但无一例外的是，所有人都铩羽而归，如果小钟说这把锁头没什么把握打开，那就真的是很难打开。

这就意味着出事的时候，现场只有死者一个人，如果不是意外就是自杀！

李克建退休后的生活比较丰富，家庭生活平稳，未见其有轻生的倾向，没有自杀的可能性。所有的信息都预示着这只是一起意外，只是因为死者身份比较特殊，加上事故太过巧合，这才引起警方的怀疑。

虞乘风的话让刘天昊想起了《鬼瞳》中的案子，嫌疑人利用概率让工地发生了多起意外事故。很多案子看起来是巧合、是意外，但细查之下破绽百出。

"我感觉死者的姿态有些不对劲儿，但现在还说不好为什么。"韩孟丹说道。

"还有吗？"刘天昊并未深究，走到尸体前仔细查看着。

"钱局很重视这件案子，咱们接手前已经有兄弟查过死者的社会关系了。他离职前判的最后一件案子就是陆某某奸杀案的翻案，也就是'A级通缉令'的案子，证据确凿，没有争议。之前审判过的案子都是比较寻常的案件，也没有极具争议的案件，据死者的同事和上级讲，他为官清廉，向来都是依法办事儿。另外，根据死者家属丁秀文陈述，死者退休后的生活很清闲，没有任何人上门来找过麻烦。"虞乘风说道。

钱局既然让刘天昊查这件案子，又在案发第一时间查死者的社会关系，就代表着钱局预感到这件案子不是普通的意外。

意外、自杀又或是他杀？

按照警察办案的程序，遇到案子后，首先要定位案件性质。如果是意外事故或是自杀，由属地派出所来处理，只有定性为刑事案件，才会由刑警大队接手。

"咦，这个是什么？"刘天昊注意到死者手上拿着的木块，看起来应该是某个木质模型的一部分，从木质和漆层来看，应该有些年份了，绝不是死者正在制作的木工作品。

死者的手紧紧地抓住木块，韩孟丹试图把木块拿下来，却并未成功："有点奇怪！"

"嗯？"

"按理说，就算产生了尸僵，也不可能握得这么紧啊！"韩孟丹说道。

刘天昊发现木块外露的部分还有一些刻画的奇怪符号，符号看起来好像和汉字有些相似，却无法辨认出是什么字。

"这些符号很古怪。"刘天昊指着那些木块上的符号说道。

虞乘风也凑了过来，看了一眼后摇摇头，用手机拍了照片，并百度了一阵，最终把手一摊，表示查不出这种符号代表什么。

"孟丹认得这些符号吗？"刘天昊问道。

韩孟丹摇了摇头。

"文媛应该能认识，稍等一下！"虞乘风立刻把照片发给姚文媛。

姚文媛的父母是老一辈的知识分子，对中国古文字乃至世界古文字的识别都有着很深的造诣。她从小受到父母的熏陶，喜欢研究稀奇古怪的文字，但只是作为爱好，在实际生活和工作中并没有任何意义。

过了一阵，虞乘风手机叮咚一响，他看了一眼后立刻说道："文媛说这可能是夜郎古国的文字，单纯看一部分字符无法断定其意思，需要看到全文才行。"

虞乘风指了指死者手上的木块。韩孟丹微微摇了摇头，意思是说绝对不能掰断死者手指，在没得到家属同意的情况下损坏尸体，弄不好就会挨一个处分，也是对死者的大不敬。

刘天昊干咳了一声，虞乘风立刻会意，到一旁查看电锯上的血迹和肉沫。

韩孟丹一直盯着刘天昊，眼神充满着质疑，直到他有些发毛："孟丹，你总盯着我干啥，快点取证吧，完事儿了咱们好回去交差。"

韩孟丹正要出言反击，虞乘风却喊了一声："孟丹，你过来看看这里。"

韩孟丹白了刘天昊一眼，转身向电锯台走去："有什么发现吗？"

虞乘风指着锯齿附近的一处血迹说道："我觉得这处血迹有些不正常。"

韩孟丹没理会虞乘风，回头看了看正蹲在尸体前查看的刘天昊，发现他并未硬掰死者的手指，这才看向血迹。她最初以为这是虞乘风和刘天昊之间的把戏，目的是吸引她的注意力，刘天昊好趁机会把那块木块硬生生地取出来，却没想到这滴血还真有问题。

电锯台上的血迹是死者脖子被锯断后喷溅出来的，呈纺锤形散落，只有这滴血是滴状血液，而且在颜色上和喷溅出来的血液也有所不同，死者喷溅出来的是动脉血，颜色鲜红，而这滴血的暗红色程度很高，应该是静脉血。

韩孟丹"咦"了一声，又仔细地查看现场所有的血迹，也只发现了这一处有滴状血迹，正当她疑惑的时候，刘天昊轻咳了两声，说道："这是件非常精美的工艺品，但好像只是其中一部分。"

韩孟丹和虞乘风立刻把目光聚集到刘天昊身上，只见他举起手上的木质雕刻，放在灯下仔细地看着，木质雕刻物形状规整、做工细致，绝非凡品！

虞乘风给所有的符号拍了照片，给姚文媛发了过去。

韩孟丹走了过来，责怪地瞪了刘天昊一眼："你怎么这么鲁莽？"

刘天昊摊了摊手："我是用巧劲儿从死者手上取下来的，并未破坏遗体，不信你可以去看看。"

韩孟丹哼了一声，正要去检查死者遗体，却听见虞乘风说道："文媛回信儿了，她说这可能是一个宝塔的底座，上面的符号翻译出来后有两部分内容，一部分是'不分黑白的灵魂安于此'，另一部分是一段咒语，大约意思是'打开塔基之人必将受到断头之难'！"

第三章　扶弟魔

钱局能坐上局长的位置，定有其独到之处，做官坐得稳最重要的就是谨慎，宁可无功，但求无过。

从目前的线索来看，死者李克建手里拿着的是一座宝塔模型的塔基部分，上面刻着两段文字，有佛教的教义，还有一段看起来像是诅咒。

这些线索在钱建国看来，完全是无稽之谈，远不如尸检报告、现场调查来得实际一些。

刘天昊向钱局汇报工作，自然不敢多提起佛教教义和诅咒的事儿，只是象征性地提了两句。

钱局听完了刘天昊的汇报后并未立刻表态，他拿出一根烟，放在嘴上含着，手上的打火机却迟迟未点燃。这件案子是政法委杨书记亲自督办的，但他的态度摇摆不定，并未对此案有明确的表态。从目前的线索和证据来看，此案可以按照意外来结案，这样就可以把风险降到最低。但万一死者李克建真是被人害死，不但枉死了一条人命，还让凶手逍遥法外，这自然不是钱局想看到的结果。

"尸检出结果了吗？"钱局过了好久才问道。

"还没有，孟丹和小慧正在加班加点做，可能是有些不好确定的疑点，需要详细验证，这才没出报告。"刘天昊解释道。

"什么奇怪的地方？"钱局托了托眼镜。

"孟丹的做事风格您也知道，她做尸检时是不允许别人打扰的。只是这次尸检的时间比以往长了很多，好奇之下，我才去问的小慧。小慧说好像是血液里有些数据异常，需要反复试验才能测算出来。"刘天昊无奈地说道。

钱局把头撇向一边叹了一口气。

韩忠义和韩孟丹兄妹俩虽说是不同的职业，但性格、行为方式如出一辙，韩忠义在断案时，从不让别人指手画脚，哪怕是上级领导也不行！

对于一件案件的定性，尸检结果可能会起到关键性作用，在没出结果之前，任何结论都有可能是伪结论。

"你的意见呢？"钱局把皮球又踢给了刘天昊。

刘天昊知道钱局这句话的分量，一旦确定这件案子属于刑事案件，就必须要拿出真凭实据，而且这一定又是一起极难破解的谜案。

刘天昊从一沓照片中抽出一张放在钱局面前，照片是死者李克建整个人扑在电锯台上的情景："我第一次勘查现场时发现电锯台处于通电状态，电锯缩到台面以下。我询问了报案人李克建的妻子丁秀文，她说在发现老李的异状后，她没敢再动电锯和老李，立刻打电话报警和120急救电话。在孟丹和小慧把尸体送回法医解剖室后，我再次勘查现场，尝试了使用电锯，发现电锯恢复了正常功能，我尝试用手指接近电锯片，电锯片立刻缩了回去，我委托技术科检查了整个电锯台，保护装置是好用的。"

钱局是老侦察员，自然明白刘天昊的话代表着什么。

"死者双手双脚并未有捆绑过的痕迹，身体外表无任何外伤，在现场时，孟丹也觉得有些奇怪，事后，我们三人进行分析得出结论，脖子这么重要的位置受到电锯切割，死者还能保持如此平静的状态，这并不寻常！"刘天昊又说道。

人的痛觉神经是为了保护人体的，当遇到疼痛后会立刻做出反应来躲避危险。尤其像脖子这样重要的位置，一旦遭遇到剧烈疼痛，人会下意识地进行自我保护。就算有人捏着死者的脖子硬生生地用机器切断，死者也会极力挣扎，受伤的必定还有双手和胳膊。

"深度昏迷？"钱局反应了过来。

"我认为有这种可能。也就是说，凶手先是设法弄晕了死者，然后把死者安放在电锯台上，切断了整个房间的电源，凶手又关闭了整个房间的电源，一切安顿好后，清理了现场后才离开。"刘天昊说道。

"你的意思是凶手并未立刻杀死死者？"

刘天昊点点头，说道："等死者家属回家后，发现整个房子都亮着灯，唯独地下室黑着，就来到地下室找老李。老李平时经常使用大功率的车床、刨床、电锯等，电源开关时不时地会跳闸，这一点家属丁秀文也知道。她进入地下室，尝试打开电灯，电灯并未亮，判断可能是电源跳闸，把跳闸的总开关推上去恢复了供电。此时电锯立刻转动起来，几乎在一瞬间切断了老李的脖子，电锯感应系统发现有异常，立刻启动应急机制，收回电锯。"

"不是说电锯的反应时间只有 0.05 秒吗？"

"技术科正在对电锯进行鉴定。"

"照你这样说，丁秀文……"

刘天昊没敢应答，又拿出一张照片放在钱局面前。照片是电锯台的照片，上面喷溅着很多血迹，在死者口鼻处有一滴血迹呈现滴状："现场疑点很多，不能排除丁秀文作案的可能，另外，疑点还有这滴血。"

钱局拿起照片仔细地看着。

"现场所有的血迹都是呈现喷溅状，只有这滴血不一样，是滴落在台面上的，孟丹在对尸体初检过程中并未发现死者身上有外伤，也就是说，这滴血不属于死者。"刘天昊解释道。

"这滴血的化验结果出来了吗？"钱局问道。

刘天昊摇了摇头："正在做 DNA 对比！"

"证据，不管怎么样，还是得有证据才行。"钱局凝重地说道。

刘天昊偷偷地瞄了一眼钱局，见他眉头紧锁，一脸凝重。这件案子是钱局亲自委派给他的，刑警的介入就意味着这是一起刑事案件，至少钱局是这样认定的，但看他现在的状态，却又在极力质疑这件案子的性质。

钱局究竟是想办这件案子还是不想办？

刘天昊有些蒙，只好停住话头儿。

虞乘风是老刑警，自然明白刘天昊的困惑和钱局的疑虑，于是打破沉默："钱局，死者的社会关系我已经查过了。在李法官的职业生涯里，所办理的案件442起，由于比较谨慎，有争议的案件几乎没有。纠葛比较深的反而是他的家人，夫人丁秀文和小舅子丁志亮。"

"具体说说。"钱局说道。

虞乘风清了清嗓子，开始娓娓道来。

……

法官李克建的妻子叫丁秀文，是名退休的高中物理教师，精通日、英、德三门语言，她的父母和爷爷奶奶都是教师，算是教师世家、书香门第，一家人斯斯文文、本本分分。她的弟弟丁志亮从小受到父母的溺宠，成了典型的二世祖。好在丁家在教育系统还算有人脉，帮他弄了一个小学体育老师的编制。

丁志亮在社会上混惯了，哪受得了体制的束缚。刚开始进入学校时，凭着新鲜劲儿还好些，时间久了，开始漏课、请病假不上班，偶尔还骚扰漂亮的年轻女老师。学校在三番五次的诚勉谈话后，仍不见他悔改，只得硬着头皮把他开除。

丁志亮志比天高，开除了反而省去了他的一块心病，开始和几个社会上的朋友经商。

他们所谓的经商实际上是投机行为，利用人脉找到一些商机，做上下游之间的对接，美其名曰叫中间商，拿的钱叫居间费。

现代是一个信息共享的年代，人类通过互联网很容易获取相应的信息，而靠信息不对等赚钱的中间商生存的空间已经小得可怜。

丁志亮和伙伴们没啥真本事，做了几单生意后，人脉亦很快散去，公司成了空壳，但公司的日常消耗依然持续着，没几年的工夫，三辈人积攒的家底被他消耗殆尽，还欠了一大笔外债。

丁志亮的父母为了给丁志亮还债，不但卖了房子，甚至连每月的退休工资都要补贴给他，两位老人连气带急，得了病相继离开人世。

老李性格比较内向，喜欢清静，除了工作关系之外，很少与人交往，对于场面上的吃吃喝喝一向抱着拒绝的态度，从事法官生涯三十多年，朋友有，但来往并不密切，尤其是对妻子的这个弟弟了解颇深，丁志亮没本事，为人比较浮躁，严重以自我为中心，加上做事没有底线，令他更加抱着疏远的态度。

随着丁志亮生意的失败，债权人纷纷找上门讨债，最终还把他告上了法庭，原本事不关己的事情便和身为法官的老李有了关联。

丁志亮为了躲债，厚着脸皮赖在姐姐家。目的之一，是靠着老李法官的身份可以"镇住"很多要债的高利贷大哥；二是他想让老李帮忙，从法律角度解决问题。

老李明知道丁志亮躲在他家是为了寻求保护，却碍着妻子的面子无法戳破，但对于帮忙的事儿，他果断拒绝，并劝说丁志亮抓紧时间把债务还清。

丁志亮见姐夫不帮忙，便死皮赖脸地央求姐姐丁秀文。

自打父母去世之后，丁秀文成为丁志亮唯一的亲人。丁秀文算是明事理的人，但依然无法改变"扶弟魔"的人设，架不住丁志亮的苦苦哀求，开始劝老李出手帮忙，先帮小忙解决眼前的，然后再想办法永久解决问题。

人类社会是由人组成的，有人就有人情在。老李再怎么坚持原则，毕竟心是肉长的，更架不住枕边风。

但无论如何，欠债还钱天经地义，就算李克建想帮忙，也只能帮小忙，在合理的时间内拖延一下，解决超出合法利息的那部分高利贷，但该还的钱还是要还。

老李的帮忙不但没帮丁志亮解决问题，反而令两人的关系僵化到极致。

　　丁志亮仗着姐夫是法官，把"赖"字发挥到了极致，不但原本欠的钱不给，还不断以老李的名义向这些人再借钱，借钱的理由是要打一个翻身仗，要建立一个千亿级别的商业王国。

　　姐姐丁秀文被弟弟画的大饼蒙蔽了双眼，见弟弟有理想、有抱负，自然要鼎力支持，不但出面帮助他去找人借钱、贷款，还把所有的存款都借给弟弟做翻身的资本，但她知道老李一直看不上弟弟，借这么多钱他肯定不同意，所以这件事是在瞒着他的情况下做的。

　　老李做了一辈子法官，政绩不敢说，但看人还是非常准的。丁志亮的理想只是空想，缺少吃苦耐劳的精神，又没有专业技术做支撑，所谓的事业都是空谈，是建立在纸上的海市蜃楼。

　　用丁志亮的话说，只要有了钱，一切都会成为现实，所以在他的事业里，烧钱成为唯一的努力，由于钱来得比较容易，花起来也不心疼。

　　丁志亮还有一个致命的缺点，三分钟热血。在创业初期，他往往干劲儿十足，一旦遇到困难坎坷，他的热情就会立刻打散，随后他会编排无数个客观理由停止创业。

　　老李看得准，认准了丁志亮失败的根源是性格。

　　正所谓江山易改本性难移，老李从来不妄图改变任何人，包括他自己，所以他从不看好这位志向满满的小舅子。

　　纸包不住火。

　　当老李知道一辈子的积蓄都借给了不着调的小舅子之后，甚至给丁志亮的贷款做担保等行为，从未发过火的他大发雷霆，和丁秀文大吵一架，还动了手，要不是顾忌身份和女儿的感受，估计两人能立刻到民政局办理离婚手续。

吵架归吵架，老李知道这钱很难再从丁志亮手里要回来，索性让丁志亮打一个欠条。

引发剧烈冲突的正是这张欠条。

在丁志亮眼里，从姐姐手上借钱凭的是感情，打欠条那是一件极其不信任又伤感情的事儿，打欠条这件事儿他绝对接受不了。

老李的固执超出了丁家姐弟俩的预料，在一次讨要借条无果的情况下，双方终于动了手。令人意外的是，年轻的丁志亮居然不是老李的对手，被活生生地打进了医院。

老李并未因为丁志亮住院就放过他，他一纸诉讼告上法院，身为法官，自然知道如何能赢得官司，并最终能够执行下去。

丁志亮名下的车和财产被冻结，由于老赖的原因被限制出行，上了黑名单。更可怕的是，丁志亮的债主知道他和老李闹翻后，便纷纷找上门，有的还雇用了讨债公司，用人身安全来威胁他。

丁志亮看起来人高马大、咋咋呼呼，实际上胆小如鼠，动起真格的来尿得很！每次被追债的人打得鼻青脸肿后，都要跑到丁秀文这里告状，状告的对象自然是姐夫老李：老李见死不救，还拆他的台，导致他成了过街老鼠，人人喊打。

丁秀文心疼弟弟，因此和老李闹翻了脸，虽然还生活在一个屋檐下，却面和心不和。

老李为了保证财产安全，把名下的两套房产都更名到自己名下，工资卡也从丁秀文手上拿了回来。两人的矛盾日益激化，几乎达到了不死不休的地步。

好在李克建和丁秀文是有身份和地位的人，极爱面子，所居住的小区里不是学校的熟人就是公检法的熟人，两人对外还得保持以往的相敬如宾。

......

"丁志亮欠了死者一大笔钱，又由于李克建的缘故被列为不诚信人，被高利贷追债，名声和事业完全没了希望，有报复杀人的可能。丁秀文因为帮助弟弟做事业，把所有积蓄都给了丁志亮，还给丁志亮的各种贷款、借款做担保，李克建对应的行为是把房产和工资卡都收了回来，和丁秀文之间的矛盾极深，一旦两人离婚，有过错的丁秀文定会被净身出户，所以她也有杀人动机，而且有充足的作案条件。"虞乘风说道。

虞乘风是从查案者的角度看的这个问题，单从逻辑上可以说得通。

刘天昊并未发表任何意见，大脑在不停运转思考。丁志亮一向不学无术，更没有严密的逻辑思维和反侦查能力，就算有杀人的想法，也不会弄出这么复杂的案子。从案发现场来看，凶手思维逻辑严谨，事后又做了反侦查工作，丁志亮并不符合凶手特征。

反观丁秀文，物理教师出身，对电路和常规的物理知识了如指掌，又熟悉李克建的习惯和家中的一切，如果是她作案，事后根本不用做任何反侦查清理，因为她本就在其中！

"丁秀文调查过了吗？"钱局问道。

"从进入案发现场时，我就怀疑过丁秀文，她有作案动机和作案条件，现在只差作案时间，所以我们准备针对她进行求证工作。"刘天昊说道。

钱局点了点头："丁秀文退休前是省级的优秀教师，多次被教育部领导接见，在教育界很有影响力，家庭背景极深，在调查时，一定要慎重。"

"明白！"虞乘风和刘天昊异口同声地答着。

"丁志亮呢？"钱局问道。

"他欠了很多债，躲起来了，我已经安排人去找他，出境管理处、机场、铁路都已经查过了，没发现他离开 NY 市。"虞乘风话音未落，手机便响了起来，他看了一眼，随后按下通话键。

打电话来的是机场派出所的一名民警："风哥，你要查的丁志亮正准备离境，目的地是比利时。"

按照目前的分析，丁志亮有杀害李克建的动机和条件。而比利时和中国并无引渡协议，一旦丁志亮离开中国，今后的抓捕就成了大难题。

刘天昊和虞乘风几乎同一时间看向钱局。

钱局略加思索后说道："先把人带回来。"

刘天昊和虞乘风立正敬礼，转身向外走去。

"提醒你一句，关于诅咒的事儿，千万别让你那个记者朋友乱报道，否则，后果不堪设想！"

第四章　第一嫌疑人

伪装是人类最原始的能力之一，这是人类还在原始时代时就具备的能力，目的是为了保护自我，并获得生存和发展的机会。有人擅长使用各种手段伪装自己，伪装成君子、淑女，伪装成圣人、智者，最有技术含量却没有代价的伪装手段非"语言"莫属。

在没见到刘天昊和虞乘风之前，丁志亮的态度非常嚣张，当着机场派出所民警的面把省、市的在职领导，公安系统的在职领导挨个数了个遍，所有人和他都非常熟，任何事儿在他这儿都算不上事儿。升职、立功受奖、调动工作等事儿在他嘴里就没有办不成的，用天花乱坠、口若悬河都无法形容丁志亮的状态。

他的相貌算不上优秀，至少还能看得过去，可惜的是，两条眉毛呈现很明显的"八"字，加上无论看谁都是斜仰着脸，给人非常轻浮的感觉。

因为没有任何证据表明他是犯罪嫌疑人，机场民警只能无奈地听着，忍受对方的傲慢和无理，但原则只有一条，决不会放他离开！

丁志亮处于严重的自我催眠状态，他甚至真的相信他一个电话就能把省部级领导叫来，以至于越说越激动，尤其是看到飞机起飞后，他几乎疯狂地吼叫着，要不是看到两名警察魁梧的身材和随时会动用的警具，怕是会立刻动手，他甚至数次提出要求看民警的警官证和警员编号，并用手机把警官证和编号拍下来，意思是说"你敢耽误我的行程就让你失去工作"。

当丁志亮看到赶来的刘天昊和虞乘风凝重而质疑的眼神后，他猛地打个激灵，瞬间从自我催眠状态恢复到了欠一屁股债务的状态。

"我怀疑你和一起谋杀案有关。"

刘天昊的声音让丁志亮的表情凝固，甚至忘记呼吸，憋了半天才脱口而出一句骂人的话，可锃亮的手铐又让他软了下来。

"那个，警官，你有拘捕令吗？"丁志亮又恢复了一些底气。

刘天昊无奈地笑了，丁志亮也跟着笑了起来。

虞乘风面无表情地给不太配合的丁志亮戴上手铐："你是看港片和好莱坞电影看多了！"

丁志亮是个见软欺见硬怕的主儿，在刘天昊的强压政策下，审讯进行得非常顺利，不等详细询问，他就像竹筒倒豆子一般陈述起来，但内容无一例外都是关于借钱和还钱的事儿，涉及的都是民事案件，绝口不提谋杀案。

丁志亮讲得口干舌燥，见刘天昊两人依然不急不慌，他心里着急了，试探着问道："刚才你们说的那件什么谋杀和我有关系吗？"

"李克建死了。"虞乘风这才慢悠悠地说道。

犯罪分子大多都很狡猾，尤其是杀人犯，一旦认罪，所面临的就是死刑，所以会百般抵赖。警察在审讯时要讲究方法和套路，不能一味地硬性审讯，否则，遭到犯罪嫌疑人的抵抗心理，会对破案有诸多不利。

虞乘风和刘天昊不急不慌这就是心理战，等丁志亮的耐性达到极限后，再审讯就容易多了。

丁志亮一惊，倒吸了一口凉气，说道："我姐夫死了，这不可能，他身体硬实着呢，估计能把我熬死！"愣了一阵后，他又摇了摇头，嘻嘻一笑："准是他托你们找我要钱的。"

他眼神中满是揶揄之色，对着两人撇了撇嘴角，一副看穿别人后扬扬得意的样子。

虞乘风冷哼一声，把笔重重地拍在桌子上，冷眼瞪着他。

丁志亮一咂嘴，并未理会虞乘风的态度："我姐夫就这点不好，一点小钱总是放在心上，要尽了各种手段管我要，还把刑警弄来吓唬我，我告诉你俩，省公安厅的李副……"

也许是丁志亮的态度让刘天昊恼火，也许是这件案子本身的棘手让他有些浮躁，他突然觉得心头一股怒火冲了上来，猛地一拍桌子："我也告诉你，要不是刑事案件和你有关，我并不想看到你这张臭脸，还有，别总拿你认识领导说事儿，犯了杀人罪，认识谁都得枪毙！"

丁志亮被刘天昊的突然爆发吓呆了，咽了口吐沫后，把目光移向虞乘风求助。

虞乘风起身，拍了拍刘天昊的后背，又拿出一张照片放在审讯椅上。照片是李克建尸体在解剖床上的照片，脖子上清晰可见的伤口已经去掉了血迹，看起来有些发白。

丁志亮这才意识到李克建的死是真的，眼珠子滴溜溜转了几圈后才定住，望向怒气未消的刘天昊："警官，我是欠他的钱，但也不至于杀他吧……哦，我明白了，你们以为我杀了他就可以不用还钱了，对不对？"

刘天昊并未回应，只是脸上的肌肉抖了抖表示不屑一顾。

丁志亮急得一脸汗："他那点钱真的算不了什么，我欠别人的更多呢，要杀，我也得杀得过来呀，更何况他是我姐夫，我还得看我姐的面子不是。"

丁志亮看两人并未说话，眼神摆动之下再次说道："他可能是自杀。"

"为什么？"刘天昊问道。

"你想啊，我贷了很多很多款，都是我姐给我做担保，那些债务绝不是老百姓能还得起的，那些高利贷找不到我，肯定去找我姐和姐夫，我姐还好，我姐夫一辈子当官，正气凛然惯了，都是人求他，他哪受得了那帮人的气！还有，我把他一辈子攒下的钱都祸害了，他怕是也受不了！"丁志亮苦着脸说道。

刘天昊盯着丁志亮好半天不说话。丁志亮被房间内的安静压抑得非常难受，苦着脸说道："我该说的都说了，有啥问题你们就问呗，反正我没杀人，我自己心里有数！"

"好，那就先问你一个问题，为什么要出国？"虞乘风问道。

"躲债呀，我姐夫逼我要钱还好，毕竟是文明人，手段有限，无非是打电话骂我一顿，数落几句，到法院告我，强制执行，列入不诚信人名单罢了。那些融资公司可狠着呢，天天派人来找我麻烦，好多要债的都是坐过牢的，动不动就耍狠，要我胳膊要我腿的，在家门口喷油漆、堵锁眼、泼大粪，啥恶心事儿都干，也不知道他们是不是会真动手，我害怕呀，国内根本没地方躲，只能躲到国外，一了百了。至于我姐和姐夫那儿，毕竟他曾经是官方的人，融资公司不敢对他们怎么样吧！"丁志亮说道。

虞乘风扬了扬下颌，示意他继续说下去。

"金融公司吧，说穿了就是高利贷，只不过包装了个公司的名字，骨子里还是那帮人……"

"说你和李克建的事儿！"虞乘风说道。

"啊……和他之间就这些，没啥好说的，真不知道他为啥会这样，他……其实除了抠点之外，人还挺好的。"丁志亮说到这儿，眼睛里出现了一点潮气。

人心都是肉长的，李克建毕竟是他姐夫，说没感情那是假的。

"好演技，要不是提前做足了功课，还真被你骗了。"虞乘风白了他一眼，又问道："昨天傍晚六点左右，你在哪儿？"

丁志亮反应很快，立刻说道："睡觉。"

"在哪？"

"在我租的房子里。"

"一直在睡觉？"虞乘风的眼神里已经有些揶揄的味道。

丁志亮下意识地抬起手挠脸，却被手铐限制住，只得说道："是啊，反正我也没事儿做，不睡觉干吗。"

虞乘风和刘天昊对视一眼，拿出手机，给他放出了两段录像。

第一段录像的时间显示是昨天的十七点四十二分，画面不是很清晰，但还是能分辨出录像中的人就是丁志亮，他翻过墙头进入小区，墙下方停了一排汽车，他下来的时候是踩着一辆车的后备厢盖下来的，可能是后备厢盖很滑，下来时还差点摔倒。

第二段录像的时间是十八点零八分，依然是这个位置，丁志亮从同样的位置踩着汽车后备厢跳墙离去，与之前录像不同的是，他手上多了一个黑色的手提包。

丁志亮脸色猛地一变，慌乱地看了一眼刘天昊和虞乘风，又低下头去。

"小区这个位置正好是监控录像的死角，幸运的是，正好有位业主为了防止车辆被人损害安装了监控，你踩的正是他家的车。由于有两分钟的时间误差，所以你进入小区的时间是十七点四十分，离开的时间是十八点零六分，你怎么解释？"虞乘风问道。

"那个人肯定不是我，我在家里睡觉啊。"丁志亮眉心使劲儿地向上挑着，两个眼眉的八字更严重了，典型的一个小痞子模样。

刘天昊看到丁志亮的嘴脸后，眼神中再次充满煞气，双手青筋暴起，看样子是准备再次发难。他心里也有些奇怪，按说他经历了诸多磨难，已经变得成熟稳重，却不知为何，这段时间心就是静不下来，怒火也是说来就来！本来定好的策略是熬丁志亮说实话，可脾气上来了后，又打破了定好的策略。

"你肯定到过死者的家。"韩孟丹的声音及时地制止了准备暴怒的刘天昊，随着推门声，她穿着白大褂走了进来，把一沓报告放在刘天昊面前。

刘天昊立刻拿起报告翻看了一遍，脸上的怒气慢慢消散，取而代之的是一股强大不可破的自信。

"在发现死者的电锯台上的那滴血是你的。"刘天昊把报告慢慢举起。

丁志亮虽说看不清报告上的小字儿，心里却清楚得很，豆大的汗珠从额头上冒出来，磕磕巴巴地说道："是我的，的确是我的，这事儿……

唉……不知道该怎么说好。"

说到这儿，他把脸撇到一边，紧紧地闭着双眼。

"该咋说咋说！"韩孟丹性子更直，最烦说话磨叽的人。

"好吧，我说，但你们一定要替我保密，尤其是我姐！"

要是放在几分钟前，刘天昊一定是一句："你现在是什么身份，还敢和我讲条件！"现在他却并不着急，慢悠悠地说道："好，你说吧！"

丁志亮点点头，苦着脸说道："我想临走时弄点钱，要不，到了比利时也是生活不下去。借钱肯定是借不到了，偷我又不会，只能到姐姐家弄点。"

丁志亮的声音越来越小，尤其是说到姐姐的时候，他的声音比蚊子哼哼声几乎大不到哪去，显然是内心有愧。

他姐姐丁秀文对他不薄，在他最落魄的时候倾尽家产帮他，甚至冒着风险给他做贷款担保，想不到的是，他居然在临走时又到姐姐家顺了一把，这事儿要是让姐姐知道，心一定凉透了！丁志亮再无赖，也不愿意让姐姐瞧不起。

"光是偷东西？"虞乘风哼了一声。

丁志亮不但准备外逃，还在死者遇害前进入过死者家，甚至还有一滴血留在死者的电锯台上，这些证据无论放在谁身上都是百口莫辩。

"我真的只是去偷……拿钱的，电锯台上那滴血都是我好奇才弄伤的。"丁志亮把手一翻，在食指侧面的皮肤上可以看到有一道微小的伤口，他的脸上尽是懊悔之意，却不是因为懊悔偷盗，而是不应该那么好奇，否则也不会留下这么多证据。

韩孟丹三人的脸上写满了不相信。

丁志亮暗中咒骂了一句。从目前警方所掌握的线索和证据，都足以表明他就是杀人凶手，无论他认不认罪，最终都会被送上刑场。

此刻，他终于知道了事态的严重性，收起无赖的做派，苦着脸向韩孟丹投去求助的目光。在他的意识中，韩孟丹身为女性，肯定比刘天昊和虞乘风容易产生同情心，可他不知道，三人中，虞乘风诚实本分，理性大于感性。韩孟丹是法医，只认证据，她的一条理念就是：只有死人才不说假话。看起来最凶、态度最尖锐的刘天昊才是同情心最重的那个人！

韩孟丹白了他一眼，鼻子里哼了一声，敲了敲桌子上的报告："还有什么好说的，证据确凿。"

"我没杀人！"丁志亮几乎怒吼着。

刘天昊看得出来，丁志亮这句怒吼是源于心底的愤怒，很可能他真的是冤枉的。

"既然你没杀人，那就把你进入李克建家的细节说出来。"刘天昊不急不缓地说道。

丁志亮急喘了几口气，平复了一下心情，说道："我姐和姐夫都是公务员，吃的是单位食堂，在饮食方面非常规律，退休之后，他们依然保持着这些习惯。下午五点肯定要吃饭，大约十七点十五吃完。每天一到傍晚五点半，我姐就会到广场和一群老头老太太跳广场舞。我姐夫饭后一般都在书房看半小时的书，退休前他看的都是一些《领导艺术》之类的，退休后除了养生就是讲哲理的书，这件事儿雷打不动。他的书房装修时做了隔音，外面有什么动静都听不到。我就是利用了这段时间去她家拿些东西。"

丁志亮特意把"拿"字说得很重，他的意思是：拿自己家的东西算不上偷吧！

"据我们调查，你没有她家的钥匙，你是怎么进去的？"韩孟丹问道。

丁志亮叹了一口气："是从电锯房隔壁房间的窗户进去的，我姐夫经常在里面干木匠活儿，刷油漆什么的，味道很重，所以装修时特意多留了几扇窗户，我上次去的时候，特意把窗户关上，但并没锁上，还弄了一条鱼线拴在窗户把手上，等我出去后，从外面拉动鱼线，就会重新把窗户锁上，如果不是特别注意，是看不出来的。"

俗话说得好，日防夜防家贼难防。让刘天昊等人意想不到的是，在李克建案中最难的一个环节——密室，也被丁志亮的几句话轻易地破解了。

"你从外面拉动鱼线锁上窗户后，那根鱼线还在吗？"刘天昊问道。

丁志亮略加思索后回道："按照我的设计，关上窗户后，鱼线是能抽出来的，我直接带走就完事儿了。但想不到的是，窗户和窗框之间的胶条太紧，鱼线虽然从把手上拉了下来，却拉不出来，我担心我姐夫很快会到地下室电锯房来，所以就没管鱼线的事儿，反正下次他一开窗户，鱼线就会掉下来，也没人会在乎一根透明的鱼线吧！"

刘天昊和虞乘风对视一眼，虞乘风微微摇了摇头，意思是在勘查现场时并未发现那根鱼线，随后他走出审讯室，打电话安排在现场值守的民警再次勘查窗外的位置，看是否能找到鱼线。

"能解释一下电锯台的那滴鲜血吗？"刘天昊问道。

丁志亮满脸后悔的表情："这事儿纯属我手欠。"

第五章　白眼狼

老李很注重家庭的经营，会定期举办家庭聚会。他在位的时候还好，只要他召集，很多亲戚都会来捧场，谈论的话题自然是围绕着身为庭长的老李，大多数和案子取证判决有关，每次老李都能借着酒劲儿讲上几个小时，有新鲜的案子，也有重复讲的陈年旧案，但无一例外，只要老李讲到精彩处，众亲戚便是一阵掌声和随之而来的敬酒。

老李退休后，权力没了，朋友们很难再相聚，他以为亲戚就是亲戚，不会在乎他的职位。现实却狠狠地扇了他一记耳光，除了岳父岳母和小舅子之外，其他亲戚找了各种各样的理由委婉拒绝。

丁秀文倒是无所谓，老李却变得很失落。聚会时谈论的话题也由各式各样的案子变成了退休后的业余爱好，书法、木工制作等，尤其是买了德国高级电锯后，每次聚会他都会讲德国高级电锯的好处。

偶尔一次，大伙儿还图个新鲜，听得津津有味。讲多了，自然会招人烦。丁志亮为了挤对老李，总是表现得不屑一顾，实际上心里对这个高级电锯还是产生了些兴趣。这次他偷东西时，恰好经过放电锯的地下室门口，听到里面有动静，就悄悄地走到门口向里面偷看。

按照他对李克建的了解，此时的李克建应该在书房看书，不可能在地下室摆弄电锯。

房间里并无他人，但电锯在低速工作着。

丁志亮心里有些纳闷。李克建做事一板一眼，离开房间肯定关灯，更不可能忘记关闭电锯。他把偷的东西放在门外，摄手摄脚地走进工具间，的确未发现任何人，看到转动着的电锯，他想起老李显摆电锯的话——电锯有最先进的保护机制，绝不会割破手指。

也不知道是哪根筋不对劲儿，丁志亮鬼迷心窍地把手指慢慢地伸向电锯，令他想不到的是，电锯虽说缩了回去，但还是慢了一些，疼痛让他立刻缩回了手，他甩了甩手，咒骂了两句，急忙用嘴吮吸着伤口。

"什么狗屁玩意。"丁志亮骂了一句，随后转身离开了电锯房。

……

李克建是法官出身，生活习惯一向严谨，更趋近于完美主义者，临离开房间时总会关闭电器和电灯。另外，丁志亮来姐姐家是为了盗窃财物，不可能为了好奇心主动打开电锯发出声音。

"你进入地下室时，电锯正在低速转动？"刘天昊语气中有些兴奋。

如果丁志亮不是凶手，这就意味着凶手原本在调试电锯，为杀害李克建做准备，而丁志亮的到来，让凶手不得不停了下来，直到丁志亮离开后，他这才继续所谋之事。

丁志亮点点头："电锯发出的声音很小，要不是我耳朵灵，肯定听不见的。"

"房间里的灯亮着吗？"

"亮着，我以为是我姐夫在里面。"

"你不怕被你姐夫发现吗？"

丁志亮咧了咧嘴："就是怕被他发现，所以才向电锯房里面看。因为我跳窗户的位置就在隔壁房间，要是我姐夫在电锯房里面干活儿，隔壁房间要是有动静，肯定能听到。"

虞乘风走进审讯室，把手机递给刘天昊看。

微信上是值守民警的回复：风哥，仔细勘查所有窗户外的地面，并未发现鱼线类物件，但发现窗户上的胶条有鱼线摩擦过的痕迹。

"离开你姐姐家时，你清扫现场了吗？比如擦除脚印、指纹等。"刘天昊又是一问。

丁志亮先是愣了一下，随后摇摇头，非常自信地说道："刘警官你想太多了，我去我姐家又不是第一次，而且只是拿了点东西，清扫啥现场啊。"

在勘查现场时，地下室除了丁秀文的脚印外，没有李克建、丁志亮等人的脚印，这说明一定有人清理过现场，把所有人的脚印都清理掉了，直到丁秀文跳舞回来进入电锯房，这才留下了唯一的脚印。

这条线索再次验证了刘天昊的推理是正确的：凶手应该是在丁志亮之前进入电锯房，在电锯台保护装置上动了手脚，受到丁志亮干扰后停了下来，等丁志亮离开后，把昏迷的李克建放在电锯台上，拉下电锯房的电闸，再从窗户逃离，利用丁志亮留下的鱼线把窗户关上，抽出鱼线，形成密室，等丁秀文回来后，一旦开启电闸，电锯就会把李克建杀死！

"你盗窃财物用了多长时间？"虞乘风问道，没等丁志亮回答，他又问道："换个问法，你在他家一共待了多久？"

丁志亮没有立刻回答，掐着手指算着，随后才把目光移向虞乘风："十五分钟左右吧，我是确认我姐到了广场后才跳墙进小区的，拿完东西我就离开了。"

"说具体点。"虞乘风喝道。

丁志亮撇了撇嘴，不情愿地说道："我姐夫傍晚六点左右会从书房出来，如果没有意外的话，他会上个厕所，然后去地下室玩车床、电锯什么的。我从窗户钻出去后正好听见书房方向的厕所冲水的声音，我知道我姐夫应该出来了，所以就急忙离开了。"

按照丁志亮的陈述和监控录像推断，丁志亮十七点四十分进入小区，进入死者家大约在十七点四十五分，用了十五分钟偷东西，期间还好奇地测试了电锯，离开死者家的时间大约是十八点，十八点零六分从围墙离开小区。按照案发现场的线索推断，李克建死亡之前可能处于深度昏迷状态，在厕所冲水的就不可能是李克建，而是凶手！

"整个过程你看到李克建了吗，他本人？"刘天昊问道。

"啊……没有，我只是听到了冲厕所的声音，除了他还能有谁？"丁志亮说道，话音刚落，他就反应过来："你的意思是上厕所的可能是凶手？"

凶手的目的就是为了让丁志亮听到厕所冲水声，以便吓跑他。

"问什么答什么，别忘了你的身份！"虞乘风一拍桌子，吓了丁志亮一跳。

"我没见到他本人！"丁志亮连忙回答着。

"说说丁秀文和李克建之间的关系！"刘天昊问道。

丁志亮眨巴了两下眼睛，有些不解地问道："我姐和我姐夫啊，有啥好说的。"

虞乘风用笔敲了敲桌子。

丁志亮立刻会意，急忙清了清嗓子："他俩挺好的，就是为了我的事儿闹得很厉害。"

"说具体点！"虞乘风一拍桌子。

"不就是我姐把她家的钱都借给我了嘛，那些钱是他俩省吃俭用攒的工资，原本是等着我外甥女……就是他俩的女儿回国后结婚之类用的，另外我姐夫的父母还在，身体也不好，经常住院，费用也是我姐夫出。我姐把这笔钱借给我之后，姐夫大发雷霆，让我姐向我要钱，我姐不肯，他就把我姐打了，还扬言要杀死我们姐弟俩，要不是有邻居劝阻，估计真能把我姐杀了。"丁志亮说到这儿脸上露出一丝惊恐，显然是心有余悸。

"后来呢？"

"我投资失败了，也没钱还他。我听我姐说，他俩白天看着特和谐，是模范夫妻，一到了晚上，两人肯定又吵又打。我姐不是帮我做贷款担保了嘛，日后债主可能会找我姐要钱，所以我姐夫把名下的房产、车、投资的债券、股票什么的，都弄到他名下了。威胁我姐，说要是拿不回我欠的那笔钱，就让她净身出户。我姐夫干了一辈子法官，这点能力他还是有的。"丁志亮说道。

"这些事儿都是你姐和你说的？"虞乘风问道。

丁志亮点点头，脸上显出愧疚之色："我爹我妈没了，她只能和我说，这事儿不也是因为我而起的嘛。"

"她还说过什么吗？"虞乘风继续问道。

丁志亮眼珠一转："我知道你的意思，你是怀疑我姐杀了我姐夫。"

正在记录的虞乘风抬起头，眼神中带着凌厉盯向丁志亮。

丁志亮急忙做投降状，说道："就是这些，她也埋怨我，说本来好好的家庭，弄成这样子，弄不好她晚年啥都没有了。"

刘天昊说道："说具体点，什么是啥都没有了？"

丁志亮叹了一口气："我姐夫要和她离婚，房子啥的都不归她，孩子肯定也不会理解她的行为，就剩下点可怜的退休工资，一个人孤苦伶仃的，可不就啥都没有了嘛！"

虞乘风和刘天昊对视一眼，又看向丁志亮。

丁志亮也明白了问题的落脚点是什么，急忙辩解道："我姐夫肯定不是我姐杀的。"

"你为什么敢说肯定不是？"刘天昊逼问道。

丁志亮支吾了一阵："我姐她……"

审讯室突然安静了下来，刘天昊和虞乘风盯着丁志亮，而丁志亮盯着手上的手铐，仿佛陷入了沉思中，他突然觉得这个问题不太好回答，而且，他又想到了另外一种可能，这种可能他从未想过，对他来说，他想到的真相太可怕了！

"赃物是怎么处理的？"刘天昊见丁志亮眼珠左右摆动，知道他的情绪不稳，索性换了一个话题。

"卖了！"丁志亮看起来有些有气无力，不愿意多说一个字。

在丁志亮说话时，刘天昊一直用质疑的眼神盯着他，没想到的是，丁志亮的眼神不但没有退缩，反而与刘天昊对视起来。

丁志亮准备逃到国外躲债，临走前到姐姐家顺点财物，就算被姐夫发现，也可以随便找个理由搪塞过去，没必要将李克建杀死。另外，丁秀文很快就会回家，一旦发现李克建被害，就会立刻报警，按照社会关系进行排查，很快会查到他，他就不可能离境出国。一个准备要逃到国外的人，节外生枝的可能性不大。

但他在死者死亡前出现在现场，还留下了一滴血迹，具备了作案时间和作案条件。

刘天昊想到这里，把一张A4纸和笔放在审讯椅上："都拿了什么东西以及卖给谁了都要写清楚。"随后冲着虞乘风说道："乘风，去查查那些赃物的去处，再去现场查看一下放这些财物的抽屉和柜子的指纹。"

审讯的收获虽然不大，但至少破解了密室杀人之谜。

刘天昊知道从丁志亮身上不会再有收获，给韩孟丹使了个眼色准备离开。他走到丁志亮身前，拍了拍他的肩膀："听我一句，能帮你洗脱嫌疑的只有你自己，再想想，要是有什么遗漏的，及时告诉虞警官。"

"我能说的都说了，还要怎么样！"丁志亮冲着离去的刘天昊嘟囔了一句。

虞乘风用手指点了点审讯椅上的纸和笔。

丁志亮不情愿地拿起笔，歪着脑袋边想边写。

刘天昊和韩孟丹刚出门，便看见法医助手小慧走了过来："丹姐，刚才媛姐来找刘队了，说有了一些发现，劳驾二位移驾技术科吧。"

小慧俏皮地做了一个请的姿势，露出的古怪精灵的笑容让人不愉快的情绪瞬间清空。

……

令人意外的是，技术科画室除了姚文媛在之外，钱局也在，还有一名看起来非常精神的中年男性，他比钱局要年轻一些，从面相来看，和姚文媛有很多相似之处，刘天昊一下便猜到这位便是姚文媛的父亲。

"小刘，我来介绍一下，这位是我国著名的考古专家姚一平，是文媛的父亲，也是我的高中同学。"钱局介绍道。

姚一平看起来比较年轻，满头的黑发加上挺拔的身体，在大街上遇到，会被以为是四十岁左右的壮年人。

刘天昊内心一番感慨，为什么钱局的同学不是专家就是领导，要么就是大企业的老总，就没个平凡人吗？

一番寒暄后，姚一平开门见山地说道："小媛给我看的那些文字我详细核查过了，上面的文字是古夜郎国的文字，制品的制作工艺也和中原地区有很大区别，也应该出自夜郎国。"

姚文媛把一张画着宝塔的纸递给刘天昊："这是我根据工艺制品还原出的全貌，应该是一座宝塔模型。"

姚文媛画的宝塔看起来古色古香，颇有年代感，在她的笔下，居然还能隐隐看出 3D 的既视感。

"我是根据乘风发给我的照片和父亲的猜测画出来的，可能会有些差异，你就当作参考吧！"姚文媛说道。

"塔本来不是中国的产物，而是源自印度，是随着佛教的传播来到中国的，原本是高僧的坟墓，因为受到中国文化的影响，结合中国建筑方式演变成具有中国特色的宝塔建筑，因为和佛教相关，所以人们往往给宝塔赋予了降妖除魔的能力。"姚一平解释道。

在人们的意识里，宝塔往往是镇妖用的，比如在神话里最著名的雷峰塔，是用来镇压妖物的，白娘子就被镇压在雷峰塔下二十年。

塔实则是高僧们的坟墓，和中国中原地区的文化相结合，演变成中原塔的形式，和藏区的文化相融合，就是藏塔，和夜郎国的文化相结合，就是夜郎国风格的宝塔。

"'不分黑白的灵魂安于此'这句话嘛……文媛，你来解释下。"姚一平像是考校后辈般地向姚文媛示意。

姚文媛立刻答道："佛教三毒分别是贪、嗔、痴，痴的意思就是不分黑白、不辨好坏。"

人先天本无性，是后天沾染了三毒，即贪、嗔、痴，至此，人便沦入苦海，受世间疾苦，不得解脱。

贪，执着于内心喜好的外物，对顺境起贪爱，非得到不可。否则，心不甘，情不愿。贪欲的表现是由渴望到追求，由追求到占有，占有欲再继续增长、扩大。

嗔，即嗔恨。执着于内心厌恶的外相，对逆境生嗔恨，没称心如意就发脾气，不理智，意气用事。因为种种不如意，表达出来的忿、恨、覆、恼、嫉、害就是对嗔恨形态的概括。

痴，即愚痴。是引发贪、嗔的根源，不明事理、是非不明、黑白不辨、善恶不分、颠倒妄取、起诸邪行，是三毒中最重的一种，也是最难克服的一种。

钱局和刘天昊不熟悉佛家教义，自然不懂更深层次的意思，但大约还是能明白表面之意，塔座上的这句夜郎古文字要是放在普通人身上还好些，放在李克建身上却有着不同的意义。

李克建的身份是法官，要是冠上了不分黑白的名儿，怕是毁了一生的名誉。

"把这句话刻在塔基的原因很明显，制作宝塔的工匠在告诫世人，要是黑白不分就会造成基础不牢，最终宝塔也会坍塌，也寓意着我们的世界观会崩塌。"姚一平说道。

钱局听后脸上一怔，暗自叹了一口气，把脸撇向窗外，避开众人的目光。钱局的反应让刘天昊有些不适应，在他的印象中，钱局的形象是儒雅又不失磊落。但转念一想，法官李克建也好，钱局也罢，谁又没有个小秘密呢。

"老师，那句诅咒呢？"小慧问道。

姚一平一笑，说道："打开塔基之人必将受到断头之难，结合夜郎国的统治阶级组成，这句话就有意思多了。"

小慧一听来了精神，她平时就喜欢研究古文明，对亚特兰蒂斯文明、玛雅文明等充满好奇，中国地域内也充满了这样神秘的文明古国，例如夜郎国、古蜀国、大宛国、龟兹古国等。

"夜郎国的统治阶级由君、臣、师、匠组成。君是君主，按照规矩发号施令，师即祭司，观天象、制定律法、建立规矩等，记载历史事件和君的言行。臣即武将，按照君主的旨意管理国家的行政和领兵征战。匠类似于文官，主要管理经济事务，领导生产、建设等。"姚一平说道。

"祭司肯定会法术喽！"小慧听得有些兴奋。

姚文嫒暗中碰了一下小慧，示意她不要兴奋过头。小慧看了看周围一圈人严肃的脸，顽皮地吐了吐舌头。

"祭祀的分工也很细致，其中有一类祭祀就是小慧所说的大祭司，他们号称能看破阴阳，能施展法术，擅长推演生息之术，诅咒之术属于禁术，哪怕是大祭司，也不会轻易使用。当年佛教源于印度，一路向东扩张，最终来到了夜郎国，夜郎国国王并不相信佛教，却依然以礼相待。其中有一名大祭司对佛教却极为抗拒，对佛门弟子百般刁难，据说佛门弟子留下了一座宝塔模型后就离开了夜郎古国，并告知国王，能让夜郎国君臣及民众去往极乐世界的秘密就藏在塔中。"姚一平从姚文媛手中接过那幅画，向众人展示着。

"可惜的是，佛教对大祭司的权力产生了威胁，大祭司自然不愿意让国王打开这座塔，所以就在塔身上对应刻下了三段咒语，第一段就刻在塔基上，'打开塔基之人必将受到断头之难'，国王看到大祭司下了如此歹毒的诅咒，便不再提起打开宝塔的事儿了。"姚一平说道。

"原来是这样啊，太精彩了！"小慧还是没忍住，趁着姚一平停顿的工夫夸了起来。

姚一平只是一笑，说道："我也是道听途说的，没深究过，真假不知。"

"按照大祭司的人设，那名和尚定是被他送去了极乐世界，而不是安然离开！"刘天昊说道。

姚一平点点头，说："刘队说得很有道理，因为佛教传教自夜郎国而止，直到很多很多年后，佛教才逐渐向东传去。按照大祭司的人设和处境，他是绝不可能放和尚平安离开的。"

钱局托了托眼镜，轻咳了一声。

姚一平连忙说道："抱歉抱歉，有卖弄知识的嫌疑了。夜郎国的故事我也只是知道一个大概，更详细的，就需要你们去探索了。"

"虽说死者李克建并未断头，但喉咙被电锯割断，也算是应了诅咒之说，太恐怖了！不分黑白就是头脑不好用，所以对应的就是断头。"小慧忍不住感慨道。

钱局听得眉头一皱。韩孟丹立刻向小慧使眼色，防止她再爆出惊人语录。

姚一平把宝塔底座的证物袋拿在手，说道："对了钱局，从外观来看，这个底座不像是做旧的，但是不是夜郎国时期的物品，还需要做碳-14年代测定法，我需要带回实验室才行。"

钱局收回望向窗外的目光，点了点头："回头我让物证科的同志办好手续后给你送过去。"

房间中突然静下来，谁也没有再说话。

李克建从大学毕业后，就在法院工作，用他的话说，两袖清风不敢说，但至少做到了公正公平，从未因为个人感情和财物贿赂等有失公允，至于因个人能力问题办错了案子，那是另当别论。

对于这样一个人，居然被扣上了"黑白不分"的帽子，还因此而丧命，这的确令人震惊。更何况，塔中所刻的另一句诅咒还应验了。

案子原本只是一起凶杀案，现在借着一件古物，和年代久远的夜郎国发生了联系，又涉及幽冥之事，的确让人有些头痛。

过了好一阵，小慧觉得房间内的氛围有些压抑，便轻咳了两声，提醒着众人。姚一平这才打破沉默："老钱，我先回去了，单位还有些事儿。"

"爸爸，我送您。"姚文媛说完和姚一平向外走去。

"我去法医室还有些收尾的工作要做。"小慧怯怯地偷看了一眼神色凝重的钱局，匆匆转身离开。

"小刘，这件案子你有把握吗？"钱局一脸凝重地看向刘天昊。

刘天昊一听这话，就知道钱局话里有话。

刘天昊和韩孟丹对视一眼，向钱局点点头："钱局，虽说这件案子还无法定性为他杀，但其中的疑点很多，如果不让我查下去，我怕是坐立不安。"

钱局点点头，说道："好，那就查下去，但记住，无论任何情况，都要保护好自己，保护好同志们，你的路还长着呢。"

钱局的话有些沉重，让刘天昊一时间不知道如何应答，直到钱局离开，他才长长地喘出一口气。

人生的路很长，也有很多未知，没人知道今后将会如何，认准方向、做好当下才是最重要的。

……

虞乘风的效率很高，不到两个小时，他就把涉案的赃物都找了回来，又去了老李家勘查了一番，发现丁志亮所偷的东西都来自同一个抽屉，抽屉的钥匙就放在下方的一个暗格里，在钥匙上检测到了丁志亮的指纹。

当丁秀文看到放在茶几上的财物时，眼睛瞪得大大的，一幅完全不相信的模样，但财物的确是她的，大部分是她积攒下来的金银首饰等。

丁志亮是典型的白眼狼，姐姐丁秀文全力以赴帮他，连出国的飞机票都是她透支信用卡买的，没想到他在临出国之前还来偷她的首饰。

"没错，这些都是我的。"丁秀文有气无力地说道，随后长长地叹了一口气，又接着说道，"不过，杀害老李的绝不是志亮，他是我从小看到大的，没那么大的胆子。"

刘天昊和虞乘风并未作出任何表示。目前来看，丁志亮盗窃这件事儿可以确定，但还不能排除他杀人的可能性。按照丁志亮对姐姐家熟悉的情况来看，偷走抽屉里的金银首饰需要的时间很短，绝不会超过三分钟，那么他还有十多分钟的时间，这么长的时间足够安排好一切。

换而言之，在没有新线索之前，丁志亮依然是第一嫌疑人，而眼前的丁秀文亦在嫌疑人之列！

第六章　竹塔

"A级通缉令"一案中，慕容霜和刘明阳因帮助刘天昊相识，对彼此的能力都大为赞赏，有种英雄相见恨晚的感觉，慕容霜军人出身，性格直爽，并未因为刘明阳曾经坐过牢而嫌弃，时不时地带些好吃好喝的看望刘明阳，向他请教断案之法。

刘明阳心里清楚，慕容霜绝不是真心讨教断案之法，而是为了接近刘天昊。

慕容霜对刘天昊一直有好感，数次明里暗里向刘天昊表白，但奈何刘天昊始终逃避。

慕容霜很执着，并未因为刘天昊的逃避而放弃，当刘明阳出狱后，她便走了曲线救国的路数，拜刘明阳为师学习断案，这样就可以最大程度地接近刘天昊了。

出乎意料的是，慕容霜的厨艺很好，各种菜系都能熟练掌握。当刘天昊回到家中时，正好看到她端着一盘做好的水煮鱼从厨房走出来。

"你回来啦！"慕容霜冲着刘天昊一笑，像足了等待丈夫回家的新婚妻子一般。

刘天昊也是一愣，说道："你……"

慕容霜的出现令他有些不知所措，他和赵清雅、王佳佳、韩孟丹等人关系都算不错，但也只限于在工作上，从来没邀请她们到家里来过。

"听说刘叔病了，我过来看看。你看看吧，天天光吃方便面，哪有营养，不生病才怪！你这侄子可有些不称职啊！"慕容霜嗔怒着白了刘天昊一眼。

刘天昊看了看餐厅垃圾袋里的垃圾，放着的全都是方便面袋子，心中生出愧疚之意。叔叔一直是一个人单独居住，一个人也懒得做饭，能对付一口是一口，加上陆某某奸杀案给他带来的打击，身体大不如从前。刘天昊这段时间一直忙于工作，吃食堂住宿舍，很少来照看叔叔。

"小昊，你别听小霜乱讲，我没什么事儿，你忙你的！"叔叔刘明阳的声音从卧室里传了出来，听起来有气无力，但从称呼上来看，刘明阳认可了这个美丽又善良的姑娘。

刘天昊应了一声，随后他脱了外套，正要向自己的房间走去，却看到房门开着，一名女子坐在他的床上。

"慕容雪！"刘天昊看了看一脸笑容的慕容霜。

"我姐不能离开人，所以我带她一起来了，你不会……不欢迎吧？"慕容霜歪着头满脸俏皮地问着。

慕容雪的病情还是没有好转，每天依然浑浑噩噩的，加上私人医院的费用太高，已经出了院，慕容霜不太放心把姐姐一个人扔在家里，便时刻带着她。

刘天昊一笑："欢迎欢迎，要不……我到厨房帮你吧。"

慕容霜一乐，从身上摘下围裙，往刘天昊身上一套，推着他向厨房走去："好哇好哇，我倒是要看看，大侦探的手艺怎么样。"

刘天昊苦笑一声，一股女人香气和菜肴的味道从围裙钻进他的鼻孔中。他原本只是和慕容霜客气一下，没想到她却实在，硬生生地把围裙系在他身上，厨房不是案发现场，进来后却不知道做什么好，傻愣愣地盯着灶台看了好一阵也没敢动。好在慕容霜不计较这些，嘻嘻哈哈地当着刘天昊的面把菜做好，让他端上桌去。

刘天昊对慕容霜也是佩服得五体投地，擅长擒拿格斗、侦察等技术，还开得一手好车，同时又能下厨房，连蒋小琴这样难伺候的主儿都能弄得明明白白，最难得的是，她能够牺牲大好青春陪伴姐姐慕容雪，还能每天保持着快乐的状态！

刘明阳吃了饭菜，精神状态好了一些，和刘天昊聊了几句之后，又看了看一脸期待的慕容霜，便借口需要休息回自己房间了。

饭桌上就剩下慕容姐妹和刘天昊，慕容雪一如既往地眼神呆滞，慕容霜不断地给刘天昊夹菜，生怕他吃不饱。

刘天昊心里却惦记着李克建的案子，趁着慕容霜给他盛饭的工夫，他拿出手机看姚文媛画的那张宝塔。

先不说李克建的死亡现场有诸多疑点，单说这个塔基，就着实古怪，宝塔模型应该是整个出现才对，案发现场却只出现一个塔基，在李克建的物品中也没发现有任何和塔相关的其他部分。

他向丁秀文进行了求证，她表示从未见过塔基，这说明塔基很可能不属于李克建。

"如果是凶手把塔基放在死者手中，除了暗示李克建黑白不分之外，还有其他的目的吗？"刘天昊自言自语道。

世间之事有些是偶然，有些是必然，如果慕容霜没来刘明阳家，如果刘天昊吃饭时不看手机走神，如果慕容霜没那么大的好奇心，事件可能会朝着另一个方向发展。

慕容霜见刘天昊愣神，便凑到刘天昊身边看了一眼他的手机，这一看不要紧，她立刻发出了一声怪叫。

慕容霜的态度把刘天昊吓了一跳："你怎么了？"

"你手机上的那个塔我见过。"慕容霜指了指他的手机。

慕容霜的一句话让刘天昊立刻兴奋起来："你见过木塔？在哪儿？"

他转向慕容霜，几乎和慕容霜面对面地对着，要不是她向后微微让了让，两人的鼻尖几乎要撞在一起了。

"不是木塔，是竹塔！"慕容霜笑着答道。

"竹塔，是竹子做的？"刘天昊仔细研究过塔基，一直以为是木质的，却没想到是竹的。

"工匠的制作工艺非常好，塔身内外都刷了很多层漆，单从外表看，很难区分出是木质的还是竹制的。"慕容霜解释道。

"先别管竹塔还是木塔，你在哪见过它？"刘天昊急着问道。

"蒋总家！"慕容霜说道。

蒋小琴！

刘天昊一听到这个名字不由得倒吸一口凉气，眉头疙瘩皱了起来！

慕容霜曾经给蒋小琴当过很长一段时间的私人助理，姐姐慕容雪出事后，她才提出辞职，专职照顾姐姐。

慕容霜不但人长得漂亮，做事更是干练，和蒋小琴的性格颇为相似。蒋小琴很喜欢慕容霜，凡事都要带着她。

慕容霜见到这座塔是在一次慈善拍卖会上，拍卖会聚集了 NY 市和周边城市的很多大企业家和慈善家，这些人的共同特点就是有钱，至于是不是真正为了慈善却不好说。在这种场合，一向争强好胜的蒋小琴自然不肯落了风头，至于拍卖的是什么物件她并不在乎，如果真要收藏古董，她大可以找真正的收藏家去购买，没必要来拍卖会耽误时间，用她的话说，就算有点差价，她浪费在拍卖会上的时间足够赚几百倍回来。

她来参加拍卖会为的是名声。

蒋小琴是超级土豪，喊价这种事儿自然不会亲自去做，甚至连拍卖会提前准备的明细也懒得看，在来的路上和慕容霜定好规矩，只要额度不超过一千万元，慕容霜就可以做主。

这不但体现了蒋小琴的土豪，更体现她对慕容霜的信任。

拍卖会上的古董无非就是些玉器、字画、瓷器等，还有一些稀奇古怪的杂物，慕容霜在蒋小琴家见得多了，早就成了专家。

美女加上大手笔的喊价，自然引起拍卖会上所有人的关注，只要是慕容霜开口叫价的，没人敢涉其锋芒，几乎都落到蒋小琴名下。

意外的是，在拍卖一座古代塔模型时，慕容霜却遇到了对手。

对手正是当时名不见经传的葛青袍，在当时，葛青袍和蒋小琴的关系还没有现在这么密切。葛青袍对其他的古董完全不感兴趣，入场后便一直闭着眼睛养神，直到拍卖师介绍古塔的时候，他才缓缓睁开眼睛。

可以说任何一个拍卖师都是讲故事的高手。

……

古塔属于中国汉代时期的古物，源自古夜郎国。夜郎国是奴隶制国家，在汉朝周边属于比较强盛的国家，佛教由西部陆路传入中国，自然会涉足强盛的夜郎国。

奴隶制的国家本不相信外来宗教，但夜郎王被高僧坚持不懈的精神打动，不但听了高僧的诵经，还把他作为座上宾好生款待。

高僧结合当地的竹文化为夜郎王设计出一尊宝塔，又为夜郎王亲自挑选竹料，亲自雕刻打磨炮制，历时三年终于制作成功。

夜郎王看到成型的宝塔后非常高兴，对佛经表现出了极大的兴趣。

高僧告诉夜郎王，他在宝塔里面刻下佛语，可以令世人进入极乐世界。只要打开宝塔，便可以获得佛语的启示。

令夜郎王想不到的是，高僧当夜便离开夜郎国，从此不知所踪。夜郎王费尽心思也没能打开宝塔，只得将宝塔交给大祭司。

大祭司费尽心血，终于打开宝塔，奇怪的是，他看过其中的内容后，很严肃地告诫夜郎王，高僧留下的并非佛语，而是灭国灭世的禁术，一旦打开，国家即将灭亡，并刻下了诅咒，以防止后人打开。

高僧并未把佛教带入夜郎国，却留下了这尊宝塔，它代表着两种文化的融合，代表着佛教进入古中国的历史，加上无法复制的高超制作工艺，使之成为当之无愧的罕世之宝。

……

对于拍卖师的介绍，蒋小琴并不感兴趣，她在乎的是名声，而不是古董背后的价值和故事。一直兴致冲冲的葛青袍听完后失望地摇了摇头，显然是对拍卖师的故事表示不屑。

古塔的底价不高，原物主只报了二十五万元起拍价，每次增幅以一万元为单位。让人意外的是，在慕容霜报价五十万元的情况下，葛青袍居然报了五十一万元。

要知道，慕容霜代表的是蒋小琴，蒋小琴是蒋氏集团的董事长，家族实力堪比江浙一带的百年望族。蒋小琴骨子里自带的霸气早已震慑全场，加之在场的很多企业家都和蒋氏集团有生意往来，还没人敢涉其锋芒。

葛青袍一个名不见经传的老头儿，穿着一身朴素的布衣，居然敢在老虎头上扑苍蝇，而且这还是一只蛮不讲理的母老虎！

蒋小琴上扬的嘴角立刻耷拉下来，冷冷的目光望向葛青袍，随后轻轻地哼了一声。作为贴身助理，怎能不知道蒋小琴所想，慕容霜立刻报出了三百万元的高价。

现场一片哗然。

这只是一尊看起来不起眼的竹塔，却因为葛青袍的一个抬价而溢价十几倍，不但原物主，在场的所有人都感到惊讶。

更让人惊讶的是葛青袍的行为，他再次出价，三百零一万！

如果他叫价是以十万元为单位的，也许蒋小琴还没那么生气，刚好比她多一万，明显有玩弄的味道。

慕容霜自然不是吃素的，直接开价五百万！

拍卖师和原物主听后差点没兴奋得晕过去，现场的众人纷纷发出赞叹之声。这场拍卖会的百分之五十收入要捐赠给慈善总会，蒋小琴的大方已经超出了所有人的意料，慈善归慈善，也得有个限度，一个底价仅仅二十五万元的竹塔，居然拍到了五百万元！

蒋小琴撇着嘴角斜视着葛青袍，满脸不屑之意。葛青袍并未计较，向蒋小琴的方向微笑点头示意，同时又举起手上的竞价牌，轻轻地说了句：“五百零一万。”

拍卖师有些犹豫，正准备开口说话，却被蒋小琴一声暴喝制止：“一千万！”

说完这话，蒋小琴歪着脖子看向葛青袍，眼神中满是挑衅。

葛青袍原本一脸的自信变成了眉心的“川”字，显然这个价格已经超出了他的承受范围，他脸色凝重地思索着，拿着竞价牌的手也有些发抖。

现场一片寂静，众人都屏住呼吸看向葛青袍，拍卖师和原物主也紧紧地盯着他，都期盼着他还能爆出一个惊喜。

在 NY 市地头儿，还没听说谁敢惹蒋小琴，没想到今天这人不但惹了，还惹得不轻，现在把蒋小琴点着了火，还不知道这人会如何收场。

最终，他轻轻地叹了一口气，微微摇摇头，脸上尽是可惜之意，把竞价牌放在腿上，冲着蒋小琴的方向抱了抱拳。

众人不禁纷纷叹息一声，眼看着这一场好戏没了影子。

坐在第一排的蒋小琴微微扬起下颌，脸上现出得意之色，下意识地环顾四周，尽显霸王之气。

……

"看来葛青袍应该知道这尊宝塔的真正来历，不过，咱们还得先去蒋小琴家看看。"刘天昊把筷子放下。

慕容霜看了看神情呆滞的姐姐，表情有些犹豫。

"小霜，你和小昊去吧，我来照顾小雪。"刘明阳从房间走了出来，他脸色依然苍白，神情却非常坚定。

慕容霜看了一眼姐姐，而后冲着刘明阳点了点头，跟着刘天昊走了出去。

原本一件简单的案子，现在却由于宝塔的缘故，和蒋小琴、葛青袍都发生了联系，加上古塔本身的历史背景，让整个事件变得有些神秘莫测了！

第七章　抵死不认

慕容霜开车非常稳，操作之余不时地用眼角看看闭目养神的刘天昊。

对于慕容霜的心思，刘天昊哪能不知，但他此刻哪有心思琢磨这些，只能假装闭目养神，可能是由于累的缘故，不知不觉中，他居然睡了过去，时不时地发出一阵阵轻微的鼾声。

慕容霜有些失落，好不容易得到两个人独处的机会，可以有一些不能在公开场合说的话要说，刘天昊却睡了过去。慕容霜眼神犀利，自然看得出刘天昊闭目养神是在躲着她。

永远叫不醒一个装睡的人。

慕容霜懂得这个道理，只得暗自叹了一口气，把车开得更稳一些。

一阵刺耳的电话铃声把睡得正香的刘天昊吓了一跳，他轻咳两声，缓了缓神，拿起手机接通电话："孟丹！"

电话那头儿传来韩孟丹永远冰冷而理智的声音："昊子，李克建的尸检报告出来了，死因和死亡时间和初检没有大的出入，我给死者的胃溶物、血液、肝脏做了某酮属性鉴定，在检测材料中，都发现了某酮成分，还掺杂着一些其他的麻醉剂成分，量大得惊人，就算一头大象也得倒下。"

某酮主要用于外科小型手术和一些需要的诊断操作，本是造福于人的药物，但被别有用心的人利用后，它便有了一个臭名昭著的名字——迷奸药！

服用了大剂量的迷奸药后，整个人的肌肉会变得松弛无力，对疼痛等毫无反应，甚至有可能会因此而死去。

"这也解释了电锯锯断死者喉咙，死者却没有反应的事儿！"刘天昊坐直了身子说道。

现场有大量的喷溅状鲜血，说明死者是活生生被锯断喉咙的，但根据死者生前的状态，就算处于昏迷，也不可能一点反应都没有，刘天昊、韩孟丹对此一直不解，现在尸检出了某酮，把这个谜团也解开了。

"有没有可能是李克建想自杀，自己服下了大量的某酮，然后再做了一系列准备，等丁秀文回家后，推上电闸，完成他自杀计划的可能？"韩孟丹的声音依然冰冷。

"从他体内某酮的含量来看，绝不可能是自杀！而且从动机来讲，李克建为官清廉，不涉及畏罪自杀。除了和小舅子丁志亮、妻子丁秀文之间的财务纠纷之外，再无其他纠纷，而且还有一个即将大学毕业回国的女儿，他没有动机自杀。"刘天昊分析道。

电话那头儿的韩孟丹思索了一阵，又说道："除了死者手中的塔基是个意外的疑点，从现场遗留下的痕迹来推断，最有可能作案的是丁秀文和丁志亮姐弟俩。"

刘天昊听到这里突然心中灵光一现：之前怀疑过丁志亮，也怀疑过丁秀文，还有一种可能，就是姐弟俩串通作案！

"我一会儿回去向钱局汇报，以谋杀进行立案侦查。"刘天昊说道。

"你去查案吧，我去找钱局，这种事务性的工作我来做比较合适！"

"好！"他挂了电话后轻舒一口气。

敲定了李克建案件为谋杀案却让他喜忧参半，喜的是案件的侦破有了方向，可以正大光明地查案，忧的是身为退休法官的李克建被谋杀，对于司法界来说，这算是个噩耗，给其他的司法人员敲响了警钟，甚至有可能会影响到现任司法人员的执法力度。

不过话又说回来，既然选择穿了这身衣服，就做好了牺牲一切的准备，哪怕是性命。

想到这儿，他释然地舒展开眉头，正要给虞乘风打电话，虞乘风却先打了进来。

"昊子，我找技术科小王调了丁志亮的网购记录，发现他在三个月前买了一些迷奸药，我现在正在去丁志亮家的路上。"虞乘风的声音从话筒里传出。

"迷奸药！"刘天昊倒吸了一口凉气。

虞乘风的侦查速度出乎他的意料，而丁志亮又有了嫌疑更加出乎他的意料。从目前他对丁志亮的了解来看，他的确不是好人，性格缺陷很大，有很多不良习惯，却不是一个心思很重的人，不太可能酝酿一起这么复杂的案子，却又留下这么明显的破绽。

一旦确定丁志亮作案，竹塔之谜就变得毫无意义，一件看起来玄而又玄的案子演变成一起因经济纠纷导致的谋杀案，他预感这件案子不会这么简单，否则，也不会让一向是老江湖的钱局那么紧张，不但亲自过问，还时刻关注着案情的进展。

从钱局的表现来看，对这件案子，他并不想多说一句话，应该是有难言之隐。

"丁秀文的调查有没有进展？"刘天昊问道。

"还没有，派出所正在向与丁秀文一起跳舞的舞伴儿们了解情况，估计还得一段时间吧。"

虞乘风的效率再高也只是一个人，走访丁秀文的证人是一件非常繁琐的事儿，交给熟悉民情社情的派出所最合适不过了。

收起电话后，刘天昊打开车窗，初夏的空气很暖，吸进肺里后让他精神一振，原本去见蒋小琴而产生的负面情绪突然烟消云散，他冲着开车的慕容霜一笑："谢谢你。"

慕容霜也不知道刘天昊究竟是怎么了，情绪变化这么大，扑哧一笑："说哪去了，谢什么谢，朋友嘛！"

这句话让刘天昊听得心里一暖，冲到嘴边的"谢谢"转了一圈后，还是咽了回去。

……

丁志亮的遭遇完全是咎由自取，他本身的能力不行，却有一个好姐姐，本来可以傍着姐姐、姐夫，过上相对还不错的生活，却因为自己的无知和冲动，不但欠了一屁股债务，还缠上了人命官司。

偷盗行为不但让他失去了姐姐的信任，人命官司也让他丧失了最后一根救命稻草——姐夫李克建，法律界的知名人士。

厄运从不放过任何一个作恶的人。

他不知道的是，现在警方又查实了一个最有力的铁证，比之前的监控录像和那滴血更可怕的铁证。

当虞乘风和韩孟丹把网购记录和剩下的半瓶迷奸药放在丁志亮面前时，他愣了一下，随后苦笑一声："虞警官，这都是陈年旧事了，不值一提吧。"

丁志亮的反应完全在虞乘风的意料之中。迷奸药对这种做事无底线的人来说，最多落个强奸妇女的罪名，如果没人告他，也就是受到社会舆论的谴责，对他而言，这种事儿还不如蚊子叮他一口来得难受。

虞乘风摇了摇头，把韩孟丹出具的李克建尸检报告关于某酮的部分放在他面前，一字一句地说道："在死者的体内，发现了大量的某酮成分，和你所买的药物成分完全一致！"

"这份是检测报告，我担心我们实验室的条件有限，在检测的同时又送了一些样本给省法医鉴定中心，结果是……依然一致。"韩孟丹补了一刀。

"啊！"丁志亮瞪大了眼睛好半天没说出话来，他眼珠叽里咕噜地转着，头脑显然是在高速运转着。

原本丁志亮几乎已经摆脱了杀人嫌疑，想不到的是，他网购的迷奸药和李克建体内发现的某酮再一次重合，加上之前的证据，已经把他牢牢钉在杀人犯的行列！

虞乘风把从丁志亮家里搜出来的药瓶放在桌上，药瓶里还剩下小半瓶药水："这是从你家的抽屉里搜出来的，药瓶上有你的指纹，你还有什么好说的！"

"我……我……"缓过神来的丁志亮不知道应该如何解释这件事儿，内心慌乱得像是被锤烂的鼓一般。

"人都杀了，索性交代清楚，活得像个人吧。"虞乘风表情有些不屑。

丁志亮闭上眼睛咂了一下嘴，脸上做出一副生无可恋的模样，自言自语着："要说人倒霉吧，连喝凉水都塞牙。"

虞乘风冲着韩孟丹点点头。韩孟丹打开摄像机，随后坐到审讯桌后，拿起笔打开笔记本。

"迷奸药是我买的，我也的确动了歪心思，做了坏事，但有一点，这事儿和我姐夫一点关系都没有，我姐夫真不是我杀的……"

"你不说实话没啥好处。"

"我这就是实话，有一句假话，天打五雷轰！"

……

蒋小琴是 NY 市大名鼎鼎的人物，各种传闻自然少不了，有些是空穴来风，有些却是事实。

她的丈夫富强集团董事长刘大龙在"画魔"一案中被害，儿子又在"裂变"一案中被害，自己则是在"A 级通缉令"一案中被陆某某的儿子追杀，吓得逃到国外避难，直到最近听说凶手已经死亡后，这才悄悄地回国。

正所谓江山易改本性难移。

经历虽多，却并未改变她的本性，刚刚回国便遇到不顺心的事儿，和新换的一个别墅保安打了起来，只因她开车经过大门岗时保安查验了她的车辆和证件。

蒋小琴把这段时间所有的怒火全部发到保安身上，不但破口大骂，还出手挠了保安一个满脸花！最后还是物业经理出面道歉，这才平息了她的怒火。

很多人都骂蒋小琴没素质，却无可奈何，因为别墅区的物业就是蒋氏集团下属企业，只要蒋小琴心情不爽，分分钟就可以让物业的高层全部下岗。

被打的保安满腹委屈却被开除，好在物业经理还算有良心，给保安多开了三个月的工资，同时给了他一些赔偿。

敢怒不敢言。

当面对强权时，人们大多数的行为是谴责、声讨，但动真格的时候，却没人敢挺身而出，就算真有人挺身而出，也会被蒋小琴这样的强横实力所击倒。

至于公平不公平，绝不是蒋小琴作为强势一方要考虑的事儿。

当她看到监控屏幕上的刘天昊时，她的眼神突然变得凶神恶煞起来。虽说刘天昊最终抓住了陆云波，但她从来没想过感谢他，反而觉得是他办案的速度太慢，甚至是他的潜逃，把她推到了凶手陆云波的面前。

刘天昊一脸从容，冲着摄像头挥了挥手："蒋总，市刑警队刘天昊，我知道您在家，有一件案子我需要向您核实。"

说完后，他站了好一会儿，却没见有人应答，正要再次按动门铃，却被慕容霜拦住，她走到摄像头前，微微鞠了一躬，微笑着说道："蒋总，我是小霜，我……"

慕容霜话还没说完，就听见监控系统传出"吱啦"一声，随后一声轻微的叹息声传了出来："你怎么和他在一起……算了，进来吧！"

经历数个案件后，饱受打击的蒋小琴已经没有了当年的意气风发，两鬓霜白、身形有些萎缩，如果不是住在高档的别墅里，怕是和普通的老妇人没什么太大区别。

蒋小琴打开门后却并没有让开，只是站在门口冷冷地看着刘天昊。

"直接说事儿。"蒋小琴的语气听起来没有半分感情。

很显然，在她眼里，刘天昊就是个瘟神，一旦他找上门准没好事儿。

刘天昊身体站得笔直，没有半点退缩的意思，说道："这件事儿很严重，需要向您详细核查。"

蒋小琴和刘天昊对视了好久，最后气势一弱，一声不吭地转身进了房间。

第八章　谎言

别墅依然还是那栋别墅，却无处不透露着荒凉。草坪的草已有半米多高，长得参差不齐、有黄有绿，窗户和门附近挂着很多蜘蛛网和灰尘，门两旁的对联残缺不全，半脱落的纸张不时地随风飘荡着。

巨大的落地玻璃窗满是污迹，房间内铺满了一层灰尘。

"刘天昊，我这儿不欢迎你，有事儿直说，说完立刻走人。"蒋小琴并没给刘天昊留一丝一毫面子，说起话来非常生硬，但她看向慕容霜的目光却是柔和的。

慕容霜陪伴蒋小琴好几年，两人的感情非常融洽，甚至有很多时候蒋小琴把她当作自己的女儿，尤其是蒋小琴儿子遇害之后，这种感觉更加强烈。

"小霜，帮我倒杯水。"蒋小琴说道。

慕容霜应了一声，熟练地走到吧台调好一杯水递给蒋小琴。

刘天昊把姚文媛还原的宝塔图片和拍卖会的一张宝塔照片放在蒋小琴面前："蒋总，这尊宝塔您眼熟吗？"

蒋小琴瞥了一眼，立刻说道："没见过。"

"我查过拍卖会的记录，这尊宝塔的买家是您！"刘天昊并未出卖慕容霜。

慕容霜感激地看了一眼刘天昊，转身又走到吧台泡茶。

如果刘天昊告诉蒋小琴，拍卖宝塔的事儿是她说的，蒋小琴定会迁怒于她，原本还算和谐的关系会立刻崩塌。

蒋小琴不屑地"哼"了一声，用手指了指客厅的一面墙，说道："这种破烂儿我家多得是，哪能都记得。"

客厅的一面墙是用紫檀木制作的博古架，上面摆放着很多古董，按照蒋小琴的话说，这上面放着的古董每一样都可以在 NY 市最繁华的路段买下一个单元的楼房，是一个单元，而不是一间！

"您仔细想想，这尊宝塔和一桩命案有关，我必须要查清楚。"刘天昊郑重其事地说道，拿出一副"你不说我就赖着不走的"架势。

蒋小琴闷了一会儿，最终拿起照片看了看，说道："我想起来了，是那个破塔，小霜在一次慈善拍卖会上买来的，小霜，你还记得吗？"

慕容霜没敢多说话，只是象征性地应了一声。

那次拍卖会是蒋小琴和葛青袍的第一次接触，现在她和葛青袍半师半友，对这尊宝塔怎能不知！

刘天昊点点头，又问道："塔现在在哪儿？"

蒋小琴向博古架上看了一眼，说道："丢了，买回来不久后就丢了。"

"丢了？报案了吗？"刘天昊问完这话看到蒋小琴不屑一顾的脸色就知道问错了问题。

"一千来万的东西需要报案嘛！"蒋小琴果然语出惊人。

一千万元买来的古董说丢就丢了，还没报案，蒋小琴再有钱也不至于丢了一千多万元的东西却视而不见！

见刘天昊惊呆的样子，蒋小琴很满意，撇嘴冷笑了一声，问道："那个东西涉及什么案子？"

蒋小琴故意不说宝塔两个字，而是称之为"那个东西"，一副完全不放在眼里的样子。

"一桩谋杀案，具体细节不方便透露。"刘天昊说道。

蒋小琴哼了一声："谋杀案！你应该去找凶手才是，我又不是凶手。"

"在死者手上，我们发现了那尊宝塔的塔基。"

蒋小琴看了看一旁的慕容霜，尴尬地咳了两声，说道："那塔真丢了，什么时候丢的我也不知道，家里东西太多了，原来就放在那儿。"

她用手一指博古架的最上层，距离天棚顶有一米多的距离，最上层放着的都是比较高的物品，只有一个位置是空的。

"我可以去看看吗？"刘天昊问道。

"当然，不过你最好小心些，那上面的东西都不便宜，要是弄坏了，你这辈子的工资都不够赔。"蒋小琴说完话把脸撇到一旁。

有一类人就是这样，当有事求人的时候便一副奴才相，恨不得抱着对方的大腿，一旦不需要了，就翻脸一脚踢开，绝不会有半分犹豫。"画魔""裂变""A级通缉令"三个案件都和蒋小琴有关，她需要刘天昊帮忙时，可以摒弃自己高贵的身份，摆出一副求人办事的模样，一旦刘天昊失去了作用，她就立刻变了一张脸。

慕容霜冲着刘天昊吐了吐舌头，说了声"我去找梯子"，随后转身离开客厅。

慕容霜离开的这几分钟里，客厅里的气氛凝重极了，蒋小琴整个人仿佛雕塑一般，几乎一动不动，刘天昊知道他现在要是问问题都会被蒋小琴撑回来，也只能默默地坐着。好在慕容霜很快回来，铝合金梯子在她强悍的力量面前变成了纸做的一般，她把梯子架到博古架旁边，同时给刘天昊一个眼神作为暗示。

刘天昊立刻起身，踩着梯子走了上去，又看了一眼蒋小琴，发现她依然一动不动地坐着。

博古架上放着很多古董，虽然叫不上名字，但能看出来每一件都是珍品。整个架子几乎是满的，最上面一层有一个位置空了出来，上面落了很多灰尘，有个比较模糊的印记显露出来，刘天昊拿出手机进行对比，发现和李克建手上的塔基形状完全一致。

刘天昊从梯子上下来，回到沙发处，说道："蒋总，你的别墅防盗设备可不少，要是丢了，应该会知道吧？"

"这年头儿，人都靠不住啊，我这儿常年不断人，你可以问问小霜，那么多人出来进去，谁知道哪个人手贱，拿走了我的东西，监控嘛，我这儿是最贵的，不过按照时间计算，记录应该被覆盖了吧。"蒋小琴说道。

蒋小琴是蒋氏集团的董事长，有时候会有公司的人找上来请示汇报，而且家中还有保姆、司机、私人秘书等，早年的私人秘书洪利，还有慕容霜，后面肯定也少不了。

从蒋小琴的态度来看，不太可能从她嘴里问出什么，但显然她撒了谎。这尊宝塔不但是花大价钱买来的，而且和葛青袍有着千丝万缕的联系，真的被盗了，没理由藏着不报案。

"您认识法官李克建吗？"刘天昊突然问了一句。

"李克建？"蒋小琴脸上突然露出一股不易察觉的神色，但瞬间就恢复了正常。

刘天昊点了点头。

"不认识，我从来不和低级官员来往。"蒋小琴又恢复了曾经的嚣张，在说"低级官员"这四个字时，还特意瞥了瞥刘天昊。

"好吧，那我就不打扰了。"刘天昊知道今天不会再有收获，转身便向外走去。

"刘队！"蒋小琴冲着刘天昊喊了一声，见他回头后，才说道："如果找到我的宝塔，记得还给我。"

"那是一定。"刘天昊和慕容霜对视一眼。

慕容霜冲着蒋小琴一笑，也准备跟着离开。

"小霜，你只是为这事儿来的？"蒋小琴盯着慕容霜的眼睛问道。

慕容霜露出职业式的微笑："主要还是想您了，来看看您，就蹭了刘队的车。"

慕容霜说完便坐在沙发上，冲着刘天昊抱歉一笑。

"院子里的车你拿去开，没必要蹭他的破车。"蒋小琴白了一眼刘天昊说道。

刘天昊的车也算是比较好的车，却被蒋小琴说成了破车！

别墅有两个车库，停着的都是限量版的豪车，乔治·巴顿和劳斯莱斯幻影这种级别的车只好停到露天的院子里。蒋小琴这样说不是玩笑，车对于她来说，就是一个大玩具，送给慕容霜她连眼睛都不会眨。

慕容霜给蒋小琴当私人秘书好几年时间，说没有感情那是假的。蒋小琴为人嚣张跋扈，对身边人却非常好，从来不吝啬钱财。慕容雪能在私人医院治疗那么久，除了一部分钱是她做律师赚的，其他部分治疗费用都是慕容霜出的，慕容霜的大部分钱财都来自蒋小琴。

慕容霜离职的时候，蒋小琴再三挽留，在得到明确离职的答复后，依然给出"蒋氏集团的大门永远朝你打开"的话，算是对慕容霜最大的肯定。

看刘天昊关上大门后，蒋小琴不可一世的气势陡地一泄，长叹一口气："小霜，你没事儿就回来看看我，要是不嫌弃，就把这儿当作你的家吧。"

慕容霜听得心一酸，在任何人的眼里，蒋小琴永远是霸道总裁的形象，再大再难的事情，她都能用雷霆般的手腕化解，仿佛世间没什么能难倒她，至于亲情和友情，则和她完全不搭边，所以从蒋小琴嘴里说出这样的话让她感到有些不适应。

当她看着一脸沧桑和疲惫之色的蒋小琴时心里一酸，点了点头。

……

有人的地方就会伴随着罪恶，刑警大队五中队的办公室永远都是忙碌的。

韩孟丹从开水壶倒了一杯水递给刚刚进门的刘天昊，随后拿起一叠资料说道："这是丁志亮的口供，涉及四桩迷奸案，其他的都是民事案件。不过，迷奸案的受害者拒不承认，大师姐去做了思想工作，还不知道有没有结果。"

丁志亮否认了用迷奸水迷昏李克建再将其杀死的事儿，他买迷奸水纯是为了到酒吧找女人，让女人乖乖地听他的摆弄。

手段不是很高明，无非就是请女孩儿喝酒，然后找机会把迷奸药滴进酒里，再行其手段。他本来胆子就小，加上害怕女孩儿事后进行报复或是报警，所以成功概率并不高，盯上的自然都是看起来初来乍到、人畜无害的女孩儿。

很多女孩儿遇到这种事儿没了主意，报警吧，担心事情败露影响声誉。不报警吧，自己又吃了暗亏。在丁志亮给予一定的经济补偿，并诚恳道歉，表示可以结交男女朋友后，最终都选择了忍气吞声。大师姐赵清雅心理工作虽说很厉害，却很难说服这些人主动站出来指控丁志亮，这也是人性之所在。

当韩孟丹听了问询蒋小琴的过程后，立刻得出结论：蒋小琴在撒谎。

李克建负责的区域正好是蒋氏集团总部所在地，蒋氏集团那么大的摊子，涉及的案情绝对少不了，需要求李克建办事儿的人多了，蒋小琴身为法人，怎么可能不认识李克建！

至于那尊塔，也不会是丢了那么简单！那尊塔是她在拍卖会上硬生生地打败了竞争对手葛青袍买来的，日后她又成了葛青袍的信徒，按说应该把塔送给或是卖给葛青袍才是，怎么可能放在家里，任由别人偷走！

不过，由于蒋小琴的身份比较特殊，加上没有任何证据表明她和案情有直接联系，就算她撒了谎，也不能把她怎么样。

韩孟丹轻咳一声，说道："现在所有证据都表明丁志亮涉嫌杀害李克建，证据链形成了，无论他是否承认，都不重要了。"

由于丁志亮做人无底线，居然在姐姐全力以赴帮助他后，又偷了姐姐的财物，还涉及四桩迷奸案，韩孟丹对他没有一点好印象。

刘天昊的第六感告诉他，丁志亮虽说人不咋地，但在李克建被杀案中，被冤枉的可能性很大，藏在暗中的凶手正是利用了他的行为误导了警方，使得原本很简单的案情变得复杂起来。

第九章　宝塔和宝藏

人都有人性，否则就不能称之为人。韩孟丹自然也是有人性的，对于以玩弄女性为目的的一切行为，她都痛恨至极，像丁志亮这样的人，她恨不得将之剥皮拆骨，现在所有证据都表明丁志亮是凶手，她带着情绪说话自不为过。

她的心思逃不过心细如发的刘天昊，但他并未直接点破，沉吟一声后，不急不缓地说道："你说得有道理。不过，审问丁志亮的过程中，我发现他没有撒谎的迹象，在杀人动机上，他为了不还李克建的债务或者是报复而杀人，有些立不住。"

韩孟丹原本是一个非常理智的人，却不知为何在丁志亮身上发了无名火，要是刘天昊正面反驳她，怕是会引发一场口水大战，但现在刘天昊的说话方式让她冷静下来，她叹了一口气，说道："是我失去理智了，我道歉。"

韩孟丹一向要强，哪怕在哥哥韩忠义面前都不肯低头认错，就算真的错了，她也会用沉默对抗，她的道歉反而令刘天昊有些不适应。

"哦，那个……李克建所在小区周边的监控录像调查了吗？"刘天昊为了避免尴尬急忙岔开话题。

"乘风已经查过了，没发现可疑人员。老李所在的小区是个封闭小区，物业管理非常到位的，小区中有七个摄像头，周边街道共有二十九个摄像头，我和小王调取了死者被害前一天的录像。"韩孟丹说道。

虞乘风的办事能力自然没的说，作为一名老刑警，在案发第一时间就知道该做什么，排查监控虽说起来就四个字，但工作量非常大，更何况还要在其中寻找细节和疑点。

没有疑点并不代表着嫌疑人不在其中，只是因为没有特定的对象参照，无法排查出疑点而已，但至少可以排除一点，如果另有凶手，凶手绝对不是从丁志亮跳墙处进出的。

刘天昊并未立刻说话，大脑却高速运转着。

丁志亮的确是最有可能的嫌疑人，首先是他完全具备作案时间和作案能力，加上从其家中搜出某酮作为物证，几乎可以敲定他作案的事实，但他的动机不足。他和被害人之间虽有经济纠纷，但被害人并未有追讨债务的过激行为，就算丁志亮实施盗窃行为时被李克建发现，也来不及谋杀李克建。

想到这里，刘天昊沉吟一声："老李生前没有与人搏斗或者是受到袭击，在体内发现了大量的某酮成分，说明并非应激犯罪，而是谋杀。丁志亮清楚地知道姐姐会在八点钟左右回家，李克建死亡的事儿定然瞒不住，一旦警方确定为他杀，在排查社会关系时一定会怀疑到他，那么他应该选择立刻出国潜逃才是，为什么选择在第二天？这很不符合常理。"

"现场还有一个疑点，按照丁志亮所说，电锯台上的那滴血是他在老李被害之前留下的，如果凶手是他，那他在案发后清理了现场，为什么所有的痕迹都清理得干干净净，单独留下了在电锯台上的那滴血？丁志亮极其爱惜生命，怎么可能留下证据把自己推向断头台！"韩孟丹再次回归了理智。

"丁志亮的确是欠李克建夫妇一笔钱，却不至于到杀人的地步，而且他姐姐丁秀文和李克建都知道他要出国的事儿，他在出国前谋杀李克建没有任何意义。"刘天昊说道。

"李克建的社会关系说简单就简单，说复杂也复杂，毕竟经手的案子很多，但他洁身自好，从未听说他和任何服务对象有过瓜葛，通过社会关系来查找凶手，怕是很难。"韩孟丹又分析道。

刘天昊紧锁眉头，轻轻地叹了一口气。

"看起来毫无破绽的证据链，却在作案动机面前土崩瓦解。"韩孟丹冷静了下来，对于目前的案情她有种无力感。

"先不排除丁志亮作案的可能，咱们还得找其他线索。"刘天昊说道。他这样说也是碍于韩孟丹的面子，在他的心里，很大程度上已经排除丁志亮作案的可能性了。

"线索来了！"虞乘风的声音从走廊传来，不到三秒后，他甩着大步子走进办公室，把一沓资料递给刘天昊，拿起大茶缸子一口气喝完了水，又抹了抹嘴边。

资料是丁秀文的，根据跳广场舞的几名大妈口述，案发当晚丁秀文根本就没去广场跳舞。

"丁秀文是领舞，她不去，那些大妈为了争夺领舞的位置还争吵起来，所以印象特别深。"虞乘风说道。

"丁秀文是每天都去跳广场舞还是偶尔去一次？"刘天昊问道。

"几乎每天都去，她加入了一个跳舞团队，每年都会参加区里和市里组织的跳舞比赛，丁秀文的组织能力很强，加上有些人脉，基本每次都能获奖。大妈们的舞蹈动作都是她设计的！"虞乘风说道。

"丁秀文熟悉李克建的一切，熟悉家里的一切，如果想谋害李克建，太容易不过了。"韩孟丹说道。

虞乘风又接着说道："还有一条线索，据一名跳舞的大爷说，他和丁志亮是一个小区的，他经常看到丁秀文去丁志亮家。丁志亮一直单身，家里很乱，作为姐姐的丁秀文经常到丁志亮家帮他收拾家务，有丁志亮家的钥匙。"

刘天昊和韩孟丹立刻明白了虞乘风的意思。丁秀文有丁志亮家的钥匙，就代表着她可以轻易地拿到丁志亮所购买的迷药。

迷晕李克建，再将其放在电锯台上，布置好一切后，她再离开家，随便找个地方转几圈，大约晚上八点回到家中，再推上地下室的电源……

如果是丁秀文作案，事后用不着任何反侦查清理，也会毫无痕迹！

韩孟丹思索一阵后说道："也就是说，丁秀文具备了作案时间、作案条件，就差作案动机了。"

虞乘风点头："作案动机很简单，丁秀文瞒着李克建把钱都借给丁志亮创业，还替他做了很多贷款担保。丁志亮创业失败，所有的钱都打了水漂，一旦还不上钱，丁秀文作为担保人就要承担所有债务！李克建气得要和丁秀文离婚，并把两人名下的财产都转到自己名下。如果两人真的离了婚，有过错的丁秀文将净身出户，虽说她有退休工资，但不足以支撑今后的生活！"

韩孟丹接着说道："还有一个原因，就是丁秀文极好面子，在教师圈子里是出了名的，当年她还没退休时，凡事都要争第一，她所教的班级，平均成绩几乎次次统考第一。她的好面子一直延续到了退休后的生活，凡是她参与的跳舞比赛，必须要取得靠前的名次才行。如果因为她的过错，李克建和她离婚，在面子上就无法接受。"

杀人是大罪，但并非每个杀人案件都有极深的仇恨，原因各种各样，有的可能仅仅是几句口角，有的只是小范围的拳脚冲突，有的仅仅因为几百元钱的债务。从目前的线索分析，丁秀文有足够的作案动机！

"有一个疑问，如果是丁秀文作案，那她为什么要栽赃给丁志亮？"

韩孟丹问道。

"丁秀文有今天的下场，丁志亮是根源，她很溺爱这个弟弟，但因爱成恨也不是不可能的吧！"虞乘风立刻答道。

"也有可能她不是故意要栽赃给丁志亮，本来丁志亮就不在她的计划里，但丁志亮为了获取出国后的生存资本，去了姐姐家偷东西，这才扰乱了丁秀文的计划。"韩孟丹分析道。

刘天昊一直在皱着眉头思索，任凭两个人你一言我一语地说着。

"昊子，要不要传讯丁秀文？"虞乘风问道。

刘天昊脱离思考状态，眼神恢复了活力："如果没有确凿的证据，光靠审讯丁秀文来破案，会很吃力，弄不好会打草惊蛇。"

"那怎么办？"虞乘风问道。

"还是先弄清楚从案发当晚五点半到八点之间丁秀文去了哪里。"刘天昊说道。

"好，这件事可以让小王查监控。"虞乘风说道。

刘天昊点点头，略加思索后说道："那尊塔……还是那尊塔，我觉得案件里只有死者手中的塔基不应该出现，尤其是塔基上的那句话——不分黑白的灵魂安于此，分明指的就是法官老李。至于那句诅咒……我现在也不敢说有没有关系了……无论凶手是丁秀文、丁志亮还是另有其人，我总觉得这尊塔非常怪！"

千年前的古物刻下的诅咒影响到了现代人的命运，说是奇迹也不算为过。

"去找葛青袍！"虞乘风和韩孟丹几乎同时说着。

……

众人并不知道，这一宗简单的谋杀案却因为此行变得复杂起来，甚至和多年前的"NY市五号案件"联系到一起，这是刘天昊想要的，却又不愿意看到的结果。

令三人惊讶的是，每次他们前来都会被葛青袍预知，早早地派了前台等着他们。更惊讶的是，他们在大厅里还遇到了王佳佳和作家轩胖儿。

作家轩胖儿最近所写的小说涉及玄学，特意让王佳佳约了葛青袍，有很多玄之又玄的问题求教。

想不到的是，葛青袍居然答应了，用他的话说，他与轩胖儿有缘。

轩胖儿对玄学也颇有研究，但学到一定程度后，就达到了"瓶颈"期，如果没有高人指点，怕是很难再有突破，借着见葛青袍的机会，也可以探讨一下。

王佳佳虽说不相信玄学，却由于可以见到葛青袍的缘故，便陪着轩胖儿一起来到道馆。

"神探刘警官，好久未见，最近又有什么案子，能不能给兄弟我提供点素材？"轩胖儿立刻走到刘天昊身前，热情地伸出手。

轩胖儿四十多岁，总是熬夜写稿，明显比同龄人老一些，加上满脸胡子，在刘天昊面前还自称"兄弟"，惹得从来不笑的韩孟丹都笑了起来。

刘天昊知道一旦被轩胖儿缠上，一两天的时间就没了，握了手后急忙赔笑道："老师，要不等我破了这件案子，我休个假，您备好酒，我带着故事，咱们好好聊聊。"

"啊……也行，那咱容后再约。"轩胖儿脸上有些失望，又转向韩孟丹，"韩大法医，我还有些解剖学的问题想向你请教……"

韩孟丹立刻收起笑容，急忙打断轩胖儿的话："等刘警官休假时，一起吧！"

轩胖儿连续两次被拒绝，却不甘心，又把目光望向虞乘风，正要张口，却见虞乘风说道："一起一起！"

轩胖儿叹了口气："那就……一起……一起吧。"

王佳佳冲着刘天昊吐了吐舌头，随着轩胖儿离去，走到刘天昊身边时，小声说道："葛大师一大早就说你今天准会来！"

韩孟丹听后心中一惊，他们先是审讯了丁志亮，讨论案情后才决定来拜访葛青袍的，葛青袍如何会知道他们一定会来？

葛青袍一如既往地平易近人，并未因韩孟丹的满脸质疑而有丝毫不快。

当他看到了刘天昊给他出示的塔基和姚文媛的还原画之后，他的表情逐渐严肃了起来。他闭上眼睛凝神了好一阵，才睁开眼睛，缓缓吐出一口气："该来的一定会来，当初我与它有缘，又无缘，想不到时隔数年，它还是来了。"

刘天昊听出葛青袍所说的"它"是这尊塔，当年他到拍卖场就是为了这尊塔，却遇到了强横的蒋小琴，导致这座塔与他无缘，现在刘天昊又带着"它"来找葛青袍，再续前缘。

葛青袍意味深长地看了一眼刘天昊："小友，这尊宝塔的来历不一般，和第二次世界大战时期侵略国留下的一个黄金宝藏有着极大的关联。"

一尊竹塔怎么又和黄金宝藏联系在一起了？

刘天昊三人一听，心里几乎同时一惊，互相看了看后又把目光集中到葛青袍身上。

人类的本性之一就是贪婪，每个宝藏都会关联到很多充满血腥的故事，又涉及豪无人性的侵略军，故事想必是异常惨烈。

"这件事儿原本不该说，但现在它涉及了一宗命案，也许还可能有其他的命案发生，所以……"葛青袍说到这里又把目光望向刘天昊。

"葛老师，我只想查清现在这桩案子。"刘天昊说道。

刘天昊的潜台词是除了查案之外，绝不会节外生枝。

葛青袍哈哈一笑，说道："这个倒是没关系，你我本就有缘，我和这座塔也有缘，这是冥冥之中注定的事儿，也许早年的一桩案子会在你的手上破解。"

事后，刘天昊才明白，葛青袍所说的早年的一桩案子指的就是"NY市五号案件"，令他困惑一生的案件。

葛青袍给众人倒了一杯茶水，开始缓缓道来。

……

侵略国之所以要侵略，就是为了占领大片土地、资源以及巨额财富。

侵略国采取了"三光"政策，抢夺大量的财物，并利用陆运和海运把财富源源不断地运回本土。在抗战后期，盟军封锁了海路，陆运又要面对中国军队和民间力量的阻截，所以侵略国驻军将领做了一个大胆的决定，把一笔巨额财宝运到NY市，利用秘密机场空运回国。

世界上本没有不透风的墙，侵略军的意图被潜伏的中国特工得悉。特工联合了当地游击队炸了隐藏在山中的秘密机场，侵略军将领只得临时改变主意，把财宝埋在附近的一个秘密军事基地。

为了掩盖宝藏的秘密，他们枪杀了所有参与运输的劳工，并将尸体与宝藏一同掩埋，而画有宝藏的地图也被秘密送回侵略国。战败后，侵略国将领被国际法庭审判，至死也未说出宝藏地图的下落，宝藏的秘密随着将领的死亡而消失在历史长河中。

凡事总有意外。

当年被灭口的劳工中，有一人非常侥幸，三八式步枪子弹洞穿了胸部，却并未伤及任何重要器官和血管，在随后的补刀过程中，刺刀刺进了他的腹部，依然未伤及重要器官和动脉血管，带着双重幸运，他成功地在死人堆里活了下来，但可惜的是，他被困在秘密军事基地中。

凭借着强大的求生意志，他找到了秘密军事基地中的医疗室，里面还有一些残留药物。靠着药物，他勉强活了下来，在随后的日子里，他以洞顶流淌下来的水和吃老鼠、蟑螂等活了下来，最终他找到了封闭并不严密的通风口，通风口很狭窄，不足以让成年人钻出去，但他已经饿得皮包骨，恰好救了他一命。

　　人都贪财，在得知自己能逃出去后，他又回到了存放财宝的仓库。他曾经在一个古董店做工七年，要不是赶上战乱，可能也成为古董界的专家级人物了，他在众多金银财宝中一眼就看出这尊塔的不凡——七巧玲珑塔。

　　七巧玲珑塔的原型是托塔天王李靖手中的七宝玲珑塔，传说原本是燃灯道人所有，后来为了帮助李靖克制哪吒，这才传给他。

　　除了宝塔之外，他还带了一些金条和珠宝，可惜的是，在爬出通风管道时，大部分物件都掉落下去。

　　他拖着重伤之躯回到家中，经过郎中的诊治后，发现他不单是伤重，还得了一种非常古怪的病，开始时不断地咳嗽、高烧、浑身起红疹，后来双眼赤红、腹泻不断，再后来呼吸急促而困难，连说话都费劲。花光了从宝藏地带出来的财宝，但依然无法治愈。有一名西医告诉他的儿女，他得的病可能有传染性，留下了一些预防药物后便急匆匆离开，并一再嘱咐，在病人死后最好立刻火化，以免传染给他人。

　　不到半个月的时间，他就病入膏肓。在临死前，他终于明白令他死亡的不是枪伤和刀伤，而是来自宝库的诅咒。他把宝藏的秘密藏在竹塔里，并把宝藏的秘密告诉了他的儿子和女儿，同时一再嘱咐两人，不到万不得已不得启用这个宝藏。

　　幸运的是，女儿和儿子并未被传染，但家中其他人就没那么幸运了，三个月内，几名打工的用人相继得了和父亲一样的病，几乎和父亲同时去世。儿子和女儿知道那名医生所说的并非虚言，便按照嘱咐，把死去的众人和父亲一同火化。

侵略国战败后，中华大地又进入另外一场战争，局势并不明朗，为了不让宝藏落入他人手中，儿子和女儿分别掌管了宝塔和开启宝塔的方法，若有人硬生生地打开宝塔，宝塔中所安置的机关会把宝藏的秘密销毁。他们将这个秘密一代一代地传了下去，并严格地遵循父亲的遗嘱，不到万不得已，绝不打开宝藏。

……

刘天昊等人听后，脸上皆露出震惊。

从葛青袍的叙述来看，他很可能就是当年那名劳工的后代。

"没错，我就是'女儿'这一支的后代。在"文化大革命"中，这尊塔被一些激进的年轻人收缴，之后就不见了踪影。"葛青袍说道。

"所以您才不惜和鼎盛时期的蒋小琴对抗，竞价那尊宝塔！"刘天昊说道。

葛青袍点点头："我不是贪财，钱这东西对我来说，维持生计便可，没有太多的欲望，我担心的是有人发现宝塔涉及的宝藏和诅咒。如果由国家接手倒好些，如果落到私欲很强的个人手里，怕是又会引发一场灾难。"

葛青袍虽没有蒋小琴的巨额财富，但也不差钱，尤其他自诩为修道之人，对于凡间俗物没有任何欲望，世人却不同，都希望财富越多越好，为了金钱可以做很多没有底线的事儿。

"当年蒋小琴拿到这尊塔后，我的心立刻悬了起来，她是个生意人，要是知道宝塔涉及这么一大笔巨额财富，怕是会动了心思，于是我只好利用所学刻意接近蒋小琴，经过几次大的事件后，她逐渐相信了我的能力，而我也只是想探听她对宝塔的态度。"葛青袍说道。

按照蒋小琴的性格，花大价钱买来的宝塔不可能不在乎，但也不会有闲心去研究它，毕竟一个蒋氏集团就够她忙活了。

"她对所有的古董都一样，只是当作一样摆设物件，并不是真懂，更不会关心它们曾经代表着什么，我也放下心来。我利用人脉帮了她几次后，她提出把宝塔送给我，我婉言拒绝了。宝塔放在她那儿很安全，只要我不说，也没人会知道宝塔背后所隐藏的秘密。"葛青袍说道。

葛青袍无论是在官场还是商场都非常有名气，想全力以赴帮助一名商人还是绰绰有余的。

蒋小琴的生意在那几年做得非常好，蒋氏集团发展异常迅速，一方面是源于她的努力和自身的素质，另一方面居然和葛青袍有关。但蒋小琴毕竟是商人，如果知道宝塔中隐藏着一个宝藏，肯定不会轻易送人，这就意味着蒋小琴并不知道宝塔的秘密！

韩孟丹和虞乘风听后松了一口气，刘天昊却紧张起来，问道："您今天把这个秘密说给我们听，就说明这个秘密已经不是秘密了！"

第十章　古今拍卖行

葛青袍一直看好刘天昊，主要是冲着他极具天分。就像西游神话里的菩提老祖和孙悟空一样，只要菩提老祖一个动作、一个眼神，孙悟空就立刻能领悟到。

葛青袍并未掩饰对刘天昊的欣赏："我说咱们有缘吧，你要不是公职人员，我一定会把本领都传给你。没错，你说得很对，这个秘密已经不是秘密了。"

"到底怎么回事？"韩孟丹一脸疑问。

"我仔细研究过塔基，发现组成宝塔的每个部分是用一种古老的手法连接而成，如果不懂开启方法，就只能以破坏的形式打开宝塔，但塔基的连接部分并未受到任何损害，这说明打开宝塔的人知道如何打开这尊塔，按此推理，如果这尊塔背后有秘密，那么打开宝塔的人一定知晓这个秘密。"刘天昊解释道。

塔基他们都见过，都仔细地看过，韩孟丹和虞乘风关注的是有没有其他人的指纹，并未注意到刘天昊所说的细节。

"难道说除了劳工的后人之外，还有人知道宝塔的秘密？"韩孟丹问道。

刘天昊没说话，有意无意地看向葛青袍。葛青袍也并未回应。高人都是这个样子，明明知道一切，却故意玩深沉。

韩孟丹皱着眉头思索了一阵，岔开话题说道："就算这尊宝塔涉及一座宝藏，但和老李被害的案子又有什么联系呢？"

钱局应该知道一些内幕，但看他的样子，却并不想说出来，蒋小琴没有表面看的那么简单，肯定也知道一些事儿，但想从她嘴里套出话来，怕是比登天还难。

刘天昊想到老练的钱局和嚣张的蒋小琴就有些头疼！

人都有私心。

葛青袍虽是修道之人，但也没逃脱人的范畴，生活在人世间就要遵循人世间的规则，有些事一旦讲出来，不但会对自己，也会对其他人造成伤害。

"我的祖上每一代都会有两人知晓竹塔中的秘密，但随着战乱和灾荒不断降临，两个分支便渐渐地失去了联系。"葛青袍说道。

"不就是一尊竹塔嘛，按照现在的科技发展程度，用不着什么手法，直接打开不就得了。"韩孟丹说道。

葛青袍摆了摆手："要是有那么容易，最初就不必分两个人掌握了，拥有宝塔的人就可以轻松打开宝塔拿到宝藏的秘密了。宝塔之所以称之为宝贝，自然有它的独到之处。就像我所讲的故事一样，宝塔中有一个机关，如果非正常打开，其中的机关会把宝藏的秘密销毁。"

中国古人是极具智慧的，很多工艺甚至超出了现代科技的范畴，比如越王剑，比如王莽时期的青铜游标卡尺、鲁班的木鹊等。

葛青袍接着说道："我只知道如何打开宝塔的口诀，却不知道宝藏秘密是以什么形式藏在塔中，也许是一张字条，也许是一幅羊皮地图，也许……"

韩孟丹把脸撇向一旁。她一向对葛青袍有成见，对于这种两头堵的话自然不屑一顾。

葛青袍呵呵一笑，又说道："不过，它的前任主人应该会知道些什么。"

前任主人！

"我怎么没想到！"刘天昊用手掌轻轻拍了一下茶几。

"哎，咱们是在查案，目标应该是杀害老李的凶手，而不是这尊塔！我认为咱们应该从案发现场开始查起……"韩孟丹有些不高兴。

刘天昊冲着葛青袍抱歉地笑了笑，拉起韩孟丹向外走去……

无论查案的方向如何，那都是内部的事儿，不该当着葛青袍的面争论。韩孟丹在法医技术方面堪称专家，但人情世故方面比较弱。

出了门后，韩孟丹甩开刘天昊的手，说道："你要去查宝塔我不反对，但我不去，我要去案发现场，乘风，你跟谁？"

虞乘风被问得一愣，忙把目光移向刘天昊。

韩孟丹虽说是法医，却依然没逃得了小女生的范畴，耍起脾气来威力十足。

刘天昊微微摇了摇头，冲着虞乘风使了个眼色。

"刚才小王给我微信了，让我到监控室，应该是丁秀文这条线有了线索。"虞乘风立刻会意，说话时有意无意地瞥向刘天昊。

"呃……"刘天昊拉长了声音应了一声，见韩孟丹看向他，才又说道："孟丹，其实你说得有道理，破案的确应该从案发现场和死者的社会关系入手，是我有些偏离方向了。"

身为女人本就心软，韩孟丹听刘天昊态度诚恳，便幽幽地叹了一口气。

"案发现场和排查死者的社会关系就劳烦你俩了，我沿着塔基的线索找下去。"刘天昊说道。

三人不是一两天的搭档，自然知道刘天昊的性格，他认准的事情就一定会做下去，见他如此说话已是不易，哪还会继续赌气计较。

"谁管你！"韩孟丹哼了一声，从刘天昊手上抢过车钥匙，和虞乘风两人开着大切诺基疾驶离去。

刘天昊苦笑一声，回头望向葛青袍道馆的窗户，看到葛青袍在看着他，便挥了挥手。

"刘队！"

一台巨大无比的车带着咆哮声而来，"嘎"的一声停在刘天昊的面前，气势压得他不由自主地倒退一步。

车窗落了下来，乔治·巴顿巨大的车型配上慕容霜高挑紧致的身材形成了一股难以抗拒的魅力，让路过的人们纷纷停足注目。

慕容霜并未拒绝蒋小琴送车的好意，把蒋小琴最喜欢的这台巨无霸开了出来。慕容霜坐在驾驶位置把着方向盘，带着一副飞行员专用的大墨镜，姐姐慕容雪坐在后排，若不是她呆滞的目光，几乎很难一眼分辨出两姐妹的差别。

刘天昊上了车，坐在副驾驶仔细地看着车内饰，用手摸了又摸，嘴里不时地发出赞叹声。

"不错吧？"慕容霜歪着头问道。

"你怎么知道我在这儿？"

"正好路过而已，我又不是葛老师，哪能算出你在哪儿。"慕容霜越过刘天昊冲着葛青袍的办公室摆了摆手，得到了葛青袍的回应之后才收回手。

慕容霜和葛青袍相识完全是由于蒋小琴的缘故。蒋小琴性格自不必说，能够诚心诚意地信葛青袍，除了给她儿子蒋天一特制的药物之外，想来葛青袍也是动了真本事才让她折服。

刘天昊回头看了看坐在后座上的慕容雪："你姐怎么样了？"

慕容霜好像不太愿意说姐姐的事儿，耸了耸肩："还是那样……没好，也没恶化，嗯……最初还好，现在一个看不住，她就到处乱跑，唉……你去哪儿？"

"古今拍卖行！"

"去查宝塔？"慕容霜不但反应极快，而且记忆力非常好，一听到古今拍卖行立刻便想到了当年拍卖宝塔的事儿。

"没错！"

"坐稳了，走起！"

……

古今拍卖行坐落在 NY 市最繁华的街头，几乎占了半条街道，金碧辉煌的门脸和苍劲有力的牌匾显示着主人的实力，临街的地面被改造成一个巨大的停车场，其中停着的不是超级跑车就是豪华商务，迈巴赫62、悍马H2、限量版的兰博基尼、劳斯莱斯幻影加长版等，看得人眼花缭乱，普通的奔驰、宝马估计都不好意思停进来。

乔治·巴顿自然不在普通车行列，敬业的保安几乎一路引导着，等巨无霸停稳后，又有一名穿着旗袍的漂亮小姐姐引导他们进入拍卖行，可以说仪式感十足。

外部装修都如此高调，内部的装饰只能用"奢华"两个字来形容。

进入大堂后，一名相貌端正的大堂经理迎了上来，冲着慕容霜鞠了一躬。慕容霜当年跟着蒋小琴的时候尽是大手笔，拍卖行的人自然认得。

"我来找古经理。"慕容霜很随意地说道。

大堂经理看到慕容姐妹几乎一模一样已经花了眼，再看刘天昊也是星眉剑目、仪表堂堂，心中羡慕顿生，却并未失了礼节，将三人引到贵宾区，伺候好茶水咖啡后，才说道："古经理昨天就没来，上午主管经理还给他打电话，说有重要的事要汇报，但电话未打通。三位有什么事儿需要可儿帮忙的吗？"

大堂经理是名漂亮的女孩儿，自称为可儿，说起话来非常嗲，眉目之间不时地瞥向刘天昊。

刘天昊心里"咯噔"一下。按照他查案的经验，每次他一查到关键人物，关键人物就会离奇失踪，随后等来的很可能是噩耗！

刘天昊定了定神，把从网络上搜来的拍卖宝塔时的照片递给可儿，表明了身份，同时把来意陈述了一遍。

"呀，我说怎么眼熟呢，原来是大名鼎鼎的名侦探刘队呀。"可儿异常兴奋，急忙拿出手机站在刘天昊身边合照了两张相。

刘天昊虽说有些尴尬，却也不好拒绝，只得勉强笑着配合。

"哦，对了，刘队，所有拍卖品的资料我们都有留存，但宝塔的详细资料想调取出来，怕是还得古经理同意才行。"可儿有些不舍地收起手机，又偷偷地瞥了两眼刘天昊。

"这尊宝塔现在涉及一桩命案，还请你多帮忙。"刘天昊笑着说道。

刘天昊并未使用警方常说的"请你配合"，而是用了"帮忙"，让可儿心里一阵欢喜，她点了点头，说道："按照公司的规定，一千万元以下的拍卖品资料都存放在档案室，一千万元以上的拍卖品资料单独存放在保险柜里面，保险柜的钥匙只有古总才有。"

刘天昊和慕容霜对视一眼，正要继续沟通，却见一旁的慕容雪突然叫了一声，随后躺在地上抱着头痛苦地叫着，五官几乎扭曲得不成样子。

刘天昊一惊，正要上前查看，却见慕容霜上前蹲在姐姐身边，拉着她的手，轻抚着她的头部，又冲着刘天昊轻声说道："没事，我姐这是老毛病了，不要紧，等她恢复一些我带她回家吃些药就好了。"

刘天昊和可儿都松了一口气。

见慕容雪稍微好转一些，刘天昊又转向可儿："可儿，麻烦你把古总的电话给我。"

可儿点了点头，给了刘天昊一个号码。他打了过去，发现能打通，但没人接电话。

"古总晚上习惯把手机开成静音状态，有可能白天忘了换成正常模式，这种情况比较常见，大部分的业务我们请示主管经理就好，有时候古总两三天不见人也是正常的。"可儿解释道。

"有古总的住址吗？"刘天昊问道。

可儿立刻摇了摇头，不过她随即眼珠灵动一下，说道："资料室可能有一些宝塔的基本资料，如果刘警官能等的话，我可以去找来。"

刘天昊看了看慕容霜和慕容雪两人。

"刘队，你去忙吧，我先把我姐送回家，随后我再过来，反正离我家也不远，半小时的事儿。"慕容霜说道。

"半小时可不够，档案室的档案很多，那座塔应该有些年头了，需要搬动很多资料才行。"可儿皱着眉头说道。

"哦，那我和你一起去找。"刘天昊说道。

"好。"可儿脸上露出喜悦之色。

第十一章　神探的异常

拍卖行业在我国起步较晚，业务范围包含艺术品的拍卖、收售、鉴定、估价；罚没物品、抵押品、各类知识产权、企业产权、土地使用权、不动产等处理。大部分拍卖行需要有很深的官方背景，否则，光凭着商业市场很难存活。

一个良好拍卖行不但充当着买卖双方的中介，也需要大量的资金进行收购和炒作，但必须具备极其强悍的经济实力。

古今拍卖行是一个老牌子拍卖行，同期开设的拍卖行倒了一批又一批，它却依然屹立不倒，不但是整个 NY 市市场最大的拍卖行，也是最大的收藏家。古今拍卖行的资金来源没人知道，老板古今很神秘，没有强大的官方背景，没有强大的经济支撑，但他从来没缺过钱。

拍卖行本就是一个暴利行业，卖了也就卖了，没人会把曾经拍卖过的藏品档案整理存放起来，古今之所以这样做是得益于早年在部队服役时在档案室工作过的缘故。

不过私营企业老板免不了要启用家族的人，尤其是档案员这种闲差。

档案员是一名年纪三十来岁的女人，其貌不扬却隐含着一丝戾气，见可儿和刘天昊来查找档案，撇了撇嘴，借口上厕所便离开了。

可儿五官比较端正，为人柔和妩媚又不轻浮。在寻找的过程中，她不时地和刘天昊聊上几句，内容大多是关于拍卖行的，也有一部分是关于老板古今的传闻。可惜的是，她进入古今拍卖行的时间比较短，对宝塔拍卖的事儿只是耳闻，并不知道详细情况。

正所谓男女搭配干活不累，时间虽久了些，却没有半分不快，最终在可儿的一阵欢呼声中，宝塔的档案袋放在刘天昊的面前。

刘天昊感激地看了一眼可儿，拿出资料看着，恰好赶上慕容霜从外面进来。

刘天昊拿着档案，可儿靠在他身边看着，若不是提前知道两人刚刚认识，还以为他们是一对看婚纱照的亲密情侣。

慕容霜咳嗽一声，脸上露出一丝不快。

刘天昊一笑："你姐姐怎么样了？"

"没事儿了，我把她安顿在家里睡下才过来的，耽误了一些时间。"慕容霜瞥了瞥可儿。

可儿下意识地向一旁站了站，随后说道："要不咱们去贵宾室看资料吧，这里怪闷的。"

……

关于宝塔的拍卖资料很少，除了关于宝塔的故事和拍卖流程及交易金额之外，并未看到宝塔现任主人和前任主人的任何资料。

"就只有这么多吗？"慕容霜问道。

可儿点点头："在我们档案室的就这么多，一个拍卖品装一个档案袋，需要保密的资料都在老板的保险柜里。"

"为什么老板要亲自保管？"刘天昊问道。

可儿脸上露出得意之色，说道："原来也有大侦探不懂的事情啊。"

刘天昊没有应声，只是尴尬地笑了笑。

"因为有些委托人不愿意让人知道他们的身份，所以那些拍卖品的档案就由老板亲自保管。"可儿说道。

人们收藏古董是因为欣赏它们的价值，出售的时候，一部分是因为它的价值得到了体现，另外一部分可能是因为资金需求。

如果古董前任主人身份显赫，现在却由于资金的缘故出售古董，这种事说出去很丢面子，自然不愿让更多的人知道，所以他们在委托拍卖行拍卖之前，会附加一条，决不能泄露委托人的身份和相关一切。还有一部分委托人比较低调，不愿意让人知道他们拥有巨量财富，也有保密需求。另外一部分就涉及非法的问题了，有些拍卖品来源不明，委托人绝对不允许暴露其身份，相关的档案不是当着委托人的面销毁，就是锁进保险库中。

保险库中的资料并非永久保存，会根据保密需求不同而制定相应的保密期，但就算是到了保密期，也会和委托人取得联系，一般都会启动销毁程序。

古今拍卖行能生存到现在，自然有它的生存之道，为客户保密这项工作，他们几乎做到了极致，甚至不会比瑞士银行差。只要涉及保密的拍卖，哪怕涉及的金额再小，老板也会亲自把关、亲自存放，存放涉及诸多人隐私的档案也由一个巨大的保险柜后来变成了一个保险库，钥匙却是一天二十四小时不离身地放在老板处。

"有没有其他方法打开保险库?"慕容霜问道。

慕容霜是名极其聪明的女子,知道这种话要是从刘天昊口中说出会有些不妥,但她没问题。

"绝对没有。保险库是德国一家保险柜生产厂商亲自设计和施工的,除了专用的钥匙配合密码之外,就算用炸药,怕是也很难进得去。"可儿说道。

慕容霜是特种兵出身,对可儿的说法自然有些不屑一顾,但出于礼貌不能再说什么。但事后证明,可儿说得并不夸张,锁王小钟竭尽全力却还是没能打开保险库,后又经过爆破专家估算,按照墙壁厚度和强度来计算,如果想炸开保险库,整栋楼都会不保。

"保险库在哪儿?"刘天昊问道。

可儿指了指地面的方向:"就在大楼的地下,这栋大楼原来是二战时期苏联人建的,地下有一层指挥所,老板买下这栋产业后进行了改造,把地下室改成保险库。"

正聊着,刘天昊的手机响了起来,是韩孟丹打来的电话。

"昊子,我和乘风在现场发现了一些疑点,你要不要过来?"韩孟丹的语气中带着些许兴奋。

"好,我马上就到。"刘天昊向可儿了解了一些保险库的事儿,和她留了联系方式,这才和慕容霜离开了拍卖行。

……

乔治·巴顿是一辆走到哪里都受人关注的车,慕容霜把刘天昊送到李克建所在的小区后便开着车离开了。

虞乘风早在大门岗处等着,见慕容霜离开后,才迎着刘天昊走了过来:"刘队,孟丹怕你不认路,让我出来接你。"

刘天昊的记忆力是刑警大队出了名的,几年前所办理案件的所有细节他都可以如数家珍，案发现场他已经来过两次，怎么会不记得！

刘天昊干咳了两声，看了看装糊涂的虞乘风。他知道韩孟丹并不是因为这件事儿才让虞乘风出来接他的，而是因为慕容霜。慕容霜并未和他一同进入案发现场，也是因为不愿意和韩孟丹碰面。

女人之间的事儿本来很简单，但掺杂了感情因素后，就变得复杂起来。

"有什么发现？"刘天昊岔开话题。

"是孟丹发现的，我们在死者遇害的地下室发现了半枚指纹，已经给技术科做比对了，现在还未出结果。"虞乘风说道。

"之前的现场勘查怎么没发现这枚指纹？"刘天昊有些自责。

虞乘风呵呵一笑，说道："孟丹刚才说了，你一定是这个反应。"

刘天昊感到有一股目光正注视着他，于是顺着感觉看向居民楼，发现是李克建家二楼落地窗后站着的丁秀文，当她看到刘天昊发现她后，立刻转身离开。

刘天昊突然停住脚步，向虞乘风小声说道："丁秀文的调查如何了？"

虞乘风身为老刑警，自然知道刘天昊说的是什么意思，思索一阵后才回道："案发当晚五点半左右，丁秀文步行离开了小区，但在主干道路的监控并未发现其踪影，应该是走的没有监控的支路，八点左右从小区入口进入。"

刘天昊点点头，略加思索后说道："失踪了两个半小时！"

"至少在监控里找不到她去哪了，可能是故意躲着监控走的，社区警走访了很多人，没人在广场和周边看到她。也许，咱们应该和她接触一下了！"虞乘风说道。

他的办案风格干净利落，在案发现场查找到线索后几乎都是直指凶手，很少有办案绕弯弯的情况，但从目前的案情进展来看，刘天昊不但带着大伙儿绕弯弯，更重要的是他时不时地有异常表现。

"根据以往破案的经验，但凡作案者，无论事后做了多少清理工作，都会在现场留下破绽，但李克建的死亡现场几乎未留下任何线索，还把线索指向有犯罪嫌疑的丁志亮，如果凶手不是丁志亮而是另有其人，那么这次谋杀等同于完美犯罪，这种概率能有多少？如果凶手是你，你能做到滴水不漏吗？"刘天昊说道。

虞乘风几乎没有犹豫，立刻摇了摇头："再谨慎也总有想不到的地方。"

"之前我分析过，如果凶手是丁秀文，她在案发现场留下的痕迹就没必要清理了，她就可以做到滴水不漏！"刘天昊说道。

虞乘风点了点头："明白！"

"另外，咱们数次接触过丁秀文，她都表现得非常冷静，这份冷静绝不是刚刚失去丈夫的妻子应该有的。"刘天昊说道。

"这样说来，排除了丁志亮之后，丁秀文成了最有嫌疑的人了！"虞乘风说道。

"至少目前给咱们的线索是这样！对了，一会儿你帮我做个试验。"刘天昊说道。

虞乘风问："什么试验？"

"你一会儿就知道了！"

两人边讨论着边进入李克建的家中。丁秀文一脸悲伤之色，情绪有些低落，甚至未向刘天昊询问案情的进展程度，只是默默地给他倒了一杯水。

"丁大姐，案发当晚五点半到八点之间，你在哪儿？"刘天昊看向沉默的丁秀文。

丁秀文脸上出现了一丝慌张之色，但随即消失，看了一眼刘天昊，把头撇到一旁："之前不是都说了嘛，去跳广场舞了，我每天都去跳的。"

"据我们的调查，当晚你在五点半出了小区，八点又回到小区，但你根本没去跳舞。"虞乘风说道。

"哦，可能是我记错了，那天我的确没去跳舞，因为老李和志亮的事儿，当天我心情不好，就没去跳舞，只是在广场周边散步。"

广场中央是居民娱乐活动的地方，周边是马路和很宽敞的人行步道，很多居民都在人行步道和马路上跑步锻炼，可惜的是，马路上并无监控，无法验证丁秀文的话是真是假。

"有证人吗？"虞乘风问道。

"你们在怀疑我？"丁秀文脸上的悲伤替换成了气愤之色。

刘天昊眼眉挑了挑。

丁秀文脸色"唰"地一下变得通红，脖子上的血管也暴露出来："没有证人，我在人行步道上散步，哪有人能证明。"

"你们所在的小区大部分的居民是公检法的公职人员，他们到了晚上也会到广场和人行步道锻炼，难道这期间没有一个人能证明看到过你吗？"刘天昊问道。

"不知道！"丁秀文干净利落地回答着。

"派出所的民警走访了当晚在人行步道和广场锻炼的人，他们都说没看到过你，这件事你如何解释？"虞乘风说道。

"我不需要任何解释，你们这样问属于侵犯我的隐私，根据法律规定，没有任何线索能证明我是嫌疑人，所以，我用不着解释什么！"丁秀文冷冷地说道。

李克建是有名的法官，精通法律，丁秀文对法律亦有一定的了解。按照目前所掌握的线索，的确不能对丁秀文进行传讯，面前可以算是了解情况，丁秀文不配合，他们也没办法。

"丁大姐，你的心情我能理解，但刚才我们所询问的内容事关破案，所以无论您说不说，我们都会查清楚。"刘天昊说道。

"那你们尽管查好了！"丁秀文说完便向外走去。

韩孟丹正要阻止丁秀文离去，却被刘天昊拦了下来。

"先去看看发现指纹的地方吧。"刘天昊看了一眼丁秀文的背影。

韩孟丹点点头，转身朝着地下室走去。

第十二章　证据确凿

不得不承认，德国的工业体系非常发达，无论是做工还是科技都处于世界领先地位。电锯台的控制电路盒很小，里面的线路和电路板设计得规规整整，电路板的盒子密封很严，打开后发现里面几乎一尘不染。

发现指纹的地方正是盒盖儿的侧边，由于盒盖的侧边比较窄，所以只能容下半枚指纹。

刘天昊盯着盒盖儿愣了一阵，脑子才算转过弯来。

老李死于电锯，而电锯是有人体保护装置的，凶手要杀死老李，必须要在保护装置上动手脚。

"孟丹在线咨询了一名德国专家，专家说人体保护装置无法手动调整，只能使用专用的编码器才行。工具床由于经常干粗活，可能会由于某种原因导致编码清零或者错乱，为了方便维修，工厂在制造的时候，在控制盒里面留了一个插口，只要用专用的编码器连接后，就可以进行调整。"虞乘风说道。

"我怎么不知道你还会说德语？"刘天昊惊讶地看着韩孟丹。

韩孟丹哼了一声："你不知道的事儿还多着呢。德国专家说，编码器被人修改过，修改了电锯缩回的反应时间，由原来的 0.05 秒变成了 0.5 秒。"

刘天昊没敢反驳，又看向控制盒，用手比画了一下："凶手打开盒子，用解码器连接了电路板，修改了里面的编程语言，让电锯的保护装置反应时间增加，再安排杀了李克建。但现在我有一个疑问，凶手从头到尾都没留下任何指纹，为何单单在这里留下指纹？"

虞乘风和韩孟丹两人都没回应，因为他们在发现这枚指纹的时候就已经想过这个问题，却没有想出答案。

"我觉得这个问题应该难不倒你吧！"韩孟丹把皮球又重新踢了回来。

刘天昊拿着盒盖儿站起身，放在阳光下仔细地端详着，盒盖设计得很精致，尤其是四个负责扣住盒子的爪，与盒盖的缝隙非常小，如果用螺丝刀等工具硬性打开，怕是会有所损伤。

"凶手应该手指纤细。"刘天昊说道，随后他看向韩孟丹的手。

"怎么说？"韩孟丹的手不自然地向后缩了缩。

"盒盖和盒子之间结合非常紧密，要想打开盒子，就必须按下爪扣，使用专业的工具自不必说，如果之前凶手戴了手套，厚度肯定不方便按下爪扣，所以他必须摘下手套，徒手把盒盖打开。至于手指纤细这件事很好确认。"刘天昊蹲下身把盒盖盖上，又冲着虞乘风说道："乘风，你徒手打开试试。"

虞乘风立刻上前，用手比画着，弄了好一阵，嘴里哎呀呀好几声，最终涨红着脸说道："不行，打不开，爪扣和盒子之间的缝隙很小，手指肚太大、指甲太宽下不去，除非我用力把它捏断。如果使用工具，应该会在塑料盒盖上留下痕迹。"

韩孟丹看向虞乘风的手指，他的手指肚上有一个清晰的压痕。

"孟丹应该能轻而易举地抠开盒盖儿。"刘天昊说道。

说到这里，虞乘风和刘天昊两人又不由自主地看向韩孟丹的手。韩孟丹哼了一声，举起手亮出漂亮的指甲，说道："我不开，弄伤了手指就没法拿手术刀了！"

爱美之心人皆有之，韩孟丹表面看起来是冷冰冰的法医，但骨子里依然是一个女人，可以说她态度冰冷，但绝不可以说她不美。

刘天昊一副哀求的模样看着她，她幽幽地叹了一口气，心一软："好吧好吧，弄伤手指算工伤吧？"

"工伤，绝对工伤！"刘天昊和虞乘风两人异口同声地说道。

韩孟丹白了刘天昊一眼，撇了撇嘴角，蹲了下来把盒子扣上，轻松地又抠开盒子。

刘天昊向楼上的方向看了看。

韩孟丹立刻会意，小声说道："指纹不是丁秀文的。"

刘天昊警惕地看着地下室的门口，做了一个嘘声的手势，小声说道："在案情没清晰之前，任何可能都存在。"

虞乘风点了点头。

"现在很多男生的手指也都是这样的，不一定非得是女人。"韩孟丹说道。

"丁家姐俩的手指都比较细……"虞乘风话说了一半便停住，他知道刘天昊一直不太相信这件案子会这么简单。

"还看出其他的了吗？"韩孟丹岔开话题问道。

刘天昊耸了耸肩。影视剧中的侦探推理几乎是百发百中，神乎其神，但现实生活中的侦探推理不一样，有百分之五十的正确率就已经不错了，更何况这件案子的凶手所留下的线索并不多。

"刚才你说做试验，做什么试验？"虞乘风想起了刚才刘天昊说的试验。

刘天昊做恍然大悟状，说道："这段时间我脑子有些糊涂，要不是你提醒，怕是把这事儿给忘了。"

说完话，他走到房间外，来到丁志亮所说的那扇窗户前仔细地看着。

虞乘风和韩孟丹两人对视一眼，脸上都露出疑惑之色。

记忆力强大是成为神探的必要条件之一，但从刘天昊在这件案子的表现来看，他的行为表现完全不符合一名神探的标准，甚至连普通的警察条件都达不到，如果不是因为病变产生了记忆力倒退，那就是因为某些事情导致的心不在焉。

"乘风，你按照凶手作案的路线从窗户潜进来。"刘天昊说道。

虞乘风立刻明白刘天昊所说，转身离开房间，到外面的草地上，推开窗户向房间钻进来。

钻窗户这件事看起来简单，但操作起来相当费事。首先是不能弄出动静来惊动户主，窗户距离屋内地面大约 1.5 米的距离。由于外面的地面比室内高一些，进来是比较容易的，但落地时免不了要弄出一些动静来。其次是由于空间的原因，窗户的宽度设计比正常窗户要狭窄一些，身体稍微壮实一些的人钻起来就会比较吃力。

虞乘风身材并不高大，但由于常年锻炼，身体比较敦实，当他钻窗户的时候，衣服刮在了窗锁机钩上，跳下来的时候，"刺啦"一声被刮开一个口子，他尽量选择用脚尖着地，落地后迅速下蹲作以缓冲，但还是发出"咚"的一声闷声。

虞乘风脸上一红，冲着刘天昊笑了笑，说道："这种事还是得找小钟来做才行，我不是那块料！"

小钟开锁手艺不是来自于现代锁匠们的培训，而是上一代的老盗王，开锁只是技能之一，翻墙钻窗户也是必备技能，因此要求训练者的身材要瘦小灵活，钻缝无痕、落地无声，虞乘风和刘天昊身材壮硕，显然不符合标准。

话音刚落，就见一阵脚步声响起，丁秀文从楼上走了下来，从门口看着里面，显然她是被刚才"咚"的一声吸引来的。

刘天昊看了一眼丁秀文，说道："凶手要想悄无声息地钻进房间并不简单，不但在身材上有要求，而且应该常年锻炼，否则就会像刚才你那样。"

虞乘风尴尬地咳了两声。

他虽然是刑警，但常年办案，几乎很少有时间锻炼，身体灵活性远比在警校上学时差得多。

"你们在做什么？"丁秀文在门口问道。

韩孟丹正要答话，却听见手机响了起来，是技术科小王打来的电话。

"韩法医，指纹鉴定完成了，是丁志亮的。"

"哦！"韩孟丹看了一眼刘天昊，意思是案情本来就是这么简单，丁志亮是凶手无疑。

监控录像、指纹、DNA鉴定，这三大项技术是现代破案不可或缺的手段，也是现代的破案率比早年高的原因，但在这件案子中，监控完全成了瞎子，现场留下的痕迹又太少，唯独留下一滴血迹和一个指纹却都属于丁志亮，如果不能找到其他的线索证明凶手另有其人，丁志亮就会真的被认为是为凶手。

刘天昊相信证据，但也相信自己的直觉，一名优秀的侦探如果缺少了直觉，和用冰冷数据说话的电脑便没了区别。

直觉并非是玄而又玄的迷信，而是具备大量的相应知识，加上长期的工作实践训练出来的。有的警察和嫌疑犯只是迎面而过便能感觉到对方的异常，这就属于直觉范畴。

"今天先到这儿吧，丁女士，这间房间还需要保持现状，请不要随意进入。"刘天昊说道。

丁秀文紧闭着嘴，脸色有些铁青。

"那两个半小时，如果你能想起什么，请及时联系我。"刘天昊说道。

丁秀文疑惑地看着三人，张了张嘴，和刘天昊对视一眼后，最终还是把话咽了回去。

刘天昊三人走到小区内，他打开手机摄像功能，用自拍方式朝着丁秀文家拍着，他看到丁秀文从窗户向外看着他们，表情有些复杂。

"乘风，派人盯着她，要有意无意地让她看到。"刘天昊说道。

"啊……这……"虞乘风一时间愣住。警察蹲守需要尽量隐蔽，以极大地获取所需线索，刘天昊却安排故意暴露，的确让人有些迷惑。

刘天昊一笑，拿起手机拨了一个号码，手机屏幕上显示联系人是苗小叶，接通后苗小叶的声音传来："大侦探怎么想起我来了？"

"小弟需要姐姐帮忙呗，前几天齐队还和我提你来着……"

"行啦行啦，齐维那人我可知道，他绝对不会提我半个字，说吧，啥事儿？"

刘天昊嘿嘿笑了几声："我需要你帮我监听一个电话，全部内容，一字不漏！"

"有难度！"

"没难度就没必要找小叶姐了吧！"刘天昊依然是一副嬉皮笑脸。

"真的是和齐维一模一样，拿你们没办法，号码发过来吧！"

……

古今拍卖行绝不是 NY 市最豪华的所在，但位列三甲是没问题的，敬业的保安、保洁，漂亮又极具气质的前台，体贴又善解人意的客户经理，这些人员配置自然都不会少，虽说拍卖行不像酒店那样有星级，却不比五星级酒店差。

可儿一如既往地招呼着来来往往的客人，但无一例外的是，所有的客人都皱着眉头离开，连工作人员也不时地摆出一副苦相来，原因就在于大堂中有一股隐隐的臭味儿。

保洁人员已经反复清扫了大堂的厕所，确定臭味儿的来源绝不是厕所。

送走了最后一位客人后，可儿实在忍不住好奇心，她决心要查出臭味的来源，否则，上门的客人都被熏跑了！

拍卖行大堂的卫生间堪比五星级酒店的客房一般，不但没有任何异味，燃烧的檀香味道充斥着整个空间，加上轻柔的音乐，如果不是几个马桶和洗手池，没人会认为这里是厕所。

可儿把两个厕所都检查完，确定了臭味的源头绝不可能是这里，于是沿着楼梯把整个大楼转了一圈，最终发现臭味的来源是地下室的保险库，也就是存放保密档案的地方。

"不论多牢固的保险库，都免不了进老鼠！"可儿叹了一口气，走到保险库大铁门处冲着门缝的位置闻了闻，一股极为难闻的味道传了出来。

她叹了一口气，掏出手机，调出老板古今的号码拨了过去。

保险库只有老板本人才有钥匙，他极爱干净，别说是有老鼠尸体，就连灰尘他都受不了，要是知道了有老鼠尸体却不汇报，弄不好会被炒鱿鱼！

古今的手机拨通了，但依然没人接。

可儿放下手机，正准备离开，却隐约听到保险库里面有声音。

保险库原本是部队的指挥所，可以防止穿甲弹和导弹的袭击，顶棚、墙和门都非常厚，但空气过滤系统是和外部接通的。古今接手后，把空气过滤系统改成了新风空调系统，为了防止老鼠、蟑螂等进入保险库，还在新风系统管道中设置了防鼠、防蟑螂的装置。

"叮咚！"声音再次从新风系统传出来。

"这不是老板手机短信的声音嘛？"可儿抬头看向新风系统的进风口心里一惊！

第十三章　绝对密室

开锁匠小钟和齐维的关系非常要好，但在刘天昊的故事里很少出现。他本身就是一个传奇，入门拜师盗王张五爷，还没等出师，张五爷便出了事，而小钟则是用另外一种形式延续了一代盗王的传奇。

张五爷的名字里虽然带了一个"爷"字，但他的年纪并不大，能够在行业内被人称为"爷"，是因为他的专业。动乱的年代，他八岁就在街头上混，九岁拜了上海最有名的偷儿为师，十二岁开始独自作案，只要他盯上的，从未失手。他最大的特点就是绝不直接从人身上偷，他认为太低级了。他作案的对象除了各大银行的金库，就是为富不仁者的保险柜。这些地方有一个共同点，防卫极其严密，用的都是世界上最顶级的防盗门、锁和保险柜。

在张五爷面前，这些防御都成了摆设，从早年到现代，张五爷成了众多银行、大富豪、警方高额悬赏的对象。可惜的是，张五爷为人仗义、侠名远播，没人愿意提供关于他的线索，导致张五爷成了谜一般的存在。

张五爷能够行走江湖多年，其中一条原则就是绝不收徒。也许是张五爷到了晚年感到寂寞，也许是投缘，小钟是唯一一个例外。

小钟虽说叫小钟，年纪却不小，只是身材矮小瘦弱，这才被称作小钟。

小钟是极有悟性的，他的开锁技能甚至超过了师父张五爷，用他的话说，这个世界就没有打不开的锁，只有不想打开的锁，但这句话在古今拍卖行的地下保险库打了脸。

由于地下空间相对封闭，臭味儿越来越浓，就连常年从事尸检工作的韩孟丹也不禁皱起了眉头。

找小钟开锁的前提是没有钥匙，可儿带着虞乘风等人搜遍了老总古今的办公室和家里，还是没能找到钥匙。按照保险库设计者所说，就算原厂设计师来了，也要一个月的时间才能按照设计图复制出钥匙、打开锁，而设计师早在五年前便魂飞天国，这就意味着，除了古今手里的那把钥匙，没人可以打开保险库。

对于这种说法，小钟自然不服气，首先是钥匙可以复制，保险库设计得多巧妙最终还是靠钥匙打开，这种等量级的保险库的钥匙肯定很复杂，却难不倒像小钟这样的人。

可惜的是没有钥匙原型，他也无能为力。

保险库的锁对于小钟来说是一生中最大的挑战，他不得不全身心投入进去，以至于嗅觉都失灵了。

地下室很安静，只有开锁工具窸窸窣窣的声音还在延续着，这种安静给人以窒息的感觉，首先忍受不住的是可儿，只见她脸色变了又变，最后捂着嘴拼命跑了出去。

过了好一阵，小钟终于直起身体，抹了一下额头上的汗，脸上露出抱歉的表情。

这是小钟成为开锁匠以来的第一次失败。

"刘队，风哥，抱歉了，我打不开。设计保险库大门的人绝对是个天才，这是我第一次见到这么复杂的锁机构，没有原装钥匙绝对打不开。"小钟满脸歉意地说道。

可儿从楼梯又走了下来，接着话茬儿说道："是的，有一次古总喝酒之后说过，保险库的钥匙世界绝无仅有，其中的复杂程度超出想象，要想复制就必须要完全拆卸开，却没有任何一家锁厂敢拆开，因为他们无法保证拆开后能复原。"

韩孟丹转向刘天昊："怎么办？"

打开保险库大门的主意是刘天昊定的，到了现场后，他第一时间便肯定了这种味道是尸臭味，绝不是一只死老鼠，是人尸体的可能性很大。

拍卖行老板古今失联好多天了，如果预料不错，保险库中的很可能就是他。

但现在小钟打不开锁，又没有钥匙，如果从德国请专家来破解，申请费用走程序估计就得一个多月，会错失破案的最佳时机。

"如果是破坏性拆除呢？"刘天昊向小钟问道。

"那就比较简单了，我所说的开锁指的是无痕开锁，如果不计代价，相对来说会容易一些。"小钟说道。

"开！"刘天昊言语简单明了而且异常坚决。

可儿和现场的一个男经理几乎同时提出异议："不行！"

可儿身为女性在态度上相对柔和一些，随即解释道："刘队，这个保险库是老板的命根子，平时都不让我们进入，档案整理好后，都是由他亲自送进去，里面的卫生也都是由他亲自打扫。"

"事情紧急，你们老板又失联，这件事我来做主，出了事我负责。"刘天昊给小钟示意。

小钟点了点头，说了声"我去拿家伙事儿"便转身离开。

拍卖行的男经理满脸为难之色，说道："刘队，这个保险库每年用于保养的费用都是六位数，要是破坏了，怕是……"

"坏了我赔！"还没等刘天昊说话，一个女性的声音从外面传了进来。

"佳佳！"刘天昊看向消防通道大门。

果然，门打开后，王佳佳和扛着摄像机的老蛤蟆走了进来。

"我查过这个门，也就四百多万美元，加上溢价，五百万也够了，如果你老板追究起来，钱由我来付！"王佳佳自信心满满地说道。

自打王佳佳成为网红后，收入成百上千倍地增长，她的出名大部分是得益于刘天昊的专访，现在为他解决一些难题也算是投资回报。

刘天昊正要问她是如何得知这里出了事，却被王佳佳抢了先。

"我是记者，自然有我的渠道，否则，凡事都落后，那就不叫新闻了。"王佳佳冲着刘天昊眨了眨眼说道。

王佳佳跟着刘天昊经常出现场，对这种味道还算适应，皱了皱眉头，舒缓了一下情绪后，站在镜头前准备直播，但老蛤蟆不同，他是一个技术宅，对这种味道异常敏感，虽然提前戴了三层口罩，依然被浓烈的尸臭味道熏得想吐。

很多人看到的都是视频中的网红，却很少看到镜头外的网红。刘天昊、韩孟丹等人已经习以为常，可儿却是第一次看到网红直播，表现得非常兴奋。

原本地下室的氛围极其尴尬，随着王佳佳的到来，氛围缓解了不少，时间也过得飞快起来。

王佳佳还没直播完，小钟便飞快地从消防通道跑下来，手上拿着铁罐子，背上背着一个背包，包里面装着各种各样的工具，罐子上写的是液氮，说起破拆，消防队平时做得比较多，但限于工具比较落后，手段也简单粗暴。

小钟是玩技术的，手段自然要高明一些，过程不必多陈述，最后在他的努力下终于把保险库大门打开。

当大门打开的那一刻，一股浓浓的尸臭味道从里面传了出来，地面上的液体已经漫延到大门口，若不是保险库大门没有任何缝隙，怕是早就流了出来。

保险库的面积很大，其中有很多柜子靠着墙边整整齐齐地立着，柜子也都是定制的类似于保险柜的铁柜子，房间的中间有一个巨大的金属台，应该是平时暂时存放物品用的。

一具尸体规规矩矩地躺在金属台的正中间，尸体已经高度腐烂，尸水沿着金属台流到了地面上，又顺着地势流到大门口。

"是古总！"可儿几乎在大门打开的一瞬间惊叫了一声，因为她看到了尸体所穿的衣服正是古总的，古总标志性的红宝石大戒指也牢牢地戴在他的左手无名指上。

古今身为拍卖行的老板，身上所穿的衣服价值不菲，一套西装十几万，手上的戒指更是出自世界顶级珠宝定制大师之手，世界上绝对没有第二枚。

虞乘风和辖区派出所的民警立刻围起了警戒带，同时让众人离开现场，以免造成不必要的破坏。

王佳佳和老蛤蟆不是第一次跟现场，穿戴好用具后，这才跟随着刘天昊进入保险库中。

他们不是第一次见到腐烂尸体，诡异的是，在尸体的旁边放着一个木制工艺品。王佳佳和老蛤蟆并不知情，盯着工艺品有些发蒙，但刘天昊只看了一眼便认出了它：古塔模型的塔身部分。

韩孟丹和虞乘风在看到塔身之后也是倒吸了一口凉气，三人几乎在同一时间对视一眼。

刘天昊之前的推理应验了，法官老李的案子果然和古塔模型有着莫大的关系。

"尸体呈现巨人观，目测的死亡时间应该在七十二小时以上。"韩孟丹说道。

"巨人观"是一种尸体现象。尸体巨人观的形成是和环境、温度有着很大的关系，保险库内的温度几乎恒定在十八摄氏度左右，湿度相对稳定，中央空调还安装了新风系统，处于室外循环模式，因此初步判断死亡时间应该在七十二小时以上。

趁着韩孟丹验尸的工夫，刘天昊勘查整个保险库。

由于是早年的建筑，钢筋混凝土用料非常扎实，除了大门和新风空调系统之外，再没有与外界相连接之处，详细检查了新风系统，发现新风系统只是在棚顶的位置打了一个孔洞，大部分设备都在室内，孔洞比成年人的大腿粗不了多少，成年人无法正常进出，而且新风管道并未遭到任何破坏。

尸体的臭味就是通过新风系统管道传出来的。

虞乘风走到刘天昊身边，把两个证物袋递给刘天昊。其中一个证物袋装的是塔身，另外一个装着一枚金属物件，从表面来看非常复杂。

"保险库的钥匙？"刘天昊问道。

"从死者腰带扣上解下来的，应该是保险库大门钥匙。"虞乘风答道。

刘天昊点了点头，拿着物证向外走去。王佳佳和老蛤蟆及时地跟上刘天昊，镜头的关注点在两样物证上面。

刘天昊停住脚步，说道："在没得到我允许之前……"

"绝对不会公开对外报道，在报道之前，样片会经过你的审核，大侦探！"王佳佳立刻说道。

刘天昊吸了一口气，本来要说的话被噎了回去，只好朝外面走去。

经过可儿和拍卖行男经理的确认，复杂的金属件果然是保险库大门的钥匙。

"钥匙只有一把？"刘天昊向可儿问道。

可儿支支吾吾没敢回答，反而是男经理说了句："我们知道的只有一把，至于有没有第二把钥匙，还得问问古总家嫂子。"

"乘风，通知死者家属来认尸。"刘天昊说完后又向可儿和男经理说道："可能需要二位配合做个笔录。"

两人立刻点头答应。

刘天昊安排好后再次回到保险库内，见韩孟丹还在做初步尸检，便没去打扰，再次勘查了现场。保险库大门的锁机结构比较特殊，无论是开锁还是锁门，都需要使用钥匙才能完成。但钥匙在死者的腰带扣上，这就意味着这是一宗密室杀人案，最大的可能还是自杀！

"如果自杀倒还好说，如果是他杀，凶手究竟用了什么手法制造了密室？又是用了什么手法杀了死者？"刘天昊陷入一片迷茫中。

第十四章　窒息之苦

行凶杀人的罪犯在作案后都会千方百计地逃避法律责任。很多犯罪嫌疑人在作案后都会对现场进行清理，掩饰作案手段，错开作案时间以迷惑警察。

但完美犯罪本不存在，凶手多多少少都会在现场留下些许线索，但由于种种原因导致线索变得模糊，甚至不被察觉，以至于犯罪分子逍遥法外。

由于监控设备的普及，破案的难度比早年简单了很多，以至于很多侦探过多地依赖监控，一旦离开监控，便会茫然无措。

刘天昊和齐维作为 NY 市有名的神探，破案手法自然不会局限于监控录像，根据现场的线索和信息进行逻辑推理分析，再寻找证据加以论证才是他们破案的根本。

密室杀人案本身就是悖论，凶手在不可能的情况下完成杀人并全身而退，任何一件密室杀人案都是对侦探能力的极大考验。

眼前的案件更是其中的极致。

首先是保险库，除了大门和直径四十厘米的新风通道之外，再无出入口。只有专用的钥匙才能打开保险库大门，这把钥匙却挂在死者的身上。如果凶手实施杀人后再把钥匙从新风口送进密室，是不可能完成挂在死者裤腰带扣上的动作的。

据可儿和男经理所说，古今对保险库非常看重，钥匙从不离身，只要和保险库有关的事儿，他必须亲力而为，所有的员工都没进过保险库。

再说意外身亡的可能，死者尸体平躺在金属台面上，死状异常平静，房间中并未检测出毒气等物质，周边的环境几乎没有任何改变，因此意外死亡的可能性也不大。

除非一种可能，自杀！

刘天昊翻着古今拍卖行的账户流水，单从账面上看，古今拍卖行的盈利很大，又不存在外债，从对古今的社会关系调查来看，他每天除了在单位和拍卖场之外，就在家中陪着老人、夫人和孩子，算是模范男人的标杆。

而在此之前，他正积极地筹备着一场慈善拍卖会，无论从哪方面，他都不具备自杀的动机！

从目前的线索来看，唯一和他杀联系在一起的就是尸体身边出现的那尊塔的塔身。

法官老李死亡现场原本也属于密室，但一扇窗户破解了密室手法，凶手把现场痕迹清理得干干净净，除了一座不应该出现的塔基之外，再无其他痕迹。

两件案子的受害者本无联系，也无任何交集，却因为一座宝塔模型联系在了一起。就算没有证据支撑，也能一眼看出两件案子有极大的关联。

刘天昊看了看塔身，在塔身上果然有两行小字，文字种类和塔基上的一致，他立刻拍了照片发给姚文媛。

姚文媛很快回复了信息：第一段的意思是"贪婪成性的灵魂安于

此"，第二段的意思是"打开塔身之人必将受到窒息之苦"。

王佳佳眼尖，一眼就看到刘天昊手机上的内容，看到"贪婪成性的灵魂安于此"这行字后眼睛一亮，立刻说道："昊子，我知道这句话是什么意思。"

王佳佳的话把刘天昊从冥想中拉回现实，当初查李克建的案子时，姚文媛的父亲姚一平讲过佛教的三毒，刘天昊自然心中有数，考校般地问道："什么意思？"

这尊塔本就不该出现在案发现场，加上它的来历比较特殊，很少有人知道它的存在。但王佳佳身为记者见多识广，说不定会知道一些稀奇古怪的事儿，会对断案有益。

"这句话和佛教的三毒有关。"王佳佳好像一名要积极回答老师问题的小学生一般。

老蛤蟆听后却摇了摇头，小眼睛眨巴着望向王佳佳："佳佳姐，啥是三毒？"

王佳佳得意地一笑，解释道："佛教所谓的三毒是贪嗔痴，也叫三火、三诟。贪是说贪图名、利、财以及一切欲望之物，因喜爱、喜好而起。嗔是说无理智地发脾气、迁怒于人，因仇恨、厌恶而起。痴是说不明事理、黑白不分，因心性愚昧而至。大概的意思就是这样，我曾经做过一期节目，涉及佛教，算是略懂吧。"

刘天昊听到这里陷入了沉思中，并未回应王佳佳的话。

塔基上的内容是"不分黑白的灵魂安于此"和"打开塔基之人必将受到断头之难"。不分黑白对应的是三毒中"痴"，和李克建的法官职业遥相呼应。李克建的脖子被电锯锯断对应了诅咒"断头之难"。

出现在塔身上的内容是"贪婪成性的灵魂安于此"和"打开塔身之人必将受到窒息之苦"。贪婪成性对应的是三毒中的"贪"，和古今的商人身份相对应。诅咒"窒息之苦"从理论来讲，死者应该死于窒息性死亡，但由于尸体腐烂严重，只能等韩孟丹做完尸检才能下定论。

"喂，大神探。"王佳佳歪着头看向刘天昊。

刘天昊轻咳了一声，面色一沉，说道："既然是三毒，那就意味着还会有第三名受害者出现。"

"应该吧，最后一个出现的应该是嗔！如果按照前两起案件的特征来分析，最后一起案件的受害者是……"王佳佳说到这里看向刘天昊。

"现在下定论还为时尚早。"刘天昊几乎不假思索地说道，但实际上他心里已经想到了一个人。

老李是法官，黑白不分是大忌，但人无完人，他在职业生涯中难免会犯一些小错误。古今是商人，商人的本质是最大限度获取利润，对于钱财的欲望很大，否则也不可能建立起一个庞大的拍卖王国，和贪联系在一起也不为过。在刘天昊的圈子里，和宝塔有关又脾气暴躁的人当数蒋小琴最符合条件，纵观蒋小琴，拥有无穷财富的蒋氏集团，却由于某种原因形成了骄横跋扈的性格，经常发无妄之火，和嗔字不谋而合。

王佳佳思维不比刘天昊慢，几乎同时想到了蒋小琴："不过蒋小琴精明得很，对性命看得很重，无论是'画魔'一案，还是不久前的'A级通缉令'一案，她比兔子跑得都快，凶手想要她的命，怕是很难。"

"刘队，初步尸检已经完成了。"韩孟丹的声音从保险库里面传了出来。

刘天昊和王佳佳对视一眼，两人立刻走了进去。

"有什么收获？"刘天昊问道。

韩孟丹看了一眼和刘天昊贴得很近的王佳佳，原本就冰冷的脸一沉，说道："目测死者尸体无明显外伤，手脚没有捆绑过的痕迹，尸体腐败严重，无法确定是否中毒，致死原因无法确定，需要解剖，就这些！"

"有移尸的痕迹吗？"刘天昊并未察觉出韩孟丹的异状。

韩孟丹立刻摇了摇头："死亡超过了七十二小时，尸僵完全缓解了，如果之前搬动过尸体，应该会有痕迹，但目前还没发现。"

"也就是说，这里就是死者遇害的第一现场？"刘天昊问道。

"可以这样说。刘队，我认为这是一起自杀或者意外亡人事故，而不是谋杀。"韩孟丹把目光望向头顶的空调新风系统，又环顾了一下周围的环境。

韩孟丹虽说是法医，但参与破案多起，善于学习的她几乎具备了刘天昊大多数的能力。

刘天昊没有应声，出门找到男经理。

刘天昊指着大铁门上方的新风系统出风口问道："经理，新风系统的进风口在哪儿？"刘天昊问道。

男经理摇了摇头，拿起对讲机："老王，你来一下一楼大堂，就是通往保险库的消防通道门口。"随后他向刘天昊抱歉一笑，解释道："我和可儿是业务经理，只是单纯地负责业务，老王是工程部管事儿的，修修补补的事儿都是他负责。"

过了不大一会儿，一名五十岁的男人跑了过来，抹了一把额头上的汗，冲着男经理点了点头。

"王师傅，保险库的新风系统通风口在哪儿？"刘天昊出示了证件后问道。

"哦，整个通风系统都是我负责安装的，出风口有两个，一个在保险库内，一个在保险库外走廊。进风口在三楼平台，整个楼是一整套的中央控制系统，出故障了？"王师傅皱着眉头问道，他是拍卖行的外围人员，显然还不知道古经理出了事儿，但他一进门就闻到了一股臭味儿，由于身份的原因他没敢细问，呼吸了几口气之后算是反应过来。

"带我去看看。"刘天昊说道。

王师傅应了一声，疑惑地向通往保险库的消防通道看了看，随后沿着消防通道向上走去。

三楼楼顶的铁门只是虚掩着，锁头挂在一旁的把手上并未起到应有的作用，平台的面积很大，有一些种着花花草草的盆罐整齐地放在靠近南面的位置，应该是保安或者是保洁人员闲时种的，几组巨大的空调和新风机组在中间位置嗡嗡作响，还有几个带防雨罩的通风管道。

刘天昊绕着机组和通风管道转了一圈，又比画了一下管道的直径。

王师傅立刻解释道："警察同志，新风系统是早年的设计，再加上地下保险库的面积不大，所以就采用了小管径的设计，人是不可能爬进去的，管道两头儿又设置了防鼠板，老鼠也进不去。"

"这个新风系统是只能向里面吹气，还是又能吹气又能把空气抽出来？"刘天昊问道。

刘天昊的问题让王师傅哑然一笑，说道："正常的地面建筑一般都是采用负压新风的设定，也就是向外抽取室内浑浊的气体，新鲜的空气由门和窗进入房间内。但保险库位于地下，门是完全封闭的，只能采用双向送风的方式，既一套机器向里面送新鲜的空气，另外一套机器向外排风。在保险库里，送风口在棚顶，排风口在墙壁下方。"

"两套机器是同步工作的吗？"刘天昊又问道。

"对，是同步工作，也可以手动分开操作。"王师傅说道。

"好，劳烦您带我去看看保险库内的送、排风口。"

回到保险库后，王师傅拿了一把椅子，放在送风口下方。刘天昊站在上面用手比量着送风口，又在王师傅的指点下找到了两处排风口，比量了一下后，发现所有的管道都是四十厘米直径，而且有很多弯曲管道，管道内的灰尘并未及时清理，未发现有人进出的痕迹。

唯一能制造密室的可能不存在了！

"刘队，现场都勘查完成了。"虞乘风冲着刘天昊微微地摇了摇头，意思是并无重大发现。

王师傅等人很识趣，立刻转身离开保险库。

虞乘风这才说道："现场很干净，很多地方连死者的脚印和指纹都抹除了，尤其是从死者躺的金属台到大门这段距离，几乎没有任何痕迹可言。那些保险柜上也没有指纹，想必是死者经常擦拭造成的。"

刘天昊立刻想到了李克建被害现场，凶手也做了清理，除了留下想留下的丁志亮的那滴血和指纹外。

"就算让我做这件案子，也不可能清理这么干净，太不寻常了。"虞乘风感慨道。

"你没发现死者死得太过平静吗？"刘天昊问道。

虞乘风点点头："的确是太过平静了，如果那句诅咒对应死者的死因，机械性窒息死亡是绝不可能这么平静的。"

两人不约而同地把目光同时看向金属台。金属台上很干净，除了尸体和正常流淌的尸水之外，没有任何痕迹，几乎可以和李克建的死亡现场媲美。

"你怀疑死者生前被人下了药？"虞乘风问道。

"有这种可能，还是先安排把尸体送回尸检中心吧，我需要详细的尸检报告。另外，有些情况我还需要和可儿了解。"刘天昊有气无力地说道，随后冲着韩孟丹投去了求助的目光。

韩孟丹白了刘天昊一眼，最终还是无奈地点了点头，随后和虞乘风安排警员们运送尸体撤离现场。

众人撤离后，刘天昊向大门外捂着鼻子的可儿招了招手。可儿避开抬尸体的警察，踮着脚尖避开尸水走进保险库中，她脸色有些惨白，眼神中更多的是恐惧和厌恶，想必是尸体的巨人观和尸臭味造成的。

"你没事吧？"刘天昊关心道。

可儿的手始终不敢离开鼻子，皱着眉头摇了摇头，但脸上的表情告诉刘天昊，她不但有事，而且很难受。

尸体的巨人观加上腐烂的气味，别说是未见过世面的小女孩儿，哪怕如韩孟丹，也是皱着眉头完成的尸检。要不是冲着刘天昊，她绝不肯在这儿多待一秒钟。

刘天昊轻舒了一口气，从口袋里掏出一个很厚的口罩，递给她："喏，戴上吧，可能会好一些。"

可儿脸上露出了感激的表情，接过口罩立刻戴上，口罩上有一股淡淡的中药味道，遮掩了大部分的尸臭味儿。

刘天昊走到保险柜前，问道："可儿，这里的柜子装的都是拍卖品的资料吗？"

可儿皱着眉头说道："这个真不知道，可能也会有些其他的物品放在里面吧！"

"拍卖的藏品都放在哪儿？"刘天昊问道。

"还有一个保险库，钥匙在胡经理和我手上，两把锁，需要两个人同时到场才能打开。"可儿看了看站在保险库外面的男经理。

"我需要查看这个保险库里面的所有资料。"刘天昊说道。

可儿知道刘天昊的目标是那尊宝塔的拍卖资料，她下意识地看了看其中一个柜子，有些犹豫："这些资料……"

"刘警官，这些资料都是为客户保密才放进来的，我们决不能因为……"男经理听到两人谈话后不顾臭味儿喊了一嗓子，却并未进入保险库。

"如果你不想落个妨碍公务的罪名，那么，请配合！"刘天昊对男经理并没有任何好感，立刻打断了他的话。

也许是常年经商的缘故，男经理给人的感觉非常精明，任何人都别想从他这里占一点便宜。

"唔……那好吧，请自便！"男经理虽说叫经理，但实际上只是一个高级打工者，没必要为了死去的老板定下的规矩和警察对着干，他眼珠转了转，做了一个无所谓的耸肩动作后转身离开。

缘起缘尽，人死灯灭。

古今拍卖行大部分业务是古今的资源，现在古今死了，拍卖行的业务也会随之崩塌，男经理是个精明的商人，自然不肯收拾这个烂摊子。

可儿看到他这一转身，就知道他不会再回来，只得暗暗地叹了一口气。

"我可以把新风系统打开吗？这里还是太臭了，我有些……呕……"可儿可怜巴巴地询问着。她本想离开，但知道刘天昊肯定有很多问题要和她沟通，只能硬挺着。

刘天昊思索片刻，点了点头。

可儿疾走几步来到墙边，在一个遥控板前操作着，几秒钟后，墙壁上两个排风口的格栅发出了微响。

刘天昊向头顶看了看，又用手尽量地伸向进风口，发现进风口并没有风吹进来。

新风系统的效率很高，空气中的臭味稍稍淡了一些，但地面上的尸水依然不断地散发着臭气。

可儿脸上的神情轻松了一些，回头看刘天昊时，却发现他的眼神中充满着质疑。

此时的保险库中只剩下刘天昊和可儿两人，刘天昊走到可儿身边，盯着她问道"你进入过保险库？"

"我……没进过……"可儿的双眼显出一丝慌张。

第十五章　可儿的心事

人在说谎时会下意识地做一些动作，除非是经过专业训练的人，显然可儿并未经过任何训练，虽说口罩罩住了大部分的脸，但双眼的闪动依然出卖了她。

可儿见刘天昊并未逼问，只是盯着她，她匆匆瞥了一眼刘天昊，又把目光放低，露出的脸颊现出一丝红晕。

"公司的空调控制器都是一样的，所以……"

"并不一样，楼上的空调是新款的，用电子屏幕调节控制，而这款是老式的，刚才我在王师傅那儿也得到了验证，老式的控制主要是物理按键，按键又多又复杂，如果不熟悉，很难在短时间内完成调节。"刘天昊并未客气。

可儿并未再进行辩解，眼眶一红，眼泪沿着眼眶转来转去。

"是，你说得对，这里我来过很多次，和古总两个人！"可儿显然是鼓足了勇气才说出来，说完后，她一跺脚，转身向外走去。

一名可爱又美丽的经理和一个有钱有势的老总在密不透风的保险库中还能做什么，就算不说，刘天昊也能明白。

刘天昊接触的案子中这样的男人很多，开发商刘大龙、律师事务所老总孙青柏、开馆算命的伪大师刘国华、会所陆经理、拍卖行老板古今，他们手上掌握着大量的财富和相对的权力，便不再控制男人最原始的欲望，而是将其发挥得淋漓尽致。

就算他们没想法，围绕着他们的女人们也会蜂拥而至，身在其中的男人又有几人能洁身自好！

"对不起，我不该说这些！"刘天昊的态度很诚恳。

可儿站定脚步，肩头不断地抽动着，显然是在极力地控制着情绪。

刘天昊是 NY 市大名鼎鼎的神探，自然是小姑娘们心中的白马王子。虽说她是第一次见到刘天昊，但心中也充满了无数幻想，刘天昊毫不留情的揭穿，令她所有的幻想破灭。

刘天昊向门外看了看，低声说道："真对不起！"

可儿慢慢地转过身，幽怨地看了一眼刘天昊，叹了一口气。

"我只想破这件案子，没别的意思。"刘天昊说道。

"古总很在意这个保险库，从来不带人进来，不过有一次，他借着让我帮着整理资料的借口带我进来，但实际上他……"可儿说到这里眼眶又是一红。

刘天昊暗自叹了一口气，他不敢再沿着这个话题问下去，他最怕的就是女人哭，尤其是看起来非常柔弱的女性。

"那个保险柜里面放着的是所有资料和藏品的目录，当时他让我整理的就是它。"可儿用手背轻轻抹了抹眼泪。

"这里面还有藏品？"刘天昊问道。

刚才可儿说过，所有的藏品都存放在另外一个保险库内，她和男经理各保存一把钥匙，只有两个人同时在的情况下才能打开，这样也是为了避免一个人私下动手脚。

"这里面存放的都是古总私人藏品，我和男经理掌握的保险库是拍卖品。其实……"可儿又看了看大门方向，没听到任何动静后，这才接着说道："男经理刚才也是虚晃一枪，他知道挡不住你搜查这里，但他说出后既尽到了职责，同时也知道你根本打不开这里的任何一个保险柜。"可儿说道。

刘天昊走到其中一组保险柜面前，发现保险柜是机械加上生物识别技术，要是没有古今在场，就只能破拆。

现在古今的案子并未定性，也不能确定古今的死因和保险库中的物品有关，刘天昊硬是打开，肯定会饱受诟病，弄不好会被古今的家属告上法庭。

"这个老狐狸！"刘天昊心里骂了一句，但看可儿脸上的表情，泪光中却隐含着一丝得意，他心里立刻明白，可儿应该有后手。

果然，可儿指着存放目录的柜子又说道："我可以打开这个柜子！"

原来，古今为了讨好可儿，也为了能在可儿面前显摆一下极其先进的保险柜技术，便把可儿的生物识别特征输入了存放目录的柜子里。

生物识别在科技发达的现在算不得什么，但在建造保险库的年代是黑科技。

可儿说完话后并没有立刻行动，显然她是在等刘天昊求她。

刘天昊哪能不知，清了清嗓子说道："可儿，你帮我个忙……"

"好！"可儿没等刘天昊的话说完便立刻答应着，随后她走到保险柜面前，一番复杂的操作后，保险柜"啪"的一声打开了。

此时可儿的情绪已经恢复了正常，打开柜门后，冲着刘天昊歪着头示意。

保险柜很大，几乎可以容下一个成年人，里面的资料堆放得整整齐齐，档案盒侧面清晰地写着存放资料的简单介绍。

古今是一个条理分明的人，资料整理得井井有条，很快，刘天昊便找到了宝塔的资料。

资料中不但有宝塔拍卖的所有细节，还记载了历任主人的资料！从资料来看，除了最后一任主人之外，其他人都是后搜集上来的，最早的一任主人竟然是民国时期的人。这件事儿说起来简单，但操作起来的难度很大，至于古今为什么花大力气做这件事已经无法考证。

在蒋小琴之前的一任主人叫慕容龙成。

慕容这个姓氏属于鲜卑族，自打南北朝的北魏皇帝拓跋宏实施了民族大融合的策略后，鲜卑族和汉族血统融合，几乎很少见到纯正的鲜卑人。龙成这个名字应该对应的是龙城。在南北朝时期，龙城是鲜卑族的发源地之一，也就是现如今的辽宁省朝阳市。

看到这个名字后，刘天昊第一时间想到了慕容姐妹。

刘天昊认识慕容姐妹已经有几年了，却从未听她们提起过家人的事儿，好像只有她们姐妹俩相依为命，否则，慕容霜也不至于辞去了蒋小琴秘书专心照顾姐姐。

正看着资料，本应该跟随尸体进行拍摄的王佳佳和老蛤蟆走了进来。

"慕容龙成，我怎么感觉这个名字有点熟悉呢？"王佳佳疑问着。

"是'NY市五号案件'的失踪者之一。"刘天昊不假思索地答道，这是除了慕容姐妹外想到的第二件事儿。

当年的"NY市五号案件"涉及很多人，新闻报道却只是寥寥几句，其中失踪者的名单里就包括慕容龙成。

王佳佳身为记者，好奇心和敏感性非常足，在第一时间想到了眼前的案件和"NY市五号案件"有关，她看到可儿在现场，便没说出来，只是和刘天昊对视一眼。

"这份资料作为证物我带走了，回头我给你补一份手续。"刘天昊向可儿说道，随后递给可儿一张名片，拿着资料向外走去。

可儿本来还有话想和刘天昊说，但看到王佳佳和老蛤蟆也在场，只好咽了下去。

"昊子，这件案子我要跟，从头跟到尾，至于轩胖儿那儿，你先别给他资料，否则，他写起小说来，可夸张得很，弄不好会压过我的！"

刘天昊无奈地冲着王佳佳点点头："那是自然，我早答应你的，所有的案子你都是第一手！"

王佳佳得意地哼了一声，紧紧地跟在刘天昊身边向外走去。老蛤蟆冲着可儿笑了笑，也连忙跟了出去。

"可儿，如果还能想起点什么，随时打电话给我。"刘天昊走到保险库门口说了一句。

"好！"可儿眼睛一亮，但看到王佳佳和刘天昊走得非常近，脸上又显出一丝失望。

王佳佳是 NY 市著名的大 V，无论是身份、地位、财富都不是可儿能比拟的，从王佳佳对刘天昊的称呼来看，两人的关系应该是非常密切。

……

人活着的时候怎样都好，一旦成为尸体，就连最亲近的人都很难接受。古今的妻子是一名非常知性的女性，戴着黑边眼镜斯斯文文的，带着大家闺秀般的气质，脸上始终保持着理智的平静，直到她看到古今的尸体后，她再也克制不住内心的情绪，眼泪噼里啪啦地流下来，不断地抽泣着。

眼见着最亲近的人变成了一具腐烂尸体，放在任何人身上都很难接受！

确认尸体的身份后，过了将近半小时的时间，古今的妻子才算是平静下来，坐在法医室外的休息室发愣。

韩孟丹遇到的这种情况多了，自然见怪不怪，安安静静地陪了半个小时，助手小慧却按捺不住，不时地站起身走几步，弄出点动静来。

"刘女士，有些问题需要和你沟通，你看可以吗？"韩孟丹见古今妻子轻舒了一口气后轻声地问着。

助手小慧正要拿出记录本，韩孟丹立刻伸手阻拦。刘女士的情绪极不稳定，一点小动作都可能引发她的情绪再次崩溃。

刘女士缓慢地看向韩孟丹，犹豫后点了点头。

"拍卖行地下保险库的钥匙只有一把吗？"韩孟丹问道。

刘女士深吸了一口气，用手帕抹了抹眼泪，说道："原来是两把钥匙，后来有一把坏了，老古觉得不太稳妥，提出过再配一把，国内锁厂配不了，制造的那个德国工程师又去世了，设计图纸也找不到，德国锁厂说配钥匙就要把原厂钥匙寄回去，大约需要半年的时间。但地下保险库经常要用，最后也就不了了之了。"

韩孟丹立刻听出了其中的问题，问道："把坏的钥匙寄回原厂维修不就行了吗？"

"和厂家沟通过，厂家解释说为了防盗，钥匙都是一次性成型的产品，只能重新定制没法修，而且……"刘女士支吾了一阵，才说道："那把坏钥匙丢了。"

"丢了？"韩孟丹惊道。

如果保险库存在另外一把钥匙，那就意味着密室之谜又轻松解开了，至于配钥匙的问题，应该难不倒民间那些传奇的锁匠们。

"怎么弄丢的？"小慧在一旁问道。

刘女士脸上显出一片茫然，微微摇了摇头："老古业务上的事儿我很少过问，他弄这个保险库的时候非要给我一把钥匙，我一直把它和首饰放在一起，有一次老古说他那把钥匙坏了，就和我这把换过来了，我还是放在原处，后来有一次我收拾东西时，发现存放钥匙的盒子还在，但钥匙不见了。和老古说了之后，他也没在意，说反正钥匙坏了，无法修复，也不能打开保险库的门，丢了就丢了。"

"金银首饰丢了吗？"韩孟丹问道。

刘女士立刻摇摇头，说道："其他东西都在，只有钥匙不见了。"

她的话中用了"不见了"三个字，而不再是"丢"。

第十六章　慕容龙成

中国的语言文字非常奇妙，一字之差都会导致所表达的内容千差万别。说话时语境不一样，也会导致同样的文字产生不同的效果。

对于普通人来说，"不见了"和"丢"都是一个意思，但对韩孟丹这样的警察来说，却完全不同。

韩孟丹一直在观察着刘女士，发现她在说完这句话后，脸上露出一丝警惕的神色，便没再继续问话，和小慧对视一眼后陷入沉思。

刘女士见韩孟丹半天没说话，便问道："韩警官，这把钥匙和老古被害有关系吗？"

韩孟丹应了一声，随后解释道："现在还不好说，您再好好想想钥匙的去处。"

刘女士犹豫了一下后点点头，低头思索了好一阵，最终还是摇了摇头："绝不可能是我弄丢的，我知道钥匙对老古来说非常重要，所以把它和贵重的金银首饰放在一起，不过奇怪的是，装钥匙的盒子是一个古董，上面还镶嵌了很多宝石，如果有人图财，没理由不拿走盒子啊！"

"这事儿不急，您想起来什么再联系我。"韩孟丹知道今天不可能再有收获，便不再继续话题。

刘女士本是明事理之人，起身向韩孟丹和小慧告辞，随后缓缓向外走去。

"我去送她！"小慧追了出去。

刘女士受到的打击太大，有些神情恍惚，万一在路上开车出点事儿，她们心里会有些过意不去。

韩孟丹刚刚回到解剖室，就见技术科小王冲了进来，一进门就说道："丹姐，刘队回来了吗？"

韩孟丹看小王的样子就知道肯定是有了收获，问道："别管他回不回来，直接说事儿。"

"我回来了，两位有什么收获吗？"刘天昊的声音从走廊传来，几秒钟后，他推门而入，手上拿着一个档案袋。

小王看了看二人，眼眉挑了挑说道："我在塔身上发现了半个指纹，和之前在李克建死亡现场发现的指纹一致，是丁志亮的。"

韩孟丹和刘天昊听后精神一振。

两个同样的指纹出现在案发现场，按照这样的逻辑，就可以锁定丁志亮作案的嫌疑，饶了一大圈弯路，最终还是回到了丁志亮身上。

"不过还有发现。"小王又说道。

"你不能一次性把话说完嘛！"韩孟丹一瞪小王。

小王吐了吐舌头，说道："我在半枚指纹附近发现了微量硅胶类物质。"

"硅胶？"韩孟丹疑惑着。

"是指纹膜，是指纹打卡机的附带产物。"刘天昊说道。

制作指纹膜的工艺比较简单，先是在类似橡皮泥的物质上留下指纹，然后在模具中注入硅胶类物质，定型后就是指纹膜，可以让人代替在指纹机上打卡，说白了，就是取巧的东西！

小王把手上的一张报告单递给韩孟丹。

韩孟丹看完后说道："还真有可能是，这也就意味着凶手熟悉丁志亮的一切！"

"不过他漏算了一点，丁志亮在古今死亡时已经被咱们拘留了，根本没有作案时间！"刘天昊说道。

"这就意味着丁志亮可以排除嫌疑了？"小王说道。

刘天昊摇摇头，说道："在真相没浮出水面之前，一切都还有可能，所以还不能放了丁志亮。"

"以此来迷惑凶手，让他误以为我们认定丁志亮是凶手？"小王问道。

"大约是这样，但实际上没什么用，凶手能酝酿这样一起复杂的案子，还嫁祸到一个原本不相干的人身上，就说明凶手的智商非常高，如果单凭这点漏洞就把他抓到，怕是太简单了。"刘天昊说道。

小王叹了一口气，对于刘天昊这种擅长强逻辑的人，他只有钦佩的份儿。

"指纹膜这条线怎么查？"韩孟丹问道。

"做这种生意的人都小心翼翼，想从店家这儿查到线索怕是很难，我们可以从硅胶类物质上下手。"刘天昊说道。

"我明白了，去查查制作指纹膜的常规材料，然后和丁志亮指纹上发现的材料进行对比！"小王说道。

"啊……差不多吧！"刘天昊赞许地竖起大拇指说道。

小王一听，立刻高兴了起来。

"说说你的收获吧，除了那个美女经理！"韩孟丹话语间带着醋味儿。

刘天昊轻咳了两声，拍了拍手上的资料："这个是宝塔拍卖的详细资料，宝塔的前一任主人叫慕容龙成……"

说到这里，他看向韩孟丹。

"慕容龙成，和慕容雪姐妹有关系吗？"韩孟丹果然问道。

刘天昊微微一笑，冲着韩孟丹竖起大拇指："我让乘风去查了，不过慕容龙成和'NY市五号案件'有关这是真的。"

"啊！"韩孟丹和小王几乎同时间惊叫出来。

"我想起来了，是失踪人员之一！"小王抢先说了出来。

"NY市五号案件"一直很神秘，稍微老一点的公检法人都知道这个案子，但具体细节没人知道，当年的报道也只是简简单单地介绍了一些皮毛，不知是由于涉及了公安内部的人员还是其他原因，办案过程和审理过程全程保密，档案被定为绝密档案存放起来。

就这样，一宗震惊NY市的案子销声匿迹，人们只记得有个最有前途的警察受到牵连入狱。

别说韩孟丹和小王这样年轻的警察，就连韩忠义这样的老警察都不知道其中的细节。钱局当时是刑警大队的大队长，自然知道，刘明阳是涉案人员自然也知道，但二人始终守口如瓶，绝不透露半个字。

三人正要讨论，走廊里传来韩忠义咳嗽的声音，小王吓得脖子一缩，冲着韩孟丹摆了摆手，转身从侧门离开。

"哥！"韩孟丹向走进来的韩忠义打了招呼。

韩忠义一脸严肃，说道："都说过多少次了，在支队要叫我韩队！"

韩孟丹从嗓子里哼了一声，却没敢反驳。

"小刘，老李的案子怎么样了？"韩忠义问道。

韩忠义很少直接过问案情，他这样问一定有特殊的原因。李克建是公检法人员，和韩忠义算是老相识，说不定还有其他高层领导给韩忠义施加压力。

"根据目前所掌握的线索，两个杀人现场都出现了丁志亮的指纹，丁志亮有杀李克建的可能性，丁秀文在李克建死亡事件上撒了谎，案发当晚五点半至八点之间，她并未去广场跳舞，也有作案的可能，当然，也不排除姐弟俩串通作案的可能性。"刘天昊说道。

"李克建案的密室手法破解了吗？"

"原本是一宗密室杀人案，但一扇虚掩的窗户破了局。"刘天昊说道。

韩忠义听后点点头。

"再说古今案，按照古今的死亡时间来计算，丁志亮已经被我们拘留，可以排除他杀害古今的可能，应该是凶手故意留下线索误导警方，因此可以确定古今案另有凶手。"刘天昊说道。

"听说古今案也是密室杀人？"韩忠义又问道。

"是。不过，在和死者家属沟通的时候，得知地下保险库的钥匙曾经丢了一把。"韩孟丹把和古今妻子刘女士谈话的过程讲述了出来。

刘天昊听后略加思索，说道："从她的语境来分析，她应该对钥匙丢了产生过怀疑，所以前后说辞不一样。"

"没错，我刚才查了查丢失钥匙前后时间段的案子，并未发现拍卖行发生盗窃的报警记录，也就意味着，那把钥匙未被人使用过。"韩孟丹分析道。

"或者说，拿走钥匙的人并没有偷盗的意思，但其他的事儿不好说。"刘天昊说道。

韩忠义沉吟一声："具体说说！"

"首先是保险库除了钥匙之外，还需要其他手段才能打开，比如密码、生物特征等，这就意味着光拿到这把钥匙没用，另外一点，古今很看重保险库，所以把备用钥匙存放在夫人刘女士手上，但这把钥匙已经损坏，等同于废铁，有谁会去偷它呢？"刘天昊说道。

韩孟丹点点头，说道："我明白你的意思，你是说只有古今才会拿这把钥匙，但他直接拿就好了，为什么要偷偷拿走？"

刘天昊看了韩忠义一眼，随后才说道："孟丹，你忘了最关键的一点，古今的为人！"

韩孟丹低头沉思片刻，才说道："你是说他拿去送给人了？"

"具体说应该是女人。"刘天昊说道。

古今为了讨好和得到可儿，把存放资料的保险箱密码给了她，并录入了她的生物识别信息。以此推论，他把钥匙送人也不是不可能。

"应该是，否则，这把钥匙丢得太过离奇！"韩孟丹说道。

"凶手，我要的是凶手！不是姐弟俩可能串通作案，不是保险库钥匙，不是哪门子竹塔！"韩忠义有些不耐烦。

韩忠义的说法也是韩孟丹最初的说法，但随着案情的进展，韩孟丹发现刘天昊的侦查方向也是正确的。

"我们现在分析的就是凶手，哥，你也太心急了吧！"韩孟丹反驳道，见韩忠义严肃地看了她一眼，她立刻又说道："韩队，韩队！"

"韩队，现在两件案子都和竹塔联系在一起，塔基部分是李克建案的物证，塔身是古今案的物证，如果所料不错，还可能会出现第三起案子，剩余的塔尖部分……"刘天昊说到这儿停了下来。

他的意思很明显，塔尖很可能在凶手手中，最终也会出现在第三起案件的案发现场，所以现在追查竹塔这条线索不算跑偏。

"蒋小琴是竹塔的最后一任主人，古今是拍卖竹塔的拍卖行老板，拥有竹塔的详细资料，至于法官老李和竹塔的关系，我现在还没弄清楚。"刘天昊扬了扬手上的资料，又说道："我查到竹塔的前任主人叫慕容龙成，他是'NY市五号案件'的失踪者之一，所以……"

刘天昊还未说完，便被韩忠义打断："这件案子市领导高度重视，要你迅速破案，而且我提醒你，除了这件案子本身之外，不要和其他案子挂上钩。"

韩忠义在韩孟丹和刘天昊的汇报中已经意识到案子与"NY市五号案件"有关，五号案件是绝对禁止调查的，尤其是刘天昊。

"我知道五号案件一直是你的心结，不过你叔叔现在出了狱，当年的案子已经了结，无论你多努力，都无法挽回损失。另外，你也知道你叔叔的态度，他不肯说出当年的案件细节，就是有苦衷。别忘了，当年他的能力绝对超过你，要是能破案，他定然不会受冤入狱。"韩忠义说道。

刘天昊深吸了一口气，憋了好一阵才缓缓吐出，说了句："好，我不查其他案子，只查这件案子！"

韩忠义拍了拍刘天昊的肩膀，看了看一旁的韩孟丹，说道："还有，不要再得罪蒋小琴，她的背景远超出你的想象，一旦处理不当，遭殃的可不只你一人。"

说完这句，韩忠义转身离去。

刘天昊望向他的背影，看到他的脚步非常沉重，显然是背负了很重的负担。

人就是这样，年轻时是初生牛犊不怕虎，做事不计较后果，胆大敢为，所谓年轻气盛。但随着年纪、阅历、职务等的增长，畏惧心理就会越来越强烈，以至于慢慢变得圆滑世故，有些事只敢想不敢做，甚至连想都不敢想。

"怎么办？"韩孟丹小声问道。

刘天昊苦笑一声，说道："还能怎么办，查呗，如果真的和'NY市五号案件'有关，不管怎样，我都要查到底。"

韩孟丹点了点头，赞许地说道："这样才像是刘天昊嘛！不过我也提醒你一句……算了，不提醒了！"

看她的样子，就算不说，刘天昊也能知道她想说什么。

这几年韩孟丹对他的感情他不是不知道，还有王佳佳、慕容雪等人，他也是一名普通的男性，也有七情六欲，只是有些事情要看缘分，缘分到了自然就成了，缘分不到说啥也没用。

"继续说案子吧。"韩孟丹岔开话题。

"我在想法官老李的死会不会和五号案件有关？"刘天昊说道。

"这太离奇了吧？"韩孟丹问道。

"嗯，我查过资料，五号案件审理全程保密，所有资料都是绝密，好像所有知情者都避之不及，想知道内情，除非……"刘天昊说到这里看向韩孟丹。

"除非拿到五号案件的档案，或者是找到相关的人。"韩孟丹说道。

"NY市五号案件"的当事者是刘明阳，钱局当时是刑警大队大队长也应该知情，还有就是律师慕容雪。

刘天昊敲了敲竹塔的拍卖资料，皱着眉头不语。

"慕容雪作为实习律师有幸参与了此案，可惜她在说出真相前就出了事，现在还没恢复。"韩孟丹说道。

刘天昊咂了一下嘴，说道："这里面有问题。"

"什么问题？"

"慕容雪当时还是实习律师，怎么可能参与绝密审理的一桩案子？"刘天昊说道。

"也许……是慕容龙成的原因！"韩孟丹终于明白了刘天昊所说。

"没错，就是慕容龙成，他是慕容姐妹的父亲！"虞乘风的声音从外面传来。

第十七章　疑点重重

虞乘风带来的消息是惊人的，但并未出乎刘天昊的意料。

慕容姐妹的身世神秘，而且发生在她们身上的事有些过于离奇。慕容雪在当实习律师的时候便参与了震惊"NY 市的五号案件"，在其他律师还在努力奋斗的年纪，就坐上了青柏律师事务所的第一把交椅，借着高得离谱的智商驰骋司法界，就连齐维、刘天昊等人都得让她三分。

最关键的是，她没有任何强势的背景，只是凭借着个人的努力获得的成就，在完全不可能中创造了一个又一个奇迹！

在"裂变"一案中，慕容雪居然中了邪术，失去了三魂七魄，经过中医、西医以及各种民间高手的诊治后，依然没有任何起色。

虽说最后的结果有些让人无法接受，单就这份经历而言，实在是离奇得有些过分。

至于慕容霜，无论是搏斗还是追踪侦查，都堪称是高手中的高手，刘明阳不止一次赞扬过她。

从她的叙述中得知，她所有的技能都是来自于特种部队的经历，但特种部队学习的大多数都是和作战有关的技能，类似于她的搏击技能，便和特种部队教授的格斗比较相似，但侦查、跟踪等技能不是特种部队的技能，而且她的经验老道，绝非没有实战经验的新手，也不是两年义务制兵役的部队教出来的。

她在没有任何关系的情况下，当了蒋小琴的贴身秘书兼司机。

蒋小琴是出了名的难伺候，除了当年的情人洪利之外，还没听说有谁在她身边能工作超过一个月，不是忍受不了她的强势和辱骂，就是因为工作达不到标准被她直接开除。可慕容霜居然在她身边工作了将近两年的时间，最终还成了蒋小琴的忘年交！

这一点从她可以任意开走蒋小琴的车以及进出别墅这些事上就可以看出。

刘天昊还想起了曾经和国安局苗小叶之间的一段对话，当时苗小叶离开 NY 市回京之前，齐维因一件案子不能送她，便委托刘天昊送站。

……

机场南航 VIP 休息室很宽敞，里面的人很少，恰好是午饭的时间，苗小叶拿了一盘点心和两杯咖啡来到角落的一组沙发旁坐了下来，把一杯咖啡送到刘天昊面前。

"你呀，常年忙于工作，也该走出来见识见识，享受一下人生，不过你那个机场派出所的妹妹看着对你有点意思啊。"苗小叶国安局的身份是隐秘在背后的，表面上她是一家私企的高级白领，出门在外自然要享受高级白领的待遇。

苗小叶所说的派出所妹妹指的是韩孟丹的闺蜜莉莉，刘天昊能快速过安检完全都是莉莉一手操办的，显然莉莉对刘天昊也有好感，否则也不可能帮他。

刘天昊看了一眼休息区，所有人的穿戴基本都是高档品牌货，要么窃窃私语聊天，要么喝着咖啡摆弄着苹果笔记本，没人肯浪费一分钟时间。

"啊，她是孟丹的朋友，我只是认识而已。"刘天昊回答得有些心不在焉。

"认识你就带你过安检啊，看她的眼神可不一样哦，我也是女人，懂！"苗小叶把最后一个字说得很重。

"那你和齐维呢？"刘天昊注视着苗小叶。

苗小叶脸色微微一变，叹了一口气，挥了挥手，说道："不说他，还有你那个慕容霜，可不简单。"

"小霜？"

"你了解她吗？"苗小叶反问着。

刘天昊皱着眉头想了一阵，点了点头，随后又摇了摇头。

"她的能力很强，绝不亚于我，所以我查了她的背景，发现档案上很多资料都是假的，尤其是当兵这一段，部队倒是真的，不过她并未在此部队服役，而且部队也教不了她的那些技能！"苗小叶说道。

"也许是无师自通吧！"刘天昊咧嘴一笑。

此时，刘天昊并未在意苗小叶所说，因为慕容霜无论怎样的背景，都和他关系不大。

苗小叶白了他一眼，又说道："你身边这些人各个都能耐着呢，你长点心眼儿，别像齐维一样，被人利用了都不知道。"

齐维的事儿他多少也听过，当年因为轻信他人，差点离开了警察队伍。

"哎，问个事儿，你说像蒋小琴和刘大龙这样的人，会不会在国安局的监控之下？"刘天昊突然问道。

蒋小琴和刘大龙之类虽说是民间人士，但手上掌握着巨额的财富，每一个动向都可能影响一个行业，甚至一个国家。

　　"只要行为上有威胁到国家安全的迹象，就会被列入监控范围，不过对生活不会造成任何影响，我们有能力在神不知鬼不觉的情况下出现在他们身边。"苗小叶自信地说道。

　　"在你们的行业里，相互之间认识吗？"刘天昊问道。

　　苗小叶呵呵一笑，说道："堂堂的大侦探也会问这个傻问题，我们之间当然不会都认识了，就像你不会认识京都的警察一样，而且我们个体之间是绝不会认识的，身份都是极度保密的。"

　　刘天昊耸了耸肩表示有些不屑。

　　"我现在是真面目，当我执行任务的时候，会变成另外一个人，就算你面对面，也不会认出我来，所以，你知道我的身份也没用。"苗小叶解释道。

　　多重身份是做这行的标配，至于苗小叶所说的真面目，说不定也是她的身份之一而已，至于她原本是谁，恐怕除了她自己和单线上司，没人会知道。

　　"好啦，就聊到这儿吧，我该登机了，记住我的话，慕容霜绝不简单，你要小心。"苗小叶再次嘱咐着。

　　刘天昊伸手比画了一个"OK"的手势。

　　……

　　当时刘天昊并未意识到慕容霜的事儿有多离奇，但现在想来，她远没有表面看到的那么简单。

　　慕容龙成是慕容姐妹的父亲，是"NY市五号案件"失踪者，又是竹塔的前任主人。蒋小琴是宝塔的现任主人，慕容霜甘心受着委屈待在蒋小琴身边，这难道真是巧合吗？

加上慕容雪以实习律师的身份介入五号案件，整个事情突然有了联系！难道这其中真的有蹊跷不成？

细思极恐！

"慕容龙成当年和蒋小琴父亲有合作关系，不过蒋小琴的父亲当时有几笔生意做得不好，眼看蒋氏集团董事长的位置不保，后来不知怎么了，突然一下子顺了起来，那个时间就是'NY市五号案件'之后不到半年的时间。"虞乘风说道。

"如果慕容龙成在五号案件中失踪了，真正拍卖竹塔的应该是慕容姐妹！"刘天昊说道。

慕容霜代替蒋小琴和葛青袍在拍卖场竞价竹塔，背后的卖主居然是她们姐妹，但她们这样做究竟是为了什么呢？

"呀，事情真是越想越可怕！"韩孟丹说道。

"哎，孟丹，你不去给死者尸检，怎么跑这儿和我们谈论起案情来了？"虞乘风喝了一口水问道。

"尸检有小慧呢，她已经出了实习期，现在是一名正式法医，我带出来的徒弟，技术上绝对没问题。"韩孟丹说道。

"这件案子你哥可重视着呢，你也马虎不得，亲自上阵才行啊！"虞乘风说道。

话音未落，就听见小慧的声音从门外传来："风哥，背后说人家坏话可不是你的风格呀！"

虞乘风看向门口，眼睛一瞪，刚想张口辩解，却突然停住，脸上变得满是爱意。

跟随小慧同来的还有姚文媛。不知为何，虞乘风只要看到姚文媛，心情便会立刻变得无比平静、无比甜蜜，仿佛可以忘却任何烦恼。

小慧把一沓资料递给韩孟丹，韩孟丹接过资料看着。

小慧的情商非常高，她本可以把尸检报告直接给刘天昊，但那样做肯定会惹韩孟丹不快。

姚文媛把两张素描肖像递给刘天昊，轻声说道："刘队，这是根据死者的情况还原出来的，您看看有没有帮助。"

随后她和虞乘风走到一旁窃窃私语着。她说话非常轻柔，给人沐浴春风般的感觉，怪不得让虞乘风那么着迷。

刘天昊接过素描仔细看着。

从肖像看来，死者肯定是古今无疑，但表情看起来非常痛苦，五官几乎扭曲着，显然是经历着巨大的痛苦。

"怎么会这样？"刘天昊自言自语着。

从案发现场的情况来看，死者死的时候非常平静，如果痛苦到这个程度，尸体的状态不可能是那样，两者明明是相冲突的，却同时发生在古今身上。

韩孟丹轻咳一声，把报告塞给刘天昊，随后说道："死者的死因确认了，是窒息导致的死亡，在他的体内发现了微量的复合药物成分，作用是让人身体无法动弹，但意识保持清醒。也就是说，他知道自己要死，却无能为力。"

"在其胃容物里发现了未消化完的大块新西兰黑金鲍，说明死者在遇害前还吃了一顿大餐。"小慧说道。

对于古今这种身份的人，吃新西兰黑金鲍也算不上稀罕事儿，但黑金鲍需要用多种吃法细品，而不是国人常用的吞嚼的方法。能做这种鲍鱼的店一定是高档酒店，不太可能上一整个鲍鱼让顾客囫囵吞枣地吃下去，那真是暴殄天物了。

"死者一定是在进餐时遇到了急事，又舍不得美味，这才匆忙吃下鲍鱼，然后离去，也正是这件急事要了他的命！"刘天昊说道。

"在 NY 市能做这种鲍鱼的也只有一家酒店！"姚文媛说道。

NY 市大酒店！

名字虽然比较土，却是 NY 市最好的酒店，有名气的几名大厨都在这家酒店供职。

"古今的手机通信录查过了吗？"刘天昊向虞乘风问道。

"查过了，出事那天有十二条电话记录、一百三十七条微信，还有六条短信，除了家人联系就是单位的事儿，没发现有异常。"虞乘风说道。

"孟丹，你和小慧从复合药物入手，查查来源，我和乘风去 NY 市大酒店，咱们兵分两路！"

刘天昊和虞乘风从刑警大队办公楼出来，走向停车场。

虞乘风手机"嗡"的一声响，他看了看，随后边走边说："昊子，安排蹲守的兄弟回信儿了，丁秀文刚才去菜市场买菜时，他们故意暴露，结果丁秀文买菜时丢三落四，买菜忘了付钱，要不就是付了钱菜没拿，现在已经回家了。"

"那就快了。"刘天昊扬了扬手机。

"这招叫敲山震虎？或者叫打草惊蛇？"虞乘风挠了挠脑袋。

"如果李克建的案子是丁秀文做的，她几乎无懈可击，但失踪的两个半小时给了咱们机会。她不肯配合，有三种情况。一种是她说的是真话，的确是在广场散步。一种是她利用这个时间杀了李克建，下意识地对抗咱们的询问。另一种可能就不好猜了，但背后一定有问题。"

"有道理！"

"只要让她知道咱们开始查她，她就会怀疑我们是不是掌握了证据，她是完美型人格，肯定要做出相应的行为，寻找之前自己是否存在漏洞。"刘天昊自信满满地说道。

"这心理学被你运用到极致了！"

"李克建的案子看似简单，实则难在寻找证据，因此，只能让证据自己跳出来！"刘天昊话音未落，他的手机响了起来，看到是苗小叶的电话，心中一喜："小叶姐！"

"丁秀文刚才连续打了三个电话，都是同一个号码，打电话的时间很短，每次都不到十秒钟，我还没来得及介入监听，所以不知道通话内容。电话号码我发给你微信了。"苗小叶说道。

刘天昊和虞乘风对视一眼。

"小叶姐，我需要你持续对丁秀文的电话进行监听。"刘天昊说道。

"那我得带着设备去 NY 市才行，远程做不到，她犯了什么案子吗？"

刘天昊叹了一口气，说道："这件案子非常棘手，很难三言两语说得清楚……"

"明白，齐维也经常这样说，好吧，我尽力试试，你别报太大希望！"

放下电话后，刘天昊呼出一口气。齐维和苗小叶之间的关系非常复杂，用他的话说，很难三言两语说得清楚，但可以确定的是，齐维经常让苗小叶帮忙，利用这个优势，很多大案要案都在他的手中告破。

"昊子，这个号码的主人叫蓝郡，男性，五十三岁，经营一家连锁餐饮店，丧偶后未再娶，有一儿一女，都在念大学。"虞乘风的效率非常高，趁着刘天昊想事儿的工夫把电话号码查了出来。

"让技术科查查丁秀文和蓝郡之间有什么交集，还有，丁秀文和古今之间的关系。"刘天昊说道。

刘天昊上了车，关上车门后，手放在车钥匙上始终没有打火。

通过一个宝塔，让古今案和李克建案有了联系，几乎可以确定这是一起连环凶杀案，从理论上来说，凶手应该为同一人。

丁秀文姐弟俩虽说有杀害李克建的动机和条件，但到目前为止，还未查到她们和古今有任何关联，几乎可以排除她们杀害古今的可能。

随着古今案的发生，整个系列案件逐渐复杂起来，线索越来越少，迷雾越来越大……

第十八章　致命信件

每一个城市都会有一个地道的老味道酒店，而且还带着官方背景，多数都是用来招待外宾或是贵客使用，在商业极其发达的今天，这种酒店也成了富贵之人显贵的手段。

NY 市大酒店正是这样的存在，它坐落在老城区最繁华的地界，一座五层高的旧式建筑在诸多的高楼大厦中极为显眼，在寸土寸金的地段，门前一个巨大的地面停车场也预示着酒店的地位。

停车场所停的车很多挂着的都是政府招待用车，车的档次不高，但所代表的官方层次很高。

酒店单从外表来看，绝对想不到里面的装潢是极具豪华感的，普通的消费者只要一进门，就会被豪华感所带来的气场所震撼。

接待刘天昊的是酒店的经理，是一名四十来岁的男人，身材微胖，身穿职业装、戴着一副金丝边眼镜，看起来斯斯文文的，脸上始终保持着微笑。

他的业余爱好就是看推理杂志，也算是齐维、刘天昊的忠实粉丝，他们破过的所有案子，他都仔细研究过，和刘天昊相识是在一次杂志社举办的侦探见面会上。

有了共同爱好，事情就好办了很多。经理一听说刘天昊来查案，立刻放下手头的工作，全力配合他们查案。

说起古今，经理几乎是滔滔不绝，从爱吃的菜品到用餐习惯以及其他一切喜好，把顾客的心理研究到了极致，经理做到这份上，也算是真正做到了尽职。

古今是NY市大酒店的VIP用户，招待客户、举行拍卖庆祝酒会、私人宴席都在这里进行，甚至平时吃饭也要在这儿，他的消费能力自不必说，是酒店最喜欢的那种客人——从不计较价钱，只注重品质。

古今最后一次来酒店吃饭是三天前的中午，刚好那天酒店空运来了新西兰黑金鲍，古今作为美食者自然不会放过这道佳肴。

作为酒店经理，有了优质的食材自然要想到VIP客户，所以经理对这天的印象也格外深刻。

"那天古总看起来很高兴，和大堂经理、服务生都嘻嘻哈哈地开玩笑，这点在平时是绝不可能的，他很注重身份和地位，虽说礼节礼貌上不差，但很少和服务生交流。"经理介绍道。

"平时他有一个人来吃饭的时候吗？"刘天昊问道。

从正常人的角度来说，到大酒店吃饭都是为了宴请或是应酬，独自去大酒店吃饭却很少。

经理呵呵一笑，说道："古总的公司离我这里很近，大部分吃饭都在我这儿的，有时候懒得来了，就打电话订餐，我们会派专人用专用餐具给他送去。"

这种档次的酒店送餐不同于别的平台，无论是送餐的速度还是质量，都要好上很多，在用餐感受上要几乎等同于在酒店吃，这样的送餐才有意义。

"如果业务不忙，他会开车来这里用餐，哪怕是一个人。"经理介绍道。

刘天昊微微摇摇头。

天天在大酒店吃饭不但浪费时间，更浪费钱，对于普通百姓来说这是可望而不可即的事儿，但对于古今这样的人来说，和夏天买根雪糕没啥区别，至于浪费时间，对于已经完全成熟的商业体系，也是不存在的，无论古今在不在拍卖行，所有的业务照常进行。

"咱们这儿有监控录像吗？"刘天昊问道。

"有，不过古总吃饭的包间里没有，酒店大门、收银台、大厅、后厨都有监控。古总出了什么事儿吗？"经理趁机问道。

"他遇害了！"刘天昊并未打算隐瞒案情。

"啊！"经理几乎一惊，随后又平静下来，叹了一口气："怪可惜的！"

也不知道经理口中的可惜是真的可惜这个人，还是可惜少了一个优质客户。人活着的时候，存在利用价值，怎样都好，一旦亡故离开这个世界，给其他人留下的也许只有一声叹息，甚至连叹息也留不下！

在这个世界上，除了父母、兄弟姐妹等至亲之外，很少会真正有人关心他人，死亡会带来震惊之外，剩下的不过是饭后谈资而已。所以，人生苦短，做好当下，做好自己。

……

NY市大酒店的监控录像非常清晰。

从录像上可以看到古今进出酒店的时间以及精神状态，他在进入酒店大门时，还保持着公司大老总、有钱人的状态，高傲、冷峻、从容、不可一世，走路四平八稳、哼哼呀呀，恨不得一步迈上半分钟。他离开时脚步比较快，脸上露出兴奋的神色，从大堂走到门口大约半分钟的路程，他居然看了两次手表，在走出大门时，出乎意料地和迎宾小姐笑着打招呼。

从进入酒店开始到离开，不到二十分钟的时间。

新西兰黑金鲍做的是刺身，对于享受生活的古今来说，他愿意花一点时间来等，而 NY 市大酒店的大厨也绝不肯将就，几乎把手艺发挥到极致。连做带吃一道高档刺身，二十分钟是绝对不够的！更何况他一顿饭绝不只吃一道菜。

这也解释了古今的胃容物里还有未消化完的大片鲍鱼的事儿。

停车场的监控显示古今所开的车辆离场时的状态，4.8 排量的保时捷帕拉梅拉几乎带着咆哮疾驶而去。

……

"古今平时也这样开车吗？"刘天昊问道。

经理看着监控屏幕摇了摇头，说道："你别看古总开的是轿跑，风格却偏稳重，从没见过他这样开车。"

一名漂亮的服务员走进监控室，递给经理一张打印纸，上面是当天古今点菜的记录。

"新西兰黑金鲍刺身、浓汤辽参小米粥、两道韩国泡菜、一壶西湖顶级狮峰龙井。"服务员轻声念着。

"顶级狮峰龙井？"虞乘风对茶叶并不了解，不管什么档次的茶叶，苦些也好、香一些也罢，一向是大口灌下去，解渴倒是解渴，却喝不到好处。

"市价大约是八万元一斤，不过市面上大部分都是假的，以次充好，真正的狮峰龙井怕是要炒到十万元左右一斤，有钱难求。"经理介绍道。

虞乘风听后心里一惊。

按照酒店的盈利方式，一壶茶不售价几千元都对不起古总的身份，古今这一顿饭下来，怕是要花上万元了。

往常总是听说某某大款一顿饭花几万、几十万的，那都是新闻里面的内容，距离生活很远，现在却亲眼见到了实例。

这是典型的有钱人生活，寻常老百姓哪能懂。

"古总一般都是吃过饭后慢慢品茶，不会着急走的。"经理介绍道，随后又看向美女服务员，说道："小菲是包间的服务员，和古总比较熟，你和刘队说说当天的情况。"

服务员小菲看到刘天昊和虞乘风后有些胆怯，冲着二人点头致敬后便说道："当天也没什么异常，就是古总走得比较急。"

"是接到电话了才走的吗？"刘天昊问道。

小菲摇摇头，说道："我一直都站在包间门外，没听到古总的电话响，他的电话铃声有点特别，所以不可能听不到。"

"平时有过这种情况吗？"虞乘风问道。

"绝不可能！"经理抢着答道，随后他手舞足蹈地继续说道："刘队，这点我最清楚，古总为人非常稳重，哪怕再急的事儿，他都不急不慌的，做事一板一眼非常稳，这是他能在拍卖这种行业立足的原因之一。"

小菲点了点头表示赞同："古总吃饭时几乎是不接电话的，他公司的人也知道他有这个习惯，所以没人招惹他，那天……"

小菲说到这里，眼神有些犹豫。

经理哑了一下嘴，皱着眉头说道："有话快说嘛，急死人了！"

小菲抱歉地笑了笑，说道："之前我看到古总好像在看一封信。"

"信？纸质的信？"虞乘风问道。

"对，是纸质的信，当时我忙着上菜，也没顾上细看，我进来后，他就收了起来，应该是不想让我看到吧，我只是瞥了一眼，不敢太确认是信还是文件。等我再上菜时，他让我记账，随后胡乱吃了两口鲍鱼刺身，就起身离开了。"

经理咳了两声，同时给小菲使了个眼色。

小菲低下头抿了抿嘴，不再说话。

刘天昊看后心知肚明，应该是古今走后酒店依然按照原标准收了费用，要是让人知道了，怕会影响大酒店的声誉。

"放心，我所听到的一切都会保密，绝不会有其他人知道。"刘天昊说道。

经理先是一愣，随后立刻笑着点头哈腰，显然是明白了刘天昊的心意。

"包间一直都是古今使用的吗？"刘天昊问道。

酒店的包间都是公用的，哪怕客人身份再尊贵，也不可能永远独享一个包间，但对于古今这样的人来说，坐在大厅中独自吃饭显然有些不太容易接受。

"当然不是，不过，古总来之前一般都会预定，就算偶尔有其他客人预约，我也会协调一下，尽量供古总使用。这个包间比较小，是个四人间，使用的频率比较少，大多数时间都是空着的，基本等于古总一个人在用了。"经理说道。

很多人都喜欢大空间，哪怕三五个人也要一个十人左右的包间，以获取较好的待遇，至于最终有几个人能坐进去吃饭，那又是另外一回事了。

刘天昊点了点头，说道："把这几天的录像资料拷贝给我一份，我需要带回去。"

经理立刻吩咐监控室的保安进行拷贝，随后小声地问着："刘队，这件案子有什么古怪之处吗？"

刘天昊略加沉吟："古怪处可多了，等案子破了，我也来你这儿庆祝一下，你好好安排，到时候我详细讲给你听！"

经理立刻"哈哈"一声笑，连忙说了几声好。但他知道刘天昊不会来，这样说只是客气一下而已，他想要知道案件的真相，只能等王佳佳的报道。

......

离开酒店后，两人上了车，和送出来的经理打了招呼后便向外驶去，刘天昊把车开到停车场门口，趁着没车经过时，也学着古今开车方式，猛地踩下油门，大切诺基带着咆哮迅速离开，惹得停车场保安和附近的人们一阵惊叹。

他这样做是想体验一下古今当时的心态，一名成熟稳重的中年成功男士，在什么情况下会把油门踩到底地开车。

如果非要给一个动机，那么一定是古今有非常重要的事儿去做。

"昊子，你怎么看？"虞乘风知道刘天昊一定有所收获。

"是那封信让古今离开的，致命的一封信。"刘天昊说道。

"我也有同感，不过现在还能有人用这种方式通信，真是奇怪了。"虞乘风说道。

"用这种方式是为了保密，你从服务员小菲的叙述中就能得知。"刘天昊提醒着。

古今在看信时格外小心，在小菲端菜进门的一瞬间，便把信收了起来，显然是不愿意其他人看到。

小菲与他有一定距离，而且是在他的对面，就算想看信的内容也不可能。但他依然担心对方会看到信的内容，所以才下意识地做了这个动作。

"凶手找机会把信送进包间，等古今吃饭时就会看到！"虞乘风说道。

"没错，凶手一定非常熟悉古今，而且根据前面的线索，拥有保险库另外一把钥匙的人就是写信人！"刘天昊说道。

"线索开始变得清晰起来了。"虞乘风说道。

"凶手同时熟悉李克建一家，伪造了丁志亮的指纹膜，用以栽赃。看来这两场谋杀应该是凶手预谋已久的！"刘天昊说道。

"我去韩队那儿申请重新搜查古今的家、办公室和案发现场，找到这封信！"虞乘风兴奋地说道。

刘天昊并未说话，只是皱着眉头点了点头。

这封信既然这么重要，凶手一定会有办法让它消失，找到信件的可能性并不大，但事情有时候也要去做才会知道结果。

万一凶手疏忽了呢？

第十九章　五号案件

牢狱生活会磨灭人的大部分斗志，让人变得谦逊起来。

刘明阳当年是叱咤风云的名侦探，但现在看起来和退休在家的老头儿没什么区别，无论任何事情，他都会用一张人畜无害的笑脸去应对，不喜不悲！

他端着一盘菜走出厨房，放在桌子上后把手在围裙上擦了擦，冲着菜肴点了点头表示满意，这手艺是他在监狱里学的，正儿八经的二级厨师。

监狱还有一个好处，就是让一些看起来很忙的人一下子有了时间，可以学习以前从来都不敢想象的技能，比如厨师、电焊工、裁缝等。

刘天昊开门走了进来，冲着刘明阳一笑，边换鞋边打着招呼："叔！"

"快来吃饭，刚刚好！"刘明阳转身又进了厨房，端出了两碗饭。

对于刑警来说，能在家里陪着家人吃上一顿热乎饭是件奢侈的事儿，刘天昊自然很珍惜这个机会，不断地夸赞着叔叔的手艺。

两人酒足饭饱，刘明阳正要收拾桌子，却被刘天昊拦住。

"叔，我有个事儿想问你。"刘天昊脸色一正。

刘明阳的笑脸微微沉了下来，但依然柔声地说道："如果是'NY市五号案件'就别问了。"

"当然不是！"

刘明阳点点头："那你问吧！"

"我想问个人，慕容龙成！"刘天昊说道，随后看向刘明阳。

刘明阳脸色几乎立刻变了色，说道："不说不问'NY市五号案件'了嘛！"

"他和我现在跟进的一件案子有了关系，他还是慕容霜的父亲，这点您知道吗？"刘天昊显然是有准备的，早知道叔叔会有这种反应。

自打"A级通缉令"一案后，慕容霜和刘明阳走得比较近，经常会带着姐姐来刘天昊家，原本以为是冲着刘天昊来的，现在有了慕容龙成这层关系，怕是不会那么简单。

"本来不知道，现在知道了！"刘明阳说话底气有些不足，显然是没说实话。

"我现在查的案子……"

刘明阳打断了刘天昊的话："法院老李的案子对吧？我看了王佳佳的报道了。"

刘明阳看似什么事儿都不管，其实非常关心侄子刘天昊的成长，只要和他有关的事儿，他都会关注，王佳佳几乎是刘天昊的御用记者，所有的文章他都会去看。

刘天昊点了点头："对，在李克建死亡现场，发现其手上拿着一座竹塔模型的塔基，塔基上刻着神秘的夜郎古国文字，内容是'不分黑白的灵魂安于此'和'打开塔基之人必将受到断头之难'。第二件案子是古今拍卖行老板古今死在地下保险库里，在现场发现了塔身。塔身上写着'贪婪成性的灵魂安于此'和'打开塔身之人必将受到窒息之苦'。经过调查，宝塔属于蒋氏集团董事长蒋小琴，前任主人就是慕容龙成，而慕容龙成又是 NY……"刘天昊说到这里顿了一下，观察着刘明阳的反应，见他并没反对，便继续说道："'NY 市五号案件'的失踪者，更为离奇的是，慕容龙成的大女儿慕容雪，当年居然以实习律师的身份参与了'NY 市五号案件'的全过程，您也知道，这种事儿在司法界是不太可能的，那么高密级、全程秘密审理的一件案子，怎么可能让一名实习律师参与？"

刘明阳并未说话，只是盯着眼前空空的盘子发愣。

"然而，还没等慕容雪向我说出'NY 市五号案件'的细节，她就遭遇不幸，失去了神志，变得浑浑噩噩，靠着妹妹慕容霜的照料生活。"刘天昊又说道。

刘明阳自然听得懂，刘天昊的意思是这些事儿太过巧合了。

寻常人会相信奇迹和巧合的存在，但实际上每一个巧合都是由诸多的必然因素组成的，真正意义上的巧合是不可能有的。

"蒋小琴拍卖的那尊宝塔实际的主人是慕容龙成，而慕容龙成早在

'NY市五号案件'时就失踪了，所以真正的拍卖人并非是慕容龙成，而是慕容姐妹，这件事儿我刚才打电话咨询过慕容霜，她否认了这件事儿！"刘天昊的语气显然是不相信慕容霜的话。

"就算我认识慕容龙成又怎样？"刘明阳不冷不热地说道。

"我查阅了很多资料，发现很多事都和'NY市五号案件'的时间重合，而且这些人都与现在这两件案子有关，我想这绝不是巧合吧？"刘天昊并未急着说出结论，却反问着叔叔。

"哪些事儿？"

"蒋小琴的父亲面临破产，但在'NY市五号案件'之后，突然间好转起来，不但稳固了在家族的地位，而且成为NY市首富，这是第一件事儿。"刘天昊说道。

刘明阳呵呵一笑，说道："做生意嘛，一朝起一朝败，正常的事儿。"

"第二件事儿，有人在黑市出售了很多黄金珠宝，来源不明，这件事儿是齐维帮我打听到的，我怀疑出售金银珠宝的人就是蒋小琴的父亲，他正是靠着这笔钱周转，盘活了两个死楼盘。但可惜的是，黑市的人很讲究，哪怕是齐维去打听，也绝不肯说出任何内幕。"刘天昊语气中带着可惜。

刘明阳耸了耸肩，意思是这样说等于没说。

"第三件事儿，就是新闻界，在'NY市五号案件'发生后统一闭上了嘴，很多靠炒内幕发迹的新闻人也没站出来说句话，就这样，一起震惊NY市甚至全国的大案悄无声息地过去了。"刘天昊说道。

"过去的事儿的确就过去了，现在谈它还有什么意义！"刘明阳陡然显得衰老起来，整个人的精气神儿像是突然被抽空了一般。

刘天昊把头扭到一旁，显然是不同意叔叔的意见。房间中突然安静下来，凝重的氛围开始慢慢聚集在两人周围。

"关于五号案件，你知道多少？"刘明阳率先开了口。

"一些皮毛，当年接触过这件案子的人大多数都调走了，剩下的几个人也都避而不谈，唯独一个慕容雪愿意和我分享，却遭遇了不幸……"刘天昊叹了一口气说道。

"你知道多少，说说！"刘明阳有气无力地说道。

"好！"

……

若不是"NY市五号案件"，也许刘明阳就是下一任的公安局长，当年的公安系统先进典型、破案高手。

"NY市五号案件"之所以称之为震惊，是因为案中涉及的伤亡太多，财产损失无法估量。

出事儿的是一座铁矿，隶属于蒋小琴父亲的蒋氏集团。

在那个时代，办一个采矿证还是相对比较容易的事儿，作为土地开发为主的蒋氏集团自然也不会放过这个暴利的行业。

安全生产永远是企业底线，一旦突破，事故发生便无可避免。为了抢工期，蒋小琴父亲居然让工人连夜开工打竖井。

幸运不会永远降临在一个人身上。

事故还是发生了，由于混凝土强度不够，最终导致竖井坍塌，不过在媒体并不发达的当时，事故并未立刻传出来。

一旦曝光出来，工程要停下来，企业要面临巨额赔偿、巨额罚款、停产整顿，法人面临刑事责任等。

因为工地在偏僻的大山里，消息被封闭了七天后才传出来。一名工人趁着外出治病的机会打了电话报警，报警的内容却不是矿井事故，而是他被人拘禁殴打，他所治的病也不是病，而是伤，很严重的内伤，如果不及时治疗会有生命危险。

这种事儿自然会落到刑警大队，而当时接案的正是刘明阳，原本他以为就是一件斗殴的小案子，过去做个笔录，把打人者一抓，按照法律程序走便罢了，没想到的是，他的命运却因此而改变。

刘明阳前往矿区进行调查，得出的结论是因经济纠纷引发的打架斗殴，被打者拿了钱，打人者处以十五天拘留。

可能是因为被打的人觉得钱不够，最终他到报社把矿井坍塌的事儿说了出来，他被非法拘禁并遭到殴打，原因就是矿上的人封闭了道路，不让人出来，而且拒绝对被埋的人施救。

被打的工人闹意见，和护矿队发生冲突，被护矿队殴打，若不是伤势严重怕闹出人命，怕是消息到现在也传不出来。

五十三人被埋在地下！

此事曝光之后立刻引发轰动，市调查组立刻启动了救援计划，并同步对相关人员进行追责，被追责的人之一便是接案的刘明阳。

不但草率地处理工人被非法拘禁一事，而且还导致所涉及的企业法人逃离，案发后多年都未曾到案。

出了这么大一件事儿，自然有人要站出来承担后果。除了蒋氏集团的一位负责安全生产的副总之外，还有一位就是刘明阳，罪名是知情不报、玩忽职守，导致不能及时救援。

在所有不利条件之下，刘明阳居然没有任何辩解，干净利落地认了罪，被判了有期徒刑十三年零六个月。

事后有人挖过这件事儿的内幕。

首先是被打工人报案的时候已经是事故发生七天后，按照救援黄金时间七十二小时来计算，七天一百六十八小时早就超出了救援的极限，而且出事的又是竖井，未凝固的混凝土全部落了下去，一瞬间便填满了所有空间。

七天后，混凝土早已完全固化，以当时的技术能力，就算想营救，也是无力回天了。

这笔账算在刘明阳身上显然不太妥当。

其次是刘明阳到矿区后并未真正进入矿井附近，而是在办公区解决的这件事儿，被打工人得到了经济赔偿，但并未说出事件真相，应该是被封了口。

说刘明阳当时不知情也不为过，可惜的是，他在法庭上未做任何辩解。

事故最终得到了妥善处理，遇难工人家属得到了赔偿，子弟们得到了接班的机会，铁矿彻底被封闭，相关部门相关人员受到了法律严惩，遇难工人的遗体随着那个巨大的混凝土块永远地被封在了矿井之下。随着时间的推移，人们逐渐淡忘了这件事儿。

就是因为这起事故让蒋氏集团陷入了经济危机，但令人惊讶的是，企业不但没倒闭，反而连续收购了两个死楼盘，盘活后一举成为 NY 市最大的房地产开发企业。

……

"我所知道的就只有这些。"刘天昊说道。

"你知道的也不算少了，都是齐维和王佳佳他们提供的吧？"刘明阳说道。

刘天昊没回答算是默认。

"没错，慕容龙成就是失踪者之一，因为家属都没见到遗体，所有人都算失踪人口，算是给人留个念想吧！"刘明阳从一旁拿起白酒瓶子，猛地灌了一大口。

第二十章　永远不能说的内幕

很多事情冥冥之中都有一丝联系，只是有些没造成后果，不为人所知罢了。

就像眼前的案子一样，法官李克建被杀案和古今死亡案居然和"NY市五号案件"发生联系，中间的枢纽竟然是早已去世多年的慕容龙成。

"就算你说得全对，也不能说这两件案子和'NY市五号案件'有关吧！"刘明阳喝了两口酒就上脸，脸色红得和一个熟透的苹果一般，两只眼睛散发出怪异的光芒。

"目前还没有确凿的证据，是直觉。"刘天昊说道。

刘天昊做事一向稳重，要是有了确凿证据，怕是不会再在叔叔这儿套话了。

刘明阳松了一口气："那不就得了，只查眼前的两件案子吧，其他的别管。"

刘天昊默默地从一旁的包里拿出一个牛皮纸档案袋，档案袋有些陈旧，打开档案袋后，里面是一些带着霉点的资料，资料很厚。

"这些是慕容龙成的资料，他不但是当时著名的考古学家，还是微生物学家，在其他领域也有成就，如果不是那次事故，怕是他能成为现代的达·芬奇。"刘天昊说道。

慕容雪和慕容霜两姐妹的智商、情商都堪称人上人，都是遗传自父亲慕容龙成。可惜的是，因为受到学历限制，慕容龙成并未进入体制内的研究机构，反倒利用这些专长成了一名商人。

刘明阳点点头。

在那个年代，NY市比较有名的十大杰出青年里除了刘明阳之外，还有慕容龙成。刘明阳因为连续破获大案要案入选，慕容龙成是因为在各个领域都取得了相应的成就，极致地运用到民用领域。

"疑点就在这里，蒋小琴父亲做的是矿产，一个考古学家和微生物学家去矿井干吗？"刘天昊问道。

"慕容龙成是商业奇才，他名下经营着几家公司，有生物制药厂、古董店等，和蒋小琴父亲常有生意上的来往。"刘明阳解释着。

"叔，这样的解释您满意吗？"刘天昊反问道。

刘明阳再次耸了耸肩，并未做以应答，显然他的回答是有气无力。

"所以我需要知道'NY市五号案件'的细节，我认为它和现在的两起案子是相关的，另外，李克建的案子出现了塔基，古今的案子出现了塔身，很明显，这是一起连环杀人案，按照宝塔的组成，塔尖部分会出现在第三起案子里。"刘天昊说道。

"小昊，你分析得很有道理。你的性格像我更多一些，如果你换做是我，会不会说？"刘明阳问道。

刘天昊略加思索，立刻答道："不会。"

"不但我不会说，知情的钱局也不会说，慕容雪虽说参与了案件审理，所知道的只是皮毛，你不用太过可惜。内幕有，但我永远不会说出来，至少我不会说！"刘明阳直接泼了一盆凉水。

"既然我的性格更像您，那您要是碰到了这件案子，会不会放手不查？"刘天昊脸上露着倔强。

刘明阳无奈地笑了笑，说话的语气和刘天昊一模一样："当然不会，我会一查到底，哪怕付出再大的代价。"

刘天昊和叔叔的谈话并不愉快，却帮助他再次确认了方向。

……

这个世界存在的意义是因为有了人，如果没有人的存在，世界的一切也都没了意义。

能懂这句话的人一定有极其复杂的经历和离奇的故事。

蒋小琴的别墅依然还是 NY 市最豪华的别墅，院子里的照明灯幽暗而神秘，别墅却只有一层大厅亮着灯，她坐在沙发上看着 100 寸的电视，电视的内容很精彩，但她的眼神并未聚焦在屏幕上。

房子再大、再豪华，没有了相依为靠的人，也失去了应有的意义。

很多人都会羡慕拥有大房子、豪车的富豪们，却不知，他们现在所拥有的亲情、爱情和友情对比冷冰的物质而言，才是最珍贵的。

过了好久，蒋小琴才叹了一口气，眼珠活动了起来，看向厨房的方向。

慕容霜从厨房走出来，端了一盘果盘，放在茶几上。茶几上有点心、茶水、水果、干果，还有很多不知名的特产小吃，但这些在蒋小琴眼里都没有了味道。

"小霜，你说，人这一生到底要追求什么？"蒋小琴突然问道。

慕容霜眼珠转了转，说道："这个问题我没想过，很多人一生都在为生计而奔波，当生活无忧后，才会思考这个问题吧，不过，有几人能真正做到生活无忧呢？"

"有些人看似拥有了一切，实际却一无所有。"蒋小琴说话间满是忧郁之色。

"蒋总……"

蒋小琴看向慕容霜，眼神变得柔和起来："傻孩子，还叫我蒋总！"

"干妈！"

蒋小琴听后眼泪流了出来，轻轻地把慕容霜搂在怀里，抚摸着她的头发："孩子，你记住，一定要珍惜眼前，想做的事儿，趁着年轻赶快做，别上了岁数后悔！"

慕容霜身体一僵，随后又点了点头。

慕容霜虽说和蒋小琴相处的时间也就短短的几年，却给她亲人般的感觉。蒋小琴相继失去了丈夫、儿子，留给她的除了钱还是钱，除此之外再无其他。每天所有和她打交道的人也都是为了她的钱。

对于谋求生计的人来说，钱很重要，但财富到了蒋小琴这种级别，钱已经失去了意义，只是一串无意义的数字而已。

"干妈，那座塔的事儿您知道多少？"慕容霜突然问道。

蒋小琴愣了一下，慢慢地推开慕容霜，沉吟了好一阵，才说道："我……我不知道，你别问了，做好当下的事儿。"

从她的话来看，显然她知道很多，却由于某种原因不肯说。

慕容霜情商极高，自然不肯勉强蒋小琴，笑着给她倒了一杯茶水，递了过去。

蒋小琴接过茶水品着，说道："换了很多秘书，却没人泡茶泡出你这种味道。"

"只要干妈愿意，我天天给你泡。"慕容霜说道。

蒋小琴看向一楼原本给用人休息的客房，慕容雪呆愣愣地坐在床上。

"要不是你姐姐，也许你会有更高的成就。"蒋小琴说道。

"如果没有我姐姐，也许就不会有我的今天。"慕容霜说道，随后也看向慕容雪。

慕容雪最近有些变化，不再一直发呆，时不时会做出一些怪异的事情，所以慕容霜必须要把她安排在视线之内，以防止出现意外。

蒋小琴慈祥地看向慕容霜，点了点头："小霜，如果……我是说如果，如果你坐上了我的位置，你会做什么？"

慕容霜先是一愣，随后笑了笑，说道："我可没您那能力，也坐不上您的位置。"

蒋小琴笑着摇摇头："喝茶，喝茶！"

客房里面的慕容雪脸部微微动了动，随后又恢复了平静。虽是一瞬间的动作，但对于感官极其发达的慕容霜来说，还是感知到了。

"姐！"慕容霜向蒋小琴抱歉式地笑了笑，走向客房。

……

周末的清晨对于普通人来说，绝对是一个美好的时间段，但对于忙碌中的刑警来说，这只是所有忙碌的早晨中最普通的一个而已。

法医助手小慧打着哈欠走进鉴定室，看到韩孟丹正忙碌着，刘天昊和虞乘风两人在一旁小声讨论案情。

她叹了一口气，说道："丹姐、刘队、风哥这么早啊！"

"都几点了，还早。案子可不等人啊！"韩孟丹说道，手上却没停，继续拿着试管操作着。

刘天昊和虞乘风停止讨论，和小慧打了一声招呼。

"昨晚我联系了网上的几个卖家，他们都不承认做过丁志亮的指纹膜。"小慧说道。

韩孟丹并未回应，脸上表情也没有丝毫变化。

"不过，老蛤蟆那边回信儿了，然后他找到了卖家，对。"小慧说话和很多年轻人一样，喜欢说"然后""那边""就""对"之类的词语。

老蛤蟆是兼职的黑客，技能却比专业黑客还厉害，他所用的手段绝不是单单询问那么简单，动辄黑进别人的电脑查看记录。

通过网络制作指纹膜最重要的一点就是收集指纹，通过网络传给卖家，老蛤蟆根据小慧提供的几个卖家很快锁定其中一家，最终在卖家的电脑上找到了丁志亮的指纹图片和一个寄件地址。

寄件地址是一个小超市，一个快递代收点，收件人名字叫"小盼盼赵明通"，电话是一个比较古怪的号码，仔细一看，还少了一位数，经过核查后，发现号码是假号，显然是收件人不太想让人知道自己的号码。

"从目前所掌握的线索来看，确定排除他的嫌疑了。"刘天昊说道。

丁志亮已经知道了自己的指纹出现在两个案发现场的事儿，在拘留所中正愁着呢，按照办案流程，就算他不承认也没用，法院完全可以做零口供判决，两条人命，死刑是板上钉钉的了。

要是此刻他听到刘天昊的话，怕是会立刻磕头作揖。

"那就剩下丁秀文了！"韩孟丹说话间拿着试管的手一抖。

李克建和丁秀文是公检法系统出了名的模范夫妻，要是丁秀文杀了李克建，她的人设塌了，定会引起整个司法界的震动。

"丁秀文每天早晨都去广场锻炼，刚才蹲守的兄弟们说今天她没出门，半地下室里的灯一直亮着，就是李克建出事的房间。另外，技术科小王查了丁秀文和古今之间的关系，他们有彼此的联系方式，但从未联系过，认识是因为李克建。古今是商人，多多少少会涉及法律问题，所以和身为法官的李克建有过来往，但古今走的是上层路线，和法院肖院长来往较多，和李克建来往并不密切。"虞乘风说道。

刘天昊点点头："蓝郡是丁秀文的小学和初中同学，听说蓝郡当年还追过丁秀文，后来由于某种原因，丁秀文嫁给李克建。蓝郡居住的地方距离丁秀文只隔了一个小区，如果走小路的话，往返大约十分钟，而且没有摄像头！小王查到他和丁秀文最近联系非常频繁，但昨天丁秀文一连打了三个电话后，他们就再没联系过。"

"男女私情？"小慧瞪大眼睛问道。

"他俩都多大岁数了，怎么可能？"虞乘风摇了摇头。

"这种事儿和年纪无关的，你思想太陈旧了，风哥！"小慧说道。

"在抉择面前，人往往会选择被动，咱们该做的都做了，丁秀文还是没有动作，我觉得可以再接触她一下了！"刘天昊说道。

"带着大师姐一起去吧。"韩孟丹放下试管在一张纸上边写边说着。

虞乘风点了点头，正要迈步跟着刘天昊一起走，却听见韩孟丹说道："乘风，你还有任务，就别跟着去了！"

"我有什么任务？"虞乘风挠了挠脑袋，看了看已经离去的刘天昊。

"要是涉及丁秀文私情的问题，去的人太多，丁秀文心理压力会很大，大师姐是心理学专家，能起到助力作用！"韩孟丹说道。

虞乘风若有所悟地点点头："有道理。哎，孟丹，我发现你变厉害了啊！"

"丹姐一直就很厉害好不好，只是她不愿意抢刘队的风头罢了！"小慧哼了一声，走到韩孟丹身边帮着打下手。

……

丁秀文是老师出身，大部分时间是理智大于感性，尤其是退休后，她除了美容、保养之外就是跳广场舞、旅游等，整天快快乐乐，虽说五十多岁了，但整个人的状态和四十岁没啥区别。

如果没有弟弟丁志亮创业的事儿，她的生活会一如既往的平静，直到离开这个世界，也不会有任何波澜。

在亲情和理智面前，她做了一个错误选择，导致多年的夫妻反目成仇，李克建一气之下转移了所有财产，并提出离婚。

她现在非常后悔帮助弟弟丁志亮，非常后悔背着丈夫把所有存款都借给弟弟翻本儿，非常后悔……

但时间不能倒流，世界上没有后悔药。

现在警察开始怀疑她是凶手，因为她的确有凶手的嫌疑。她是最接近李克建的人，熟悉他的一切，给他下药，再把他安置在电锯台上。等到了广场舞结束的时间回家，打开地下室的电源开关，完成杀死老李的计划。

而且丁志亮又因为李克建的反目，不得不出国避难，更坑人的是，这货居然在出国前到家里盗窃，正好在李克建被害的时间段内！

又增加了姐弟俩协同作案的可能！

但关键的关键是她失踪的两个半小时，如果不说清楚，她就有嫌疑。

一阵敲门声打断了丁秀文的思绪，她缓缓地从地下室走到客厅门口，打开门后看到刘天昊和赵清雅，她明白了一切。

赵清雅是司法界最有名的心理学专家，今天能陪刘天昊来，就是要攻破她的心理堡垒。

丁秀文叹了一口气，回头看了看放在桌子上的李克建遗像，眼泪"唰"地流了下来。丁秀文是物理老师，理科最注重的就是逻辑，她怎能不知道赵清雅的到来意味着什么？

当刘天昊出示蓝郡的资料和他们之间通信记录后，她像是被雷击中一般，愣了好一段时间，才缓过神来，再次长叹一口气，整个人像泄了气的充气人偶一般。

"这件事你们得替我保密，要不，我宁死也不会说。"丁秀文眼神中散出坚毅的神色。

丁秀文的态度引起了刘天昊的不满，他本想说：你说不说都不会影响我们的调查。

赵清雅却及时把话抢了过来："大姐，咱们是自己人，如果有什么隐秘，又和案情无关，我们一定会替你保密。"

丁秀文听后缓缓点头，又看向刘天昊。

刘天昊见如此，也只好点头。

丁秀文长吁出一口气，抹了抹眼泪，说道："我知道你们怀疑我，我虽然不是警察，但跟老李生活了这么多年，案子听得多了，也能明白个七七八八。我失去踪迹的那段时间和老李被害无关，主要是为了我那个不争气的弟弟。"

……

丁志亮做生意失败，欠了一屁股债，很多债主找不到丁志亮，就找到他一直作为靠山的李克建。李克建一生光明磊落，虽说从法院退了下来，但正义感十足，将来人骂得狗血淋头。但那帮人是吸血鬼，怎么可能轻易放过李克建一家。他们不敢明目张胆地要钱，就暗地里不断地骚扰，各种手段卑劣至极，弄得李克建和丁秀文苦不堪言！

但两人除了现在住的这套房子外，还有一套房产是准备给女儿的，是生存之本，不可能再为了填丁志亮的窟窿卖掉，丁秀文想到了一直对自己有感情的老同学蓝郡。

蓝郡比丁秀文大两届，小时候两人的家住得很近，蓝郡作为大哥哥一直很照顾丁秀文，早晨等她一起上学，晚上一起放学回家，青春懵懂的两人自然产生了微妙的感情。

蓝郡上大学后，两人亦保持着联系，若是没有意外，工作稳定后，他们必然会结婚生子。

可惜的是，蓝郡家突然家道中落，虽说丁秀文不在乎，但丁家父母特别注重门当户对，在老人的坚决反对下，丁秀文嫁给了同样家世的李克建。

蓝郡毕业后并未进入体制内工作，而是利用专长一直做生意，从一家小餐馆做成了规模很大的餐饮连锁店，可惜的是，他对丁秀文的感情很深，身边的姑娘不少，却没有能让他再动心的人，所以一直未娶。

丁秀文是名传统女性，既然嫁给了李克建，就要对他负责，因此无论蓝郡以何种方式联系她，都被她委婉拒绝。

丁秀文退休后，有了大把时间，沉浸于跳广场舞、旅游、美容等活动，蓝郡投其所好，也跟着她一起，需要出钱他就出钱，需要出人他就出人。

丁秀文这把年纪，还有人献殷勤，自然心中非常高兴，从开始的严词拒绝，到最后欣然接受，但绝不谈任何感情上的事儿。蓝郡亦从未提出过格的事儿，反而处处替丁秀文着想。

两人相处也算是平静，直到丁志亮出事后，她和李克建的关系僵化。

她有一份工资，就算没有了房子，也不担心离婚后的生活，但丁志亮的窟窿和每天都找上门骚扰的高利贷让她头痛不已，按照老李的性格，早晚有一天会爆发，到那时，弄不好会出人命。

她想到了蓝郡，蓝郡的餐饮连锁店每年可以创造百万元的收益，堵丁志亮的窟窿绰绰有余。

蓝郡心细如发，自然看到了丁秀文的苦恼，不但立刻答应了丁秀文的请求，还告诉她，绝不会影响她的家庭。

蓝郡的所作所为让丁秀文感动，都这把年纪了，他还在为她所痴迷。

高利贷们拿到了钱后，果然不再骚扰李克建一家。但丁秀文欠了蓝郡一个大人情和巨款。

蓝郡常年一个人生活，虽说富有，却没有规律，身体不好，丁秀文便隔三差五地上门帮助他收拾家务，做饭洗衣，几乎承担起半个妻子的义务。

两人虽没有进一步的行为，但在蓝郡看来，已经和夫妻没什么两样。

如果没有李克建被害案，也许他们的生活会一直这样平静地进行下去。

……

"老李这人你们也知道，一身正气，我和蓝郡的事儿不可能让他知道，哪怕他现在遇害了，我依然不能损害他的名声。"丁秀文说道。

"平时你都是利用白天去蓝郡家，为何李克建遇害当晚，你却破天荒地利用跳广场舞的时间去？"刘天昊问道。

丁秀文立刻说道："之前不是和你们说了嘛，蓝郡的身体不好，当晚他胃病犯了，痛得厉害，又不肯上医院，我没办法了，这才去他家照顾他！他家单元门有监控，你可以去调查。"

丁秀文说了一个楼的单元号。

刘天昊给虞乘风发微信，让他立刻去调监控。

"这么多年，老李和我一直相敬如宾，想不到发生这样的事儿……"丁秀文说着说着又哭了起来。

刘天昊趁机和大师姐赵清雅对视一眼。赵清雅微微点点头表示从微表情来看，丁秀文并未撒谎。

刘天昊有些欣慰，又有些失落，说道："我们会对你所说的进行查证，在此期间，请不要离开 NY 市。"

丁秀文点了点头。

两人离开丁秀文的家后上了车，刘天昊并未发动汽车："师姐，丁秀文的事儿你怎么看？"

赵清雅边用副驾驶的化妆镜补妆边说道:"在法律上,她和李克建是夫妻,但在精神层面,她更倾向于蓝郡,属于精神出轨。这种事对于一名传统女性来说,是一种耻辱,所以她羞于承认,这也是她撒谎的主要原因。"

"嗯。"

"还是等乘风的调查结果吧,微表情学也不是百分之百准确。"赵清雅说道。

话音未落,刘天昊的手机响了,虞乘风的声音传了出来:"刘队,我和小王调查过了蓝郡家单元门和电梯里面的监控,李克建案发当晚,丁秀文的确是利用跳舞那段时间去了蓝郡家,十七点四十分进入的楼栋,十九点四十五分出的门,丁秀文做了一些伪装,但还是一眼就能看出是她。我给蓝郡打了电话,马上到他家进一步了解情况!"

"好的,辛苦!"刘天昊无力地放下电话。

"凶手不是丁大姐,你应该高兴才是。"赵清雅说道。

刘天昊勉强咧嘴笑了笑:"丁大姐解脱了,但案子又扑朔迷离起来,随时会有第三个人遇害,我高兴不起来。"

"你不是大神探嘛,查呗!"赵清雅收起微型化妆盒,看向刘天昊。

刘天昊抽了抽鼻子,冲着赵清雅问道:"喷香水了?"

赵清雅点点头。

刘天昊又看向赵清雅手上的微型化妆盒:"还化妆?"

赵清雅一瞪眼睛:"哎,我是女人哎,难道要让我像你一样灰头土脸的?"

刘天昊颇有意味地笑了笑:"大师姐不是谈恋爱了吧?"

赵清雅神秘一笑:"你大师姐天生丽质,追的人可多呢!"

第二十一章　新发现

刘天昊小组再一次会合时，众人都保持了很长时间的沉默。还是小慧承受不住沉默带来的压抑，率先说道："刘队，咱们说说案情嘛，要不怪闷的！"

虞乘风点点头，说道："我和社区警到蓝郡家，向他核实了丁秀文的事儿，和丁秀文所说的几乎一样，没有破绽。可以确定丁秀文并未撒谎，这就意味着，丁秀文没有杀害李克建的可能，线索到这儿就断了！"

"好，那咱们先说说古今的案子！"刘天昊说道。

"我先说！"小慧学着小学生的模样举了举手。

刘天昊点点头。

小慧清了清嗓子，说道："原本是密室杀人案，但一把丢了的保险库钥匙，又让案情峰回路转。"

刘天昊赞赏地点点头："没错。古今的社会关系比较复杂，但他为人做事几乎完美，没听说存在仇家，而且他和夫人都有轻微的洁癖，几乎很少让人到家里做客，就算偶尔到他家，活动范围也仅限于客厅和餐厅，不可能到古今夫人房间偷走那把钥匙，如果是小偷那就更不可能了，放着金银首饰和现金不偷，单单偷一把坏了的钥匙不太可能！"刘天昊说道。

"既然不是丢失，那……"小慧问道。

"按照我的推理，是古今把那把钥匙拿走送人的！"刘天昊一语惊人。

古今无论如何也想不到，他曾经的一个行为最终要了他的命！

古今是一个危机感非常强的人，公司的保险库、家里的防盗装置、监控设备等应有尽有。

小区的物业尽职尽责，保安、巡逻、一人一张的门禁卡加上无处不在的监控，把小区的安全布置到了极致，在这种防御措施下，除了像小钟师父盗王张五爷这般存在，否则很难得手。

排除了被盗的可能性后，就只剩下一种可能，古今把钥匙拿走送了人。但保险库对他来说非常重要，如果不是极其信任，怎么会把钥匙交给他人！

"他会把钥匙送给谁？"小慧问道。

虞乘风摇了摇头，说道："在我调查古今的社会关系时，发现他的社会关系虽然复杂，但都是生意上的伙伴，亲属方面父母早已去世，他又是独生子，只有妻子和孩子。"

"之前我说过，古今还有一个特点，就是好女人。为了讨好女人，他可以把保险箱生物识别系统输入其他女人的生物特征，也能为了讨好女人把保险库钥匙送人。"刘天昊说道。

"而且保险柜的钥匙还是坏的，从理论上讲，就算真的送了人也用不了！"虞乘风说道。

小慧听后几乎同时间"哼"了一声表示不屑。

古今在本质上是商人，无利不起早，就算在女人身上，他也会算足一笔账。送一把坏钥匙既满足了女人，又不会让自己有损失。

"万一被送钥匙的人要去保险库试一下钥匙呢？不就露馅了吗？"

小慧问道。

刘天昊笑了笑。对于古今这样的人，他见多了，就算女人拿到了钥匙，他也有一千种方法不让女人使用钥匙。

"如果他不想让她试，可以找出一万种方法！"韩孟丹冷冷地说道，随后眼神飘向刘天昊，看得他急忙避开。

虞乘风轻咳了两声，说道："关于古今的男女关系，有三个女人和他走动得比较密切，但这些线索都是从了解古今拍卖公司的员工那得来的，还没来得及查证。"

第一个就是古今公司现在的大堂经理可儿。可儿是一所普通大学毕业的学生，毕业后应聘到拍卖公司做文员，那时一个月的工资大约是四千元，只用了三年的时间，就升为大堂经理，负责客户的对接工作，月工资达到了五位数。

可儿的身材和相貌没得说，虽说比不上影视明星，但当人与她近距离面对面时，会明白什么是天生丽质。交际能力自然更不用说，两次接触便给刘天昊留下了很好的印象，张弛有度、进退自如。

大堂经理虽说表面上叫经理，实际上还是一个秘书类的职务，当今社会，秘书和老板之间有些暧昧关系是再正常不过的事儿了。

第二个是古今的一个女客户刘怡，因为业务需要古今配合，有求于他，和他的关系一直比较暧昧。

第三个是一名在校大学生钟婷，也是在一次拍卖上认识的，钟婷并不知道古今已婚的事情，一直以为他是钻石王老五，两人年纪相差比较大，所以恋爱的事情饱受争议。

"这男人怎么在这些女人之间游刃有余的？"小慧好奇地问道。

"是钱，钱可以蒙蔽人的双眼。"韩孟丹说道。

刘天昊和虞乘风互相看了一眼，却没敢应声。

韩孟丹说的很残酷，但很现实。

"可儿我接触过，单从她的叙述来看，应该没有那把钥匙。"刘天昊说道。

话音刚落，韩孟丹便冷冷地看向他，他只好把目光投向虞乘风。

虞乘风会意，立刻清了清嗓子："女客户刘怡是一家房地产公司的副总，因为涉及一些不良财产拍卖的事儿，经常和古今合作，看她的家当，应该在其中赚了不少好处。但他们之间应该只是交易，古今不太可能为了那点事儿把钥匙送给她。"

小慧眼珠一转，跟着说道："那要是照你这么说，大学妹妹也不会有这把钥匙。"

"为啥？"虞乘风问道。

"大学妹妹多单纯啊，就是为了找个依靠，没那么多心思，再说了，她们既然能做这种事儿，也是为了图实在，要一把破钥匙有啥用，不能吃不能喝不能用的。"小慧说道。

三个人你一言我一语，把三个和古今有关系的女孩儿都排除了。

"我是很理智的分析。"刘天昊有些着急。

"我是很现实的分析！"小慧有韩孟丹撑腰丝毫不肯退步。

虞乘风很识趣，双手搓了搓，没再和刘天昊争执这件事。

刘天昊叹了一口气，说道："好吧，那咱们先别定论，对这三人再进行一番调查，OK？"

韩孟丹把试管放进试管架，随后在本子上记录着数据："再说说古今的尸检报告吧，我这儿还有些收获。小慧，你先说。"

小慧捋了捋头发，得意地看了一眼刘天昊，却并未说尸检的事儿："孟丹姐这两天可是连续加班，到现在还没休息，也没吃过东西，刘队，你看看要不要给点安慰什么的。"

韩孟丹碰了一下小慧的胳膊，小声地说："让你说尸检的事儿，说这些干吗！"

刘天昊关心地看向韩孟丹，正要说话，却见韩孟丹摆了摆手："没事，我没事，先工作吧。"

韩孟丹虽然戴着眼镜，但透过镜片，可以看到她的眼圈有些发黑，原本清澈乌黑的眼睛满是细细的血丝，红润的脸也变得蜡黄。

"你们两个大男人饿着也没啥，给我丹姐饿坏了累坏了可不行！"小慧得理不饶人。

"我去买早点！"刘天昊说道。

虞乘风伸手拦住刘天昊："你讨论案情吧，我去！"

刘天昊点了点头："也好。"

虞乘风看着刘天昊好一阵，却没动身。

"不是你去吗？"刘天昊问着。

虞乘风用手指做着捻钱的动作，脸上露出为难之色。"你一个月那么多工资，也没空花，买顿早餐还要我出钱？"

刘天昊愣了一下，随后立刻反应过来。

虞乘风和姚文嫒的事儿已是定局，两人开始筹备婚礼，还贷款买了房子，压力自然不是刘天昊这个单身汉能体会的，虞乘风的工资卡早就交到女友姚文嫒手里，每个月的零花钱几乎是两位数。

小慧明白虞乘风的处境，捂着嘴笑了起来。

刘天昊刚掏钱给虞乘风，就见技术科小王从外面走进来，他也是双眼通红、打着哈欠："刘……刘队，干吗，这一大早的发钱啊！"

小王把一份报告塞给刘天昊，随手把钱抢了过来："我去买吧，你们都是干将，讨论案情没风哥哪行！对了，报告是之前对丁秀文、丁志亮监控的数据，还有丁秀文的社会关系、古今的社会关系分析等，很多，你得慢慢看！"

经过众人一打一闹，气氛缓和了好多。

小慧用欣赏的目光看着小王离开后，才说道："之前我出了古今的尸检报告，丹姐不放心，又查了一遍，结果没多大区别。"她说话间有些得意，显然是对自己的成果很满意。

"小慧的检测结果很准，古今的尸体高度腐烂，有些数据无法作为参考，根据我再次做解剖的结果，死因依然是窒息性死亡，我仔细检查了死者全身，其喉部并未发生堵塞和骨折现象，肺部未见任何异常，口鼻部分没有覆盖过的痕迹，胸部未出现压痕。"韩孟丹说道。

刘天昊的眉头皱起了一个大疙瘩。

既然是窒息性死亡，就一定有其原因，但从韩孟丹的叙述来看，又把所有的可能都否定了。

"会不会是药物导致的窒息性死亡？"虞乘风问道。

他在搜查古今的家和办公室等处时，发现了古今都备了大量的安眠药，而且他还有饮酒的习惯，没事儿就喝上二两助兴。

虞乘风所说的这种情况比较常见，酒精加上安眠药会导致人昏迷、休克、呼吸衰竭、血压极大降低等致死性因素。古今作为公司老总，生存压力比较大，可能会有不同程度的失眠，安眠药已是必备之物。

"目前没查出他体内有安眠药的成分，只有某种不可描述药物的代谢物，和迷奸药有些相似，但药力更足一些。"小慧说道。

刘天昊点点头，说道："酒精加上安眠药的可能性不大。这点从案发现场就能分析出来。"

小慧颇有兴趣地看向刘天昊。

"陈尸地点是保险库的金属台上，现在气温并不高，躺在金属台上睡觉不是件愉快的事儿，另外，死者平躺在平台上的姿势并不符合睡觉的需求。"刘天昊拍了拍后脑勺。

"少了枕头。"虞乘风说道。

"喝酒加上安眠药是他睡觉前做的事儿，怎么可能在保险库里面，再说，他从未有过在保险库睡觉的先例。"刘天昊说道。

四人突然都停了下来，把脸撇向一旁思考着。

"孟丹，你刚才不是说也有些收获吗？"刘天昊率先打破沉默。

"亏你还记得。我在死者的指甲里发现了一些东西。"韩孟丹拿起一张报告递给刘天昊。

报告上是数个极其复杂的分子式，看得刘天昊有些发蒙。虞乘风也看了看，两手一摊，两人把求助的目光看向韩孟丹。

"好啦，知道你们看不懂，这是一种化妆品的成分，这种化妆品只在法国本地才有出售，国内的货要么是假的仿货，要么是人肉带回来的，并不常见。"韩孟丹说道。

虞乘风脸上露出失望的神情。

古今和女人接触比较多，本身又有钱，他身边的女人用些名贵的化妆品也不算为过。

"这种化妆品因为销量很少，加上价格非常昂贵，效果并没有传说的那么好，现在很少有女人会使用。我托莉莉弄了一点。"韩孟丹从桌子的抽屉里拿出一个小玻璃瓶。

莉莉就是机场派出所的民警，因为涉及和海关的合作，所以经常能弄到一些稀罕的玩意儿。

韩孟丹用棉签蘸了一些化妆品，递给刘天昊。

刘天昊放在鼻子下闻了闻，脸色忽地一变，他想起了一个人：蒋小琴。

第二十二章 未卜先知的蒋小琴

刘天昊曾经得过过敏性鼻炎，治好以后鼻子变得异常灵敏，一点点味道的变化都会引起他的注意。这点很奇怪，很难和他人说清楚，所以每当人问起来，刘天昊只说自己鼻子灵，从来不提得过鼻炎的事儿。

他和蒋小琴算是今生的冤家，数次打交道的过程都不算愉快，哪怕是刘天昊保护她、救过她的命，她丝毫没有感激之情，用她的话说，她出了钱纳税，这是她应该享受到的保护，如果保护不周，那就是刘天昊的失职了。

如果不是由于工作的原因，他绝不会和蒋小琴这种人打交道，哪怕她再有钱有势。在他的眼里，有钱不代表有素质，极具个性的他自然不屑于和那些所谓的有钱人打交道。

他因公事去过蒋小琴的别墅数次，和她近距离接触过很多次，因为对她的为人比较反感，所以下意识地对她身上的味道也带着一丝反感之意。

这种味道让他想起了蒋小琴以及蒋小琴的一切，包括那次他坐着慕容霜开的乔治·巴顿也充满了这种味道。

蒋小琴是一个充满着贪婪、暴戾和铜臭味的集合体，一生中各种奇葩的事儿从未断过，甚至能追溯到她接任董事长时，刘大龙和郭丽娟的那段奇葩往事。蒋小琴把自私自利展现得淋漓尽致，为了争权夺势，甚至不顾他人性命。

正所谓豪门恩怨多，其实究其根源还在于钱，但钱本身是无罪的，有罪的是人心！

"和死者手指甲中发现的残留物质成分完全一致。"韩孟丹的话让刘天昊又回到现实中。

小慧凑上前闻了闻，说出了极难听懂的一长串外文名字，随后又兴奋地解释着："我知道这种化妆品，刚才丹姐说的时候我预感就是它。这种化妆品只是听说过，没想到今天算是见到了，单从味道上来说就非常迷人，不知道用上去效果会怎样！"

刘天昊和虞乘风对视一眼，暗自叹了一口气。大多数男人对化妆品并不了解，就像大多数女人不了解汽车是一个道理。

面对诸多的化妆品品牌，女人可以兴致冲冲地谈论很久，功效、价钱甚至其中的原理，但对于男人来说，那仅仅是一个搽脸的雪花膏而已，没有品牌效应、没有品牌故事、没有任何可歌可泣的爱情。

刘天昊对小慧的话没有半点反应，只是拿着棉签愣了一阵，随后才缓缓点了点头。

除了蒋小琴之外，慕容姐妹用的也是这种化妆品，从理论来讲，很可能是蒋小琴提供给她们的。但这种味道在慕容姐妹身上就不会那么讨厌，至少刘天昊是这么认为的。

"嗯？"韩孟丹知道刘天昊一定有收获。

"呃……是蒋小琴……她用的就是这种味道的化妆品。"刘天昊最终还是没说出慕容姐妹。

韩孟丹和慕容姐妹之间的关系十分微妙，一旦打破平衡，韩孟丹肯定会先入为主，甚至有可能会误导整个案件的侦破。

"但不代表死者和蒋小琴接触过，这种化妆品虽说很稀罕，却不是唯一，现在有很多国内工厂都在做它的仿品，达不到正品的品质，但从味道和使用质感来说，几乎分辨不出来。"小慧说道。

"那你能分清正品和仿品的区别吗？"韩孟丹问道。

"不能，不过丹姐刚才的方法能。仿品就是仿品，在化学成分上和正品还是有区别的。"小慧说道。

"竹塔的主人是蒋小琴，案件又涉及多年前的'NY市五号案件'，和蒋小琴父亲、慕容龙成联系在一起，要说完全是巧合，也不太可能！"虞乘风立刻反驳道。

"这种化妆品是用在脸上的，古今的指甲里出现它，就意味着凶手的脸上很可能有伤。刘队不久之前不是见过蒋小琴吗？她脸上有伤吗？就是和慕容霜一起去的那次！"小慧说道。

话音刚落，就见韩孟丹的脸色变得难看起来。虞乘风连忙在一旁悄悄地碰了碰小慧的胳膊。

"那都是多长时间的事儿了，当时古今还没遇害。"虞乘风连忙说着。

"得再去找一趟蒋小琴，快！"刘天昊脸色一变，显然是他想到了什么。

"那么急！"韩孟丹说话间看向刘天昊，随后又接着说道："我陪你去吧！"

虞乘风立刻说道："我还要调查那把钥匙的事儿，去找小钟问问，看保险库的钥匙在国内有没有人能修好，就不能和你俩一起了。"

小慧也知道自己说错了话，立刻晃了晃手机，弥补道："那个……韩队让我出一个现场，丹姐，我就不陪你了啊，记得让小王给我留一份早饭！"

说完，她转过身吐了吐舌头，朝着看向她的虞乘风做了一个鬼脸，小跑着离去。

虞乘风边向外走边小声地自言自语："这丫头，口无遮拦！"

"那个……咱们走吧！"刘天昊支吾了一阵后说道。

韩孟丹脱下白大褂，挂在墙上的衣帽钩上后向外走去！小王从外面匆匆走进来，手上提着几个塑料袋，正碰上向外走的两人。

"刘队，丹姐，出去查案啊，带着车上吃吧，风哥和小慧的都拿走了。"小王说道。

刘天昊应了一声，却并未接手，径直向外面走去。

韩孟丹抱歉式地冲小王一笑，接过两份早餐："他想着案子呢，我帮他拿，谢谢！"

……

因为有心思，刘天昊开车开得并不专心，若不是幸运，怕是一路上会出好几起事故。

韩孟丹坐在副驾驶吃着早餐，她已经注意到刘天昊的异常，却也不好张口就问。

蒋小琴有嫌疑还好说一些，毕竟人品就那样，也不值得人担心她。对于慕容姐妹两人的事儿，刘天昊却越想越可怕。

虽然还不知道其中的关联究竟是怎样，但刘天昊的直觉告诉他，这件案子和慕容姐妹一定有关系。假设凶手是慕容姐妹的话，蒋小琴此时已经处于非常危险的境地，随时可能丧命。

慕容雪一直处于神志不清的状态，作案的可能性不大。慕容霜精通侦查、反侦查、搏击以及其他本不属于女孩子的技能，非常符合杀害法官老李、古今的凶手的特征。但刘天昊内心又是矛盾的，慕容霜性格开朗、大方、善良、直爽，又数次帮过刘天昊，要说这样一个人是阴谋家，无论如何都不容易接受。

"哎，换我来开车吧，你吃点东西！"韩孟丹用湿巾把手擦干净，把垃圾放进塑料袋里。

刘天昊看向韩孟丹，笑着点点头，随后把车缓缓停在路旁。韩孟丹正要解开安全带，就见刘天昊把手伸向她的脸，她蜡黄的脸色猛然变得一红，下意识地向后躲了躲。

刘天昊暖暖一笑，用手指把韩孟丹嘴边的一个面包渣擦掉："杯子里有热水，喝点暖暖胃吧。"

"哦，谢谢！"韩孟丹急忙解开安全带下了车。

随着年龄的增长，刘天昊的脾气变得柔和了很多，做事相对成熟稳重了很多，给女人的安全感自然不用多说，所以他身边不断地出现身材、美貌、才华并重的女子，韩孟丹一直在他身边工作，日久生情，这点整个局里的人都看得出，唯独刘天昊却没有半分反应。

韩孟丹是个地道的美女，对她动心思的男人多得很，她却始终摆出一副冰山美人的样子，以工作忙的理由拒绝了所有男人的追求。

可能是由于天天在一起的缘故，刘天昊对韩孟丹的美貌已达到了视而不见的程度，这可能就是某人所谓的脸盲症吧！

两人各怀心思，一路无话。

……

蒋小琴还有一重性格，就是自大、自信甚至自恋，当她听慕容霜说刘天昊来拜访时，几乎是不屑一顾地说道："肯定是怀疑我和案子有关，怕我被人谋害之类的，危言耸听罢了！还有那尊竹塔，丢了就丢了，他那么上心干吗！"

自打"A级通缉令"一案后，蒋小琴对别墅进行了一番改造，防盗级别几乎是最顶级，只要她不离开别墅，就没人能谋害她。

除了雇用了一些保镖之外，慕容霜隔三岔五就来蒋小琴这儿陪她，加上国内的治安良好，她几乎不用再为安全的事儿操心。

慕容霜聪明至极，自然不会在这个时候替刘天昊说话，只是征求意见式地看着蒋小琴。

蒋小琴叹了一口气："让他进来吧，这人天生就是我命中克星，把他打发走了得了。"

慕容霜笑了笑，向外迎了出去。

慕容霜和韩孟丹之间很少有交集，她们唯一的交集都在刘天昊身上，当慕容霜看到刘天昊和韩孟丹站在一起时，她一愣，转瞬之后，她反应过来，职业式的微笑再次回到了脸上。

无论从相貌还是气质，刘天昊和韩孟丹极为般配，虽说慕容霜的美貌和身材绝不逊于韩孟丹，但和刘天昊的匹配程度稍差那么一点点。

蒋小琴依然冰冷地坐在沙发上，但从态度来讲，她比韩孟丹更加像冰山。

"嗯……蒋总……"

刘天昊刚说出一个字，便被蒋小琴的话掸了回去："刘队，我很安全，不会有任何危险，那尊竹塔的事就拜托你了，找到了及时还给我，我会给钱局写表扬信。除此之外还有其他事儿吗？"

刘天昊无奈一笑，说道："蒋总，我还没说，您怎么知道我是为您的安全的事儿来的？"

"你别忘了葛青袍老师，他教给我很多知识，其中一项就包括算卦，可以未卜先知。"蒋小琴显然是在调侃刘天昊。

刘天昊耸了耸肩，对蒋小琴的调侃并不感兴趣："这个解释并不合理。"

"我需要解释这件事儿吗？"蒋小琴冷笑一声。她肯放刘天昊两人进来，说白了也是冲着慕容霜的关系，也想和刘天昊搞好关系，但蒋小琴平时傲惯了，偶尔和人调侃也会显得比较生硬，给人不爽的感觉。

"蒋总，这两件案子对您来说只是新闻，但对我来说是职责所在，不查清楚我是不会停止的。"刘天昊表明了态度。

蒋小琴白了他一眼，说道："早就知道你是这种态度，不用反复强调。另外，你那个王佳佳的报道我都看过了，法官李什么和一个小拍卖行老板被害的案子，竹塔的两部分就在案发现场，还隐晦地说竹塔的第三部分在凶手手上，会出现在第三名被害人的现场，对吧？"

古今身份显赫，但无论是财富还是地位，和蒋小琴比起来却相差甚远。至于法官老李，在位时，蒋小琴会敬他三分，一旦退了休，就代表着他失去了利用价值，所以曾经尊敬的李法官现在变成了"法官李什么"。

王佳佳发报道之前给他看过，大约是蒋小琴所说的内容，并未触犯保密纪律，却没有竹塔第三部分会出现在第三名被害人现场的事儿，这部分内容完全是刘天昊等人的推论。

"看来蒋总非常关心这两件案子。"刘天昊抽了抽鼻子说道。

蒋小琴虽然有百般缺点，敬业程度却非常人所能及，虽说这段时间一直在家里办公，却并未疏忽了个人形象，无论是穿戴还是化妆，样样不差。

刘天昊闻出蒋小琴使用了那种化妆品。

"两件案子和我丢失的东西有关，我自然要关心一下。"蒋小琴说道。

韩孟丹笑了笑，说道："蒋总，您用的是什么护肤品？味道很好闻。"

本来韩孟丹这样问是比较唐突的，好在蒋小琴有显摆的习惯，见韩孟丹一脸渴求的神色，也是一阵得意，加上她想故意冷落刘天昊，所以便转向韩孟丹，说了一长串名字，语调虽然不同，但发音和小慧的居然一模一样，随后才说道："既然韩警官这么喜欢，那我就送给你两套试试。小霜！"

一直站在一旁的慕容霜立刻会意，走到一楼的储存间里面，拿出两个非常漂亮的礼盒，放在茶几上。

韩孟丹也没客气，用手轻轻地摸着两个礼盒，眼睛精光四射："哎呀，这可有些过意不去，多少钱啊，我转给你吧！"

蒋小琴笑意未消，嘴却下意识地一撇："钱就算了，我蒋小琴这点礼还是能送得起的！"

蒋小琴说话间身体微微向前倾，脸上神色有些不耐烦，显然是在送客！而且从她的表情上能看出轻视之意，意思是这两盒化妆品绝不是韩孟丹能消费得起的。

韩孟丹并不在乎化妆品，只是借着这个机会验证蒋小琴的化妆品是否和案发现场的一致，同时通过近距离观察蒋小琴以图发现破绽。

但可惜的是，蒋小琴的脸上没有一点受过伤的痕迹。

蒋小琴见两人没有要走的意思，便打了个哈欠，说道："小霜，你陪下二位警官，我身体有些不适，上楼休息一下。"说完，她起身向二楼走去。

慕容霜冲着刘天昊两人抱歉一笑。刘天昊对蒋小琴的行为已经见怪不怪，并未在意。韩孟丹表面上笑着目送蒋小琴上楼，却打心眼儿里瞧不起蒋小琴。

"刘队，有什么事儿尽管问我，虽然我现在不是蒋总的秘书，但依然熟悉她的一切。"慕容霜说道。

韩孟丹冷冷看了一眼慕容霜，微微抽了抽鼻子，问道："请问慕容小姐，你也是用这种化妆品吗？"

第二十三章　慕容霜的遭遇

如果说女人的情绪是世界上最难琢磨透彻的事儿，那么女人之间的关系就是世界上最变化无常的了。

韩孟丹的一句"慕容小姐"的称呼本身就带着挑衅和敌意。

慕容霜何其聪明，自然明白韩孟丹的意思，却依然不急不慌，笑着点点头："我给干妈当秘书时，借她的光，用的一直就是这种护肤品，用了好几年了吧，效果还不错，就一直用了，你拿回去试试就知道了。"

慕容霜通过这些话透露给韩孟丹两个信息，第一个是蒋小琴和她已经认了干亲，有了这样一个强大的靠山。第二个是她心中坦荡荡，不需要有任何隐瞒。

自打发现慕容姐妹的神秘背景后，刘天昊便多了个心眼儿，在接触的时候尽量观察她们。慕容霜在说话时眼神清澈，神情没有丝毫变化，一种情况是她真没说谎，另外一种就比较可怕了，经过长期严格的训练后也可以做到这点。

韩孟丹和刘天昊对视一眼，随后问道："你认识古今吗？"

慕容霜犹豫一下，看了看刘天昊。

之前刘天昊去拜访古今就是她引荐过去的，他明明知道她是认识古今的，如今韩孟丹却问了这个问题，应该是刘天昊为了避免嫌疑，并未和韩孟丹细说这件事儿。

"嗯……认识，拍卖行的老板，是拍卖竹塔的那次拍卖会认识的，因为蒋总经常会有一些拍卖方面的需求，所以一直有联系。"慕容霜察言观色的能力非常强，她发现她称呼蒋小琴是干妈的时候，刘天昊的眼神中闪出了一丝不快，虽说很难捕捉，却逃不过她的眼睛，所以再提到蒋小琴的时候，她就换成了"蒋总"。

"最后一次见到他是什么时候？"韩孟丹问道。

就算慕容霜不太聪明，从语气和语境上也能听出韩孟丹对她产生了怀疑。

"嗯……是在半个月前吧，在 NY 市大酒店。蒋总让我去酒店结上一年度的账，正好碰到了古总。"慕容霜非常配合地说道。

古今死亡发生在三天前，和慕容霜所说的这个时间相差比较大。

见韩孟丹出现了不太相信的表情，慕容霜便又解释道："我是和我姐一起去的，当时还见了他们的经理，酒店大门和大堂、财务室都有监控，可以证明我所说的一切。"

"能详细说说过程吗？"刘天昊问道。

为了避免韩孟丹不快，慕容霜只是用眼神扫了一下刘天昊，说道："和酒店结了账之后，古总邀请我一起吃午餐，只是聊了一下业务上的事儿。蒋总最近很少出门，很久没参加过古总组织的拍卖会，他想登门拜访，我委婉地拒绝了他。"

"那他有没有提过竹塔的事儿？"韩孟丹问道。

慕容霜立刻摇了摇头。

刘天昊一直在观察着慕容霜的表情，他发现她在说话的时候眼神会时不时地闪出一丝狡黠之色，虽说是一闪而过，却难逃刘天昊的眼睛。

韩孟丹大部分时间都在研究尸体，对尸体的了解更多于活人，对慕容霜的变化自然感觉不到，要是大师姐赵清雅在，怕是慕容霜不会这样情绪外露。

三人正聊着，就听见客房里传出一阵动静，随后传来"呀"的一声。慕容霜抱歉式地一笑："是我姐。"

客房的门是半敞开的，慕容雪坐在地板上，一只手上拿着一个杯子，另外一只手拿着凉水壶，龇着牙，脸上表情比较痛苦。水壶盖子落到地上，地面洒了一些水，应该是倒水的时候壶盖掉落在地上了。

她蹲下捡凉水壶盖子时，不小心碰到了柜子角，脸上划出一道轻微的红印出来，但她双手都拿着东西，看样子又不敢放下，坐在地上一副委屈得想哭的样子。

"不是说……"韩孟丹话说一半便停住口。

她的原话是"不是说神志不清吗，怎么还能动？"但仔细一想，没了神志并不等于不能行动，人的原始需求和行为还是有的，经过私人医院的康复训练后，能完成一些基本的日常行为。

"我去看看！"刘天昊和慕容霜几乎同时间说道。

"哦……"刘天昊有些尴尬，做了一个请的动作。

慕容霜立刻跑了过去，查看姐姐慕容雪并未受伤，只是脸上划出了一条擦伤，随后把她扶起来坐在床上，把壶盖捡了起来，给她倒好水，见她喝下去后，又耐心地安慰了一番，这才出了房间回到客厅中。

"我姐就这样，比之前强了一些，但还是没完全恢复，生活几乎不能自理，所以呢，我到哪儿都带着她，我自己能单独出来活动的机会很少，只有当她喝下助眠药物睡熟了之后，我才能出来走走。好在她的睡眠倒是很规律，每天中午两个小时，晚上到了九点之后就睡了，第二天早上六点半准时会醒来。"慕容霜说道。

慕容雪在没出事之前是 NY 市律师界的一姐，生活非常规律，为的就是保证自己能有充沛的精力应对一切。

慕容霜的这些话在韩孟丹那儿只是很普通的介绍，但对于刘天昊来说，他知道她想表达的意思，代表着她在那些时间是自由的。

"哦，不好意思，咱们继续说古总的事儿吧。"慕容霜见两人没有任何反应，便立刻回到原话题缓解尴尬。

刘天昊点了点头。

"其实那次吃饭他主要就是拉拢我，让我带蒋总出来走走，参加一些慈善拍卖，等等。"看到韩孟丹一脸质疑，她笑了笑，解释道："因为蒋总为人仗义，又不在乎钱，是古总的优质客户。竹塔已经是很早的事儿了，卖出去的东西他不太可能再过问，除非客户有困难了，拿着古董重新找古总进行拍卖，或者是直接低价卖给他。不过，这种情况在蒋总身上不存在。"

"吃饭的时候，你姐姐也在场？"韩孟丹问道。

慕容霜点点头："在的。"

韩孟丹正要再问，却听到自己的电话响了起来，是小慧来的电话。

"丹姐，你来一趟现场呗，有些情况我处理不了，韩队又批我了。"小慧的语气中满是委屈，从话筒中还传来韩忠义发怒骂人的声音。

韩忠义的要求标准是非常高的，韩孟丹刚毕业实习时经历过，自然知道哥哥厉害起来是什么样子。

"好，我马上过去，你先别急！"韩孟丹安慰着。她这个徒弟很有悟性，而且善于变通，只要假以时日，必然会成为一名优秀的法医，但按照韩忠义的工作方法，很有可能会把她的天分全部抹杀掉。

放下电话后，韩孟丹瞥了一眼慕容霜，心里叹口气，冲着刘天昊伸出手："车钥匙给我，这里就交给你了！"

刘天昊把钥匙递给韩孟丹。韩孟丹拿钥匙的时候用钥匙尖部在他的手上戳了戳，随后转身离去。

慕容霜顽皮一笑，说道："刘队，有这样一个干练的搭档，也是不错的事儿吧？"

刘天昊长出了一口气，说道："别调侃我了，说正事儿。我知道你刚才有很多话憋着没说。"

"这都能被你看出来？"慕容霜笑了笑。

韩孟丹的性格和想法都写在脸上，对人有敌意会流露于表面，但慕容霜却不同，表面看起来天真、直爽，实际上城府很深，表面积极配合，说话往往却是敷衍了事。

刘天昊和慕容霜对视一眼，发现面前的这张面孔有些陌生，完全不像是之前的那个纯洁得有些透明的慕容霜，竟然有种看不透的感觉。

他耸了耸肩，并未沿着这个话题说下去。

"那次在 NY 市大酒店遇到古今并不是偶遇，而是他刻意在那里等我。"慕容霜终于开口说话。

刘天昊一听来了兴致，从茶几上拿起一些干果边吃边听。

……

古今是名非常成功的商人，之所以能成功，就是因为他不肯浪费时间在没用的人身上。

蒋小琴一直是他的优质客户，但慕容霜不是，在他的眼里，慕容霜只是蒋小琴身边的一个工作人员，按照他的原则，是绝不肯在没用的人身上浪费时间的。在这点上，他一直坚持得很好，每次都是他亲自接待蒋小琴，却让一名经理陪着慕容霜，好吃好喝好伺候，但重视程度远远不够。

可这次他亲自截住了慕容霜，笑脸相迎，邀请她共进晚餐。慕容霜很意外，她认识古今，却几乎没打过交道。

慕容霜很识时务，她和古今压根就不在一个阶层上，也不可能有交集，看古今的样子，应该是有事情求她，但绝不是关于蒋小琴方面的事儿，因为她此时已经不是蒋小琴的秘书。

饭局并不都是非常愉快的。

慕容霜对桌子上摆得满满的优质食物并不感兴趣，反而是姐姐慕容雪不顾形象地吃了起来。

"古总，您也是爽快人，有事儿直说吧。"慕容霜拿起餐布帮着姐姐擦着脸。

古今放下刀叉，脸上露出为难之色，过了好一阵才说道："我想聘请慕容小姐帮我个忙。"

慕容霜说道："只要是举手之劳，乐意之至，不过以我现在的情况，怕是帮不上您吧。"说罢，她看了看在一旁狂吃的姐姐慕容雪。

"我听蒋总提过慕容小姐，您不但武功高强，还精通侦查和反侦查，对电子科技也颇有研究。"古今拍马屁拍得有些肉麻。

慕容霜连忙摇摇头。

"慕容小姐不用谦虚，我是一个不肯浪费时间的人，既然我找到您，就代表着我已经认可您了，也对您做了一定程度的调查。"古今说道。

古今的话让慕容霜心里不太爽，尤其是对她进行了一定程度的调查，但她依然保持着礼貌："抬举了，这顿饭我得感谢您，不过……"

"您先听听我的事儿行吗？"古今满脸恳求地说道。

古今的财富虽说无法和蒋小琴相比，却也是 NY 市著名的富豪，花钱请几个保镖或者是私家侦探算不上难事儿，他却找到并非专业人士的慕容霜，这点让慕容霜有些疑惑。

两人对视了好久，古今并没有半分退让的意思。

第二十四章　求助

慕容霜再厉害也是女人，看到古今这种富豪居然满脸哀求之色，心里一软，点了点头。

古今大喜，几乎是手舞足蹈地给慕容霜斟了一杯茶，恭恭敬敬地送到她面前，这才说道："这段时间我感觉有人盯上我了，却不知道是谁。那个人让我有种毛骨悚然的感觉，让我坐立不安，我预感他早晚会对我下手、要了我的命。"

慕容霜一笑，说道："我当是什么大事儿呢。现在是法治社会，中国的治安好得很，只要您不违法乱纪，正儿八经地做生意，没人会轻易地暗算您。"

古今摆了摆手，并未和慕容霜辩论："商场如战场，我在商业界多少年了，这些蝇营狗苟的事儿见多了，不过这次不同，敌暗我明，而且我感到他一直就在我身边，现在也是。我就是想请慕容小姐帮我查出这个人，只要查出来就好，不需要做其他事情。"

古今有钱有势，如果知道有人打他的主意，自然有很多种办法处理，但现在最难的是那人在暗处，他连那人是谁都不知道。

"这种事你应该去找警察吧，或者是哪些私家侦探，我哪行啊！"慕容霜说道。

"我听蒋总说过您的本事，她身边的能人多得是，要是没有真本事，在她身边待不长的。"古今说道。

蒋小琴这话讲得没错。慕容霜的确是凭借着本领和超强的忍耐力待在蒋小琴身边的，而在此之前，她也有一番颇为传奇的经历，丝毫不比刘天昊、齐维等人的差，但那属于另外一个系列的故事，在此不再赘述。

千穿万穿马屁不穿。世人都知道拍马屁之人交不得，但没人会拒绝拍马屁！

慕容霜得到了认可，自然也是高兴，笑了笑说道："都是谣传罢了，关于您的事儿，有什么线索提供给我吗？"

古今皱着眉头，拿起茶杯又放下，翻来覆去几次，看得慕容霜都有些不耐烦，最终把茶杯重重地放在桌子上，脸色一正："这件事儿我也不太好说，只觉得那种气息非常熟悉，但我又想不起来究竟在哪儿遇见过，反正很邪乎，我希望你能住进我家里，二十四小时跟着我，至于其他的线索……我……"

古今说话支支吾吾，显然是有些话不太好讲。

"这不太妥当吧。另外我觉得您现在不是求人的态度，让我帮着查人，却又不和我说细节，在完全不掌握的情况的时候擅自介入，怕是会赔了夫人又折兵！"慕容霜说道。

慕容霜毕竟是一名女孩子，带着姐姐住进古今的家里，万一这件事儿传出去，哪还能说得清楚！

古今尴尬一笑，却并未在意，说道："应该是和南……"他的话说了一半便停了下来，神经质般地向包间门外看了看。

这个包间是最里面的一间，主要是图个安静。除了上菜的服务员之外，只要有人走近，就会听到脚步声。

他起身走到门前，探着身子向外看了看，随后把门轻轻关上，回到座位上，眼睛急速地眨着，显然内心在进行着激烈斗争。

"你就答应我吧，其他的就别问了，开个价，多少钱我都能接受。"古今说完了看吃得来劲的慕容雪，意思是说你姐姐治病、吃饭、照料总得花钱吧。

慕容霜的傲气一瞬间被激发出来，哼了一声，说道："古总，不是所有事都可以用金钱衡量的，我姐姐的确需要我照顾，我分不开身做其他事，连蒋总的秘书一职我都辞了，您的事儿我真的很抱歉，帮不上忙了。"她说完便拿起热毛巾给姐姐擦手擦脸，随后拉着慕容雪起身向外走。

"不住我家也行，你可以在我家附近租一套房子，能监视到我就好。不过，有些事我真的不能说。"古今有些为难。

"既然不能说，我也没什么好办法，您自求多福吧！"慕容霜拉着姐姐的手迅速地向外走去，根本不给古今任何再说话的机会！

古今起身正要追赶慕容霜，却突然停住，眼睛中流露出惊恐之色，他环顾四周，最后把视线盯在慕容霜身上。

慕容霜在离开房间时用余光看到了古今的反应，摇了摇头，暗自叹了一口气。

……

"就这些？"刘天昊听出古今所说的事情一定和他的被害有关，慕容霜却拒绝了这件事。

"就这些。"慕容霜说道。

古今准备和慕容霜和盘托出的时候，说出了"应该是和南……"这半句话，刘天昊第一时间想到的是"NY市五号案件"。但古今突然觉得还是不能说，最终咽下后半句话。

刘天昊脸上露出可惜之意，有些不甘心地问道："后来呢？"

"就知道你会这样问。"慕容霜白了他一眼，随后说道："后来他给我打了两次电话，还是说这事儿，支支吾吾的。他肯定知道什么，但就是不肯说，只是让我把那人揪出来。第一次打电话还好，第二次几乎是带着哭腔，要不是姐姐近段时间总是犯病，我肯定会答应他。"

"第二次打电话是在什么时间？"刘天昊问道。

慕容霜拿出手机，翻出电话记录和短信、微信，截了几个屏发给刘天昊。

第一次是在十天前，最后一次通话记录是在七天前。还有几个求助短信和微信留言。

求助短信和微信字数越来越少，但语境越来越急，可以想象一下当时他的心情有多急迫。

能让古今这样的人恐惧的事情并不多，就算真的有人威胁他的生命，他也可以有很多办法解决，为何单单盯上慕容霜？难道除了保护他之外，还有其他的目的？

刘天昊又看向客房中呆坐着的慕容雪。

"后来他应该是见我完全不搭理他，这才放弃了，但我觉得他一定会想其他办法，不可能束手就擒吧。"慕容霜说道。

刘天昊皱着眉头思索着，并未在意慕容霜所说的话，过了一阵，他"哼"了一声，拿出电话拨了一个号码。

接通后，技术科小王的声音传来："刘队，有啥指示？"

"小王，死者古今的手机、电脑都查过了吗？有没有线索？"

"死者有两部手机和两部电脑，电脑是办公室一台、家里一台，破解了密码之后我查了里面所有的资料，尤其是近期的资料，并没发现特殊的信息。"

"好，你再查一遍，看看有没有近期的录音或者文档之类的！"刘天昊说道。

"OK！"

刘天昊挂断电话后又拨了一个号码。

慕容霜趁着未接通的工夫问道："你是怀疑他会留下关于那件事儿的影音资料？"

刘天昊点点头："古今习惯留存一些资料，尤其是比较重要的，例如地下保险库中的那些拍卖资料。涉及保密的资料，本来他是可以做销毁处理，但他大费周章弄了一个保险库储存起来……"

刘天昊的话没说完，电话便接通了，话筒传来一声柔和而甜美的声音："刘队您好。"

"可儿，古总有没有私人的录音笔之类的物品？"刘天昊问道。

"录音笔应该没有吧，公司倒是有，都是开会时用的，在我手里。"可儿回答道。

"其他影像设备呢？"

"古总不太喜欢现代的电子设备，要是说……嗯……我倒是知道其他的事儿，不过……你得答应我一件事儿。"可儿的语气中显得有些为难。

刘天昊立刻反应过来。

开发商刘大龙也好，伪大师刘国华也罢，他们都有一个喜好，就是喜欢在做某些不可描述的事情时录像，供日后欣赏，古今在办公室里面设计了一个套间，估计也做了不少"坏事"，这套监控实际上就是偷拍的。

可儿为难很可能就是因为她也在其中！

刘天昊有些犹豫："这……"

"如果里面有一些不好的内容，你答应我一定要保密，不能给第三个人看到，否则，我现在就销毁它！"可儿的语气中带着坚决，也表明了另外一个信息，她随时可以拿到监控的硬盘。

"好，我答应你。你现在什么都别动，我马上就到。"刘天昊安慰着。

他知道可儿做出这样的决定需要很大勇气，清白对于女孩子来说比什么都重要，那种画面要是让喜欢的男生看到，怕是无论如何也接受不了。

"在他办公室套间里有一套监控设备，因为涉及他的个人隐私，只有他自己可以看到。"可儿说道。

刘天昊放下手机，向慕容霜告辞，起身向外走去。

"哎，你身边的女人可不少啊，可儿可儿的，叫得这么暧昧！"慕容霜在感情方面从不掩饰，这点是韩孟丹无法相比的。

刘天昊尴尬地咳了两声，说道："我身边的男人也很多，不过相对比，他们大多都是凶神恶煞的！远没有慕容小姐这么可爱！"

"耍嘴皮子！"慕容霜小声嘟囔着，送刘天昊出门的时候，她和他靠得很近，她心里知道这个男人不太可能只属于她一个人，但能有哪怕一刻的温暖也是好的。

"你姐姐有没有日记本什么的？"刘天昊走出大门突然停下来，转身问道。

慕容霜瞪大眼睛："哎，你想什么呢！就算有，女孩子的日记怎么可能给你看！你……对我姐有什么想法吗？"

"我只是问问，因为……"

"哈哈，开个玩笑。我知道我姐答应你要告诉你'NY市五号案件'的细节，可惜没来得及，她就遭遇了意外。她的确有日记本，不过记的都和'NY市五号案件'无关，这下你可以放心了，至于和什么有关……

你最好还是别问了。"慕容霜歪着头俏皮地答着。

"好吧，好好照顾你姐，另外，蒋小琴如果有什么异常，还麻烦你……"

慕容霜伸出手和刘天昊握了握："放心吧！"

刘天昊只觉得慕容霜的手很长、很软、很热，同时一股异样的感觉从手上传来，他脸色一红。

"如果，我说是如果。"慕容霜抽回了手，脸上亦飞起一片红云："如果我有了足够的资产，你愿意和我周游探险全世界吗？"

慕容霜在没回 NY 市之前有过很多精彩的经历，和许安然等人聚会时偶尔会透露一些，刘天昊也是略有耳闻。探险是很多人的梦想，他也不例外，现实却不允许他这样做，因为除了经济实力之外，还有各种各样的条件制约着。

慕容霜的话再明显不过，只要不是傻子都能听懂意思。

刘天昊显然是被这个问题问得有些措手不及："啊……这……"

慕容霜嫣然一笑："不用回答了，我知道了，快去忙吧，等你的好消息！"

刘天昊松了一口气，连忙转身离开……

第二十五章　灵感

人有了钱，多多少少都会有一些癖好，有的喜欢豪车，有的喜欢名表，有的喜欢豪宅，有的喜欢旅游，有的喜欢女人。

古今每一样都喜欢，因为他的钱足够支撑他做任何事情，在他身边出现的漂亮女人他都不会放过，想尽办法会得到她。为了维护家庭稳定，古今自然不会轻易把女人领回家，所以他就在办公室弄了一个套间，美其名曰休息室，实际上就是和女人幽会之处。

他还有个癖好，就是喜欢在事后看他驰骋战场的录像，这样可以极大地刺激他的欲望。

可儿能从一名实习生直接做到大堂经理兼古今的秘书，绝不单纯是能力的问题，其中还掺杂着男女之间的关系，这一点不言而喻。

古今一向不会亏待自己，他的临时休息套间很大，堪比五星级酒店的总统套房，其中的设备应有尽有，一张巨大无比的床摆放在房间中央。

为了保密起见，刘天昊是自己过来的。他看到这张床后立刻想起了当初他参与的案件"画魔"，模特林娜娜被害的那个房间，和古今的房间居然很像。

可儿眼泪在眼圈中直打转，表情有些委屈，又带着一丝羞愧，她低着头，不敢和赶来的刘天昊对视。

"可儿，请你相信我，无论如何，这份资料我看完后都会销毁，绝不会有第二个人知道。"刘天昊说道。

他本来想先查清这块硬盘的来源，然后再查看其中的内容，但看可儿的状态，很担心节外生枝。

可儿点了点头。

刘天昊不知道的是，可儿虽然和他只有几面之缘，却对他很有好感，让喜欢的男生看到她的不雅画面，怕是需要很大的勇气才行。

这一点也的确出乎了刘天昊的意料。

刘天昊从可儿手上轻轻地取过硬盘，当他准备拿过来时，发现可儿并没有松手的意思，于是他又重重地点了点头，以表示一定会遵守承诺，她这才松开手，指了指一旁桌子上的笔记本电脑。

刘天昊把硬盘插在笔记本电脑上，随着硬盘灯亮起和嗡嗡的运转声音，电脑屏幕亮了起来。

可儿轻轻地走到门口，把门关上，又轻轻地锁上门，这才回到刘天昊身边。

电脑中所播放的视频果然都是古今和一些女人的视频，但令人奇怪的是，其中并没有可儿。

可儿面对刘天昊质疑的眼神，清了清嗓子，才说道："第三段视频是我闺蜜，她无论是相貌还是才华都在我之上，本来我准备把她介绍给古总做秘书的，想不到的是，他们两人居然那么快……古总并没有娶她的意思，闹了几次后，她迁怒于我，彻底和我决裂，古总拿出了很多钱摆平这件事，又提升我为大堂经理，封我的口，所有人都以为我是靠着身体上位的，其实……"

说到这里，可儿嘤嘤地哭了起来。

失去了最要好的闺蜜，同时又被人误解，放在谁身上都会想不通。

刘天昊看得眼睛直疼，索性按下暂停键，问道："古今为什么会把你的生物特征输入保险柜的系统里？"

可儿抹了抹眼泪，叹了一口气，说道："还不是为了讨好我，他还答应给我一栋市中心的房子，只要我愿意。"

刘天昊点了点头。

失去了可儿的闺蜜，古今自然不会放过可儿。

"不过我始终没答应他，他为了得到我，散播了很多谣言，让原本和我有些感情的男友一气之下离开了我。"可儿说到这里凄惨一笑，又说道："也许这就是对他的报应吧。"

古今的手段算不上光明，尤其是对一名清纯女孩儿来说，谣言的伤害更大于身体上的伤害。

刘天昊摊了摊手，问道："他有没有给你一把钥匙，保险库的钥匙？"

可儿抹了抹眼泪，瞪大了眼睛看着刘天昊："刘警官，我这样信任你，没想到你竟然怀疑我！"

刘天昊耸了耸肩，急忙解释着："我只是想排除你的嫌疑而已。"

可儿又哭了一阵，才缓缓说道："他没给过我钥匙，不过有一次，我听他说过一件事，和钥匙有关。"

"你快说说。"

可儿白了他一眼："你就知道破案，作为朋友就不能关心我一下嘛！"

"啊……"

在男女感情方面，刘天昊天生就是弱项。

韩孟丹几乎每天都和他见面，可能是见了多的缘故，在他眼中，冷艳的韩孟丹居然成了路人甲，丰满的王佳佳、理智的大师姐赵清雅、活泼的许安然、善解人意的慕容霜也是如此。

"好啦好啦，古总从来没给过我钥匙，就连他原来承诺给我的房子也没有兑现，古总属于不见兔子不撒鹰的主儿，在没得到我之前，他除了给我提升职务外，其他的什么都没有。"可儿说道。

刘天昊缓缓点点头，目光转向屏幕，按下开始键继续看视频。

视频几乎都是单纯的古今的男女动作片，刘天昊自己看也倒罢了，身边还有一个貌美如花的可儿，加上之前可儿把房门锁上了，房间中满是尴尬的气氛。

刘天昊转头看了一眼满脸通红的可儿，说道："那个，我还没吃饭，要不你帮我买点吃的吧，我想吃肯德基。"

可儿撇了撇嘴，她知道他是在支她走，但房间内的气氛实在有些古怪，她只好站起身，又偷看了刘天昊一眼，这才离去。

刘天昊松了一口气，继续查看着录像。录像的内容过于暴露，以至于他觉得有些口渴，便从冰箱里拿出两瓶矿泉水，咕噜咕噜喝下去之后，这才好了些。

可惜的是，录像中并没有任何有用的线索。

他扶着下巴，环顾着整个房间，打开抽屉和大衣柜等，里面只有日常的衣物和一些药物等。抬头看向房顶的两个烟雾探测器，其中一个看起来有些不太一样。他搬起一把椅子，站在椅子上观察着烟雾探测器，发现它表面上是探测器，实际上里面有一个镜头，正是录制录像的摄像头。

"这人，可真够埋汰的！"刘天昊又把椅子搬到吊顶的通风口处，打开通风口后，又在椅子上垫了两摞书，这才踮着脚尖把头伸进吊顶中。

吊顶中布置很复杂，但可以清晰地看到摄像头使用的专用数据线和一个电源，按照数据线的走向来看，下方应该接在电视柜附近。

刘天昊下来后，果然在电视柜里找到了录像设备，硬盘还是插拔式的。他正要查看录像设备，感觉小腹一阵紧，想必是刚才喝了两瓶矿泉水要上厕所。

不得不说钱真是好东西，套房中的厕所豪华程度堪称超五星级，就连厕所门所用的材料都是上好的檀木。

由于可儿还没回来，刘天昊并未把厕所门关严，撒尿的声音不断地回荡在整个套房中。

刘天昊洗手时突然想起了什么，手放在水龙头下却没有任何动作，正想着，就听见外面传来急促的脚步声。

可儿急促地走进房间，把买来的肯德基放在茶几上，急忙走进厕所，看到刘天昊后，她脸上一红："刘警官，我想上个厕所。"

人有三急，美女自然也不会例外。

"哦！"刘天昊反应过来，连忙走了出去，关上门后又来到电视柜前看着录像设备。

女人在上厕所的时候自然不希望外面有一个男性，可儿极力地忍住不弄出大动静，但水流撞击的声音还是传了出来。

"难道是这样？我之前的所有分析都错了！"刘天昊突然想到了什么，立刻向外走去，边向外走边说道："可儿，我回刑警支队，电话保持开机，我随时联系你！"

等可儿从厕所出来后，刘天昊早已不见身影。

……

虞乘风和韩孟丹正在讨论案情，却见刘天昊急急火火地走了进来。

"二位，我有了新发现。乘风，你现在把丁志亮带来，一会儿咱们去老李家！孟丹，你先去，我需要你提取老李书房外厕所小便池和洗手池的所有生物信息。"刘天昊说道。

"干什么呀？有什么发现不能先说说吗？"韩孟丹边收拾工具边问道。

"说不清楚，到了现场你就知道了，老李家的书房、厕所和案发现场都没人动过吧？"刘天昊问道。

"应该没有。"虞乘风答道。

"好！"

……

再好的房子，要是离开了人，就会变得冷清起来，变得毫无人气。

刘天昊和虞乘风押着丁志亮进入房间时，韩孟丹已经完成了信息提取工作，把样本交给小慧后，跟着三人来到老李遇害的工具间，令她奇怪的是，虞乘风走路的姿势比较怪异，神色也有些不对。

"也不知道刘天昊又搞什么古怪！"韩孟丹心里嘀咕着。

"你听到老李冲厕所时是在这里吗？"刘天昊冲着丁志亮问道。

丁志亮皱着眉头想了想，随后点点头。

"那你听到他撒尿的声音了吗？"刘天昊又问道。

"啊……这……"丁志亮这次的眉头皱得更紧了。当时他是来偷东西的，本来就紧张，听到老李冲厕所的声音就知道老李要出来，哪还记得这些细节。

"听着，这件事很重要，能够彻底排除你的嫌疑，所以你要努力想才行！"刘天昊说道。

排除嫌疑对丁志亮来说太具有诱惑力了，他眼睛几乎立刻一亮，随后眨巴着眼睛努力想着。

虞乘风脸上的汗却流了出来，满脸苦相地对着刘天昊："刘队，我快憋不住了。"

刘天昊呵呵一笑，冲着他点了点头："去用老李用过的厕所。"

虞乘风立刻跑了出去，但跑步的姿势非常奇怪，跑得很急却又夹着腿，看得韩孟丹一阵阵偷笑。

"丁志亮，你认真听！"

丁志亮点了点头。

房间很静，只剩下三人呼吸的声音。几秒种后，撒尿的声音传来，虽说隔了一段距离，但隐约还能听见。

声音结束后，丁志亮眼珠转了转，说道："不，绝不是这种声音，没有这么大，应该是……"

说到这里，丁志亮看向韩孟丹。

韩孟丹瞪了他一眼："你看我干什么。"

刘天昊却一笑，把手上的矿泉水递给韩孟丹。

韩孟丹立刻明白了，脸一冷："哎，刘天昊，你想什么呢！"

说完话，她脸上一红，把矿泉水塞给刘天昊，气呼呼地向外走去。

"杀害老李的凶手是女人！"刘天昊一语惊人！

第二十六章　乌龙

警察破案推理的手段千千万，通过撒尿的声音推断凶手性别，估计在整个刑侦界也只有刘天昊这一个案例了。

丁志亮听后先是一愣，随后居然笑了起来："我说不是我吧，你们这回可相信了！"

"男女有别，男人是站着撒尿，而且……"

韩孟丹摆了摆手，说道："不用解释，这个我懂。"

刘天昊点了点头："之前咱们疏忽了这个细节，但今天在勘查古今套房的时候，我突然想到了这个细节……嗯……"

他话说到一半，突然感到韩孟丹的目光变得不太友善，带着一丝冷意，便立刻改口说道："这也和古今遇害的线索对应上了。"

韩孟丹并未回应，依然冷冰冰地盯着刘天昊。

虞乘风见状，立刻朝着偷笑的丁志亮踢了一脚，喝道："笑什么笑，就算这件杀人案和你没关系，还有几件迷奸案没处理，少说也得判你五年八年的。"

丁志亮收起笑意抿了抿嘴，低下头不敢说话。

虞乘风用电话告知等候在外面的警察，让他们把丁志亮带回刑警大队做笔录。警察带走丁志亮后，房间内的气氛算是缓和了一些。

"在丢失保险库钥匙这件事上，我始终认为是古今把钥匙拿走送了人，而不是古今的妻子弄丢的。"刘天昊打破僵局说道。

古今死在保险库中，唯一一把好用的保险库钥匙却在他身上，另外一把钥匙在其妻子手上丢失，但看古今妻子的表现并没有任何说谎迹象，反而古今比较喜好女色，按照他的行为方式，很大可能是他送给了相好的女人。

"既然是女人，又和'NY市五号案件'相关联……"韩孟丹不再计较，把目光投向刘天昊。

刘天昊自然知道韩孟丹所指的人是慕容姐妹，尤其是慕容霜，那尊竹塔也是经由她的手进入蒋小琴的收藏，本身还具备超强的侦查和反侦查能力，同时也和受害者古今接触过，古今甚至还邀请她当他的保镖并住进他的家中。

"但慕容霜应该和老李没有过任何交集。"刘天昊说道。

"这点我可以证明，我调查过老李的社会关系，的确和慕容霜没有任何瓜葛。"虞乘风在一旁说道。

韩孟丹摇了摇头，说道："你忘了慕容雪了，慕容雪是NY市著名的大律师，在很多案子上，他们都合作过，关系密切着呢，所以我怀疑的对象并不单单是慕容霜，而是她们姐妹俩！"

"可慕容雪已经变成那样了，怎么可能……"小慧从外面走进地下室。

"先别说可不可能，只要想做，一切皆有可能。高智商犯罪最大的特点就是……"

韩孟丹的话还没说完，就见刘天昊伸出手示意他们别说话。众人都知道这是刘天昊想到了什么。

"我记得老李被杀后，我通过竹塔基座得知古今，又查到古今拍卖行时，慕容雪犯了病，慕容霜送慕容雪离开，半小时就又回到古今拍卖行，找到竹塔的档案后我便离开，从作案时间来说，慕容霜并不具备，但慕容雪……"刘天昊说到这里立刻掏出电话拨了慕容霜的号码。

电话接通后，慕容霜的声音传了出来："刘队，案情有什么进展了吗？"

"小霜，你现在在哪儿？我需要立刻见你！"刘天昊语气有些急。

"啊……这样啊，我出来给蒋总买东西了，估计还得一个小时才能回去。"

"你姐姐和你在一起吗？"刘天昊急忙问道。

"蒋总照顾着呢！嗯……怎么了？"慕容霜有些疑惑。

刘天昊和虞乘风对视一眼，又说道："好，我现在去蒋小琴别墅，你也赶过去吧。"

"哦……"

刘天昊没等慕容霜说完便挂了电话。

"如果咱们分析得正确，那蒋小琴的处境就不妙了！"刘天昊和两人对视一眼，三人几乎立刻向外跑去。

……

虽说刘天昊等人并不喜欢蒋小琴，但她毕竟是中国的合法公民，从警察的职责来说，他们一定会尽全力保护她的安全。

慕容霜带着姐姐几乎全天候待在蒋小琴身边，要是弄些阴谋诡计杀害她，简直易如反掌，而且凭借慕容霜的本领，绝对能把一切犯罪证据消除干净，让刘天昊等人无据可查。

一路上，刘天昊的脑海里不停地闪现着慕容霜姐妹的画面，无论如何也无法把两姐妹和凶手联系在一起。

慕容姐妹是慕容龙成的女儿，如果姐妹俩是为父亲复仇，动机就来自于"NY市五号案件"，一切的开始是"NY市五号案件"，终点亦是！

……

刘天昊再次在蒋小琴家吃了闭门羹，按了数次门铃后居然没有任何反应，情急之下，他只得跳进院子，又使用暴力打开了极其豪华的大门，当三人端着手枪冲进别墅时，却看到蒋小琴正目瞪口呆地看着他们，脸上满是惊讶和愤怒，她手上原本托着一个盘子，盘子里面是水果沙拉，被突如其来的动静吓得连盘子都掉在地上。

"你们想要干什么！"蒋小琴缓过神来，几乎怒吼着。

"哦……"虞乘风本想要解释，却发现无法解释，因为蒋小琴安然无恙，只是因为不愿意给他们开门，这才造成了误会。

刘天昊冲着韩孟丹和虞乘风挥了挥手，两人立刻保持着警惕状态，开始搜查整栋别墅。

"慕容雪呢？"刘天昊并未被蒋小琴的气势所吓倒。

蒋小琴哼了一声："要是你们不来，她会过得很好！"说话间她的眼睛向一旁的客房瞟了瞟。

刘天昊没理会蒋小琴，径直走到房门前，轻轻地打开门，通过门缝向里面看去。

慕容雪坐在床上望着窗外，根本没因为外面出了动静而惊扰，仿佛与现实世界完全剥离开了一般。

"慕容雪！"刘天昊喊着她的名字，却未见她有任何反应。

"你不用喊了，我和小霜每天呼喊很多遍，她都没有反应。"蒋小琴说道。

虞乘风和韩孟丹搜索完其他房间后回到刘天昊身边，冲着他摇了摇头，又偷偷地瞥了瞥蒋小琴。

三人都知道蒋小琴不好惹，更何况现在他们还理亏。

正尴尬着，一阵巨大的轰鸣声从外面传来，随后又是一阵轻柔的跑步声，听声音应该是慕容霜开着乔治·巴顿回来了。当她跑进别墅大厅，看到被撞坏的大门、地上的垃圾以及蒋小琴铁青的脸后，她立刻打圆场道："干妈，您上楼休息吧，我来处理。"

蒋小琴冷冷地盯着刘天昊。

"嗯……对不起……对不起……损坏的大门我会赔给您的，其他的损失……"刘天昊毕竟理亏，只得不断道歉。

蒋小琴叹了一口气，脸色缓和了一些，挥了挥手："算了，你以后没事儿别再来打扰我就好。小霜，这些事儿你来处理吧！"

蒋小琴说完便转身向楼上走去，从背影看，她仿佛老了很多岁，走起路来已经没有大集团总裁的气势。

等蒋小琴上楼后，慕容霜才问道："刘队，究竟怎么了？"

刘天昊也不知道如何解释，只得摊了摊手，说道："一言难尽！"

"我需要一个解释。"慕容霜并未打算放过三人。

韩孟丹正要说话，虞乘风却在一旁拉了一下她，随后说道："刘队，刚才支队让我和孟丹回去一趟，说是有其他任务，要不你在这儿和小霜解释吧。"

"好，好！"刘天昊应和着。

见韩孟丹并没有要走的意思，虞乘风连拉带拽地把她弄出了别墅。

慕容霜安排了一名用人收拾地上的残局，又利落地安排好换门的事儿，随后才向刘天昊做了一个手势，示意他到客厅。

两人坐下后，刘天昊开门见山地说道："之所以这样，是因为我怀疑你和你姐。"

慕容霜听后愣了一阵，随后眼眶一红，点了点头："就知道你一直不信我。"

两人好一阵都没说话，一直僵持着，客厅中的氛围极其尴尬。

"你看我姐姐的样子，她像是凶手吗？"慕容霜叹了一口气："至于我……也没什么好说的，证据！"

刘天昊原本也只是推测和怀疑，并没有实证，之所以贸然闯进蒋小琴家，是推测她可能有生命危险，但现在看来，他们错了。

"对不起，是我错了，我接受惩罚！"

慕容霜看着刘天昊极为认真的模样忍不住又笑了，把脸扭到另一边，悄悄地抹着眼泪。

"我可以郑重地告诉你，我绝没有杀任何人，也没弄什么阴谋，至于我的经历，复杂得很，绝不是一两句话能说得清楚的，也许，只有做我的知心人才有资格知道。"慕容霜脸上露出从未有过的正经。

她性格开朗、直爽，平时或开玩笑嘻嘻哈哈，或直入话题表达情感，但很少一本正经地说话。

刘天昊也知道"知心人"这三个字的分量，慕容霜不止一次表达对他的感情，但他始终采取回避的态度，这次依然不例外，在这一刻，他也终于理解了齐维和苗小叶之间的感情。

"能陪我走走吗？别墅区有个人工湖，风景特别美，平时人也少，非常安静，我心里烦的时候都会去那儿走走！"

慕容霜恳求的眼神让刘天昊想起在他落难时，慕容霜不顾一切地帮助他的情景，于情于理都无法拒绝，他只好点了点头。

慕容霜立刻凑了过去，挽着他的胳膊，两人一起向外走去，走到院子时，慕容霜回头望向二楼，和正好看向他们的蒋小琴对视一眼，两人几乎同时相视一笑。

走出别墅院子时，刘天昊看到了自己的大切诺基和蒋小琴的乔治·巴顿的差别，乔治·巴顿如同一座城堡一般，原本还算大气的大切诺基在它面前就好像一个小男孩儿的玩具。

"如果你喜欢，我可以让干妈把这台车送给你。"

"我可不敢要她的东西，再说，我也不喜欢这辆车！"刘天昊说了一句违心话。

慕容霜没说什么，至少在这一刻，她挽着他的胳膊，仿佛情侣一般，没有韩孟丹冰冷的眼神，没有王佳佳充满敌意的对视，没有大师姐赵清雅的心理推测，没有白富美许安然的干扰。她试探着把头靠向刘天昊的肩膀，见他并未反对，便完全放松地依着他，一路向湖边走去。

第二十七章　塔尖

甜蜜的时间总是过得很快。

刘天昊和慕容霜从湖边回来时天色渐暗，幽暗的路灯让整个别墅区笼罩在一片静谧中，成片的绿化带不但赏心悦目，更让空气中都带着清新的味道。

"谢谢你！"慕容霜又恢复了以往的洒脱，眼神变得清澈如初。

刘天昊耸了耸肩膀："咱们是朋友嘛。"

"朋友？"

"朋友！"

"真朋友？"

"当然。"

刘天昊看了一眼已经安装好的别墅大门，心中感叹着，金钱虽说是罪恶的根源，在现实中的作用却很显著。看蒋小琴别墅的大门应该是上好的木料做成的，哪能说换就换，但在慕容霜的安排下不但换了大门，而且和以前一模一样！

"我得回去照顾我姐姐和干妈了，干妈这段时间情绪不好，集团的事儿她都没怎么过问。"慕容霜依依不舍地说道，她轻轻把手从刘天昊的臂弯抽了出来。

蒋小琴奋斗一生，却在晚年接连失去了丈夫和儿子，这种打击令她失去了人生目标，让她变得迷茫。

奋斗一生究竟是为了什么？失去了目标的奋斗还有没有意义？

从表面上看，慕容霜没有撒谎的迹象，并不代表她摆脱了嫌疑，但刘天昊没有实证，也只好作罢。

刘天昊上了车，冲着慕容霜挥了挥手，发动车辆慢慢驶离。

离别总是令人忧愁，慕容霜看着离去的刘天昊，心头不禁一酸，神色黯然地回到别墅，看着依然毫无起色的姐姐叹了一口气。

慕容雪的状态她最了解，自打出事后就一直是这种状态，不见恶化但也不见好转，对外界没有任何反应，经过康复训练后，勉强可以做到生活自理，要说她是杀人凶手，慕容霜无论如何都不会相信。

"姐姐！"慕容霜走到慕容雪的身边，轻轻地握住她的手，发现她的手很凉，再看她的脸色，异常的平静之下仿佛多了一丝忧郁。

"无论如何，我都会照顾你一辈子。"

……

作者断更本不是什么稀奇的事儿，其中可能有各种各样的原因，能够坚持每天更新绝对是大毅力，这一点对于作家轩胖儿来说体悟最深，在实体店买了一个青轴机械键盘，正要赶回家码字，却被闻讯赶来的王佳佳和老蛤蟆堵在路上。

"胖儿，别走！"王佳佳急忙上前挡住他的去路。

轩胖儿咂了一下嘴，说道："佳佳，上次你报道我断更的事儿让我挨了大伙儿一顿骂，这次又来？"

"正好碰到了嘛，哎，这次又去忙什么电影了，耽误了这么久？"王佳佳展开交际花手段，让直男轩胖儿毫无招架之力。

"还不是狄仁杰地支传奇系列电影，眼瞅着开机了，又调了一版剧本，制片人改完导演改，导演改完演员改，演员改完播放平台还要改，成片后发现剧情烂了，还要根据已经拍摄的内容继续改，要不送审过不去，改了四十多稿了，快疯了，你看，眼圈都这么黑了，头发比老头儿都白，键盘都干坏了好几个，这不，出来换个新的，顺便遛遛腿，回去加班加点还得赶稿子！"轩胖儿晃了晃手上的键盘。

老蛤蟆听了轩胖儿的比喻差点把刚喝下去的一口水喷在王佳佳脸上。

"你这比喻真够……够……够拍一部电影的了。"王佳佳本来想说"真够呛"，想来想去还是改了词。

"说正经的，我正需要一篇娱乐新闻，不如报道你得了，帮你炒炒热度，哎，新电影内容能不能透露一下下？"

"炒热度就算了，我就一编剧，靠的是本事吃饭，电影嘛，名字叫

《狄仁杰之亢龙有悔》，内容就说来话长，话说公元 697 年……"轩胖儿的话音未落，就听见街道传来一阵阵急促的汽车鸣笛声和一阵阵的急促刹车声。

三人向声音的来源方向看去，一台黑色的大切诺基在街道上疾驶着，不断地躲闪着过往的车辆，甚至有时会冲进对向车道躲避。

"是昊子的车！"

大切诺基保有量本来就少，SRT 是少中更少，王佳佳眼尖，几乎一眼就通过前车玻璃窗看到刘天昊在驾驶室里努力地操作着。

眼见车辆就要冲向人群，刘天昊猛地一打方向盘，大切诺基狠狠地撞在一台垃圾车的尾部，大切诺基的发动机舱瞬间爆开，发动机下沉落地，发动机舱变形钻进了垃圾车的底盘下，报警声不断地响着。垃圾车被撞得向前行驶了一段距离后才停下来。

惊慌失措的人们吓得立刻闪到一旁，缓过神来后，纷纷掏出手机开始拍照，却只有寥寥几人上前查看。发动机舱突然冒出火光，一股浓烟从撞瘪的机关盖缝隙冒了出来，人们吓得立刻远离车辆。

人性只有在危难时刻才会体现得淋漓尽致。

王佳佳顾不上危险急忙跑上前，用力拽着车门，却发现根本拽不动。火光从车前盖冒了出来，洒落出来的汽油也被点燃，从底盘开始燃烧。她的头发一下被火苗烧焦，脸上也被熏黑，可她顾不了这些，依然咬着牙用力地拉着车门。

轩胖儿和老蛤蟆两人也冲过来帮忙，在火焰吞没整个车辆之前，他们终于砸碎了车窗，把昏迷的刘天昊拉出车。在其他群众的帮助下，三人七手八脚地把刘天昊抬到安全地带，王佳佳正要查看刘天昊时，车辆已经变成了一团火球，局部还发出噼里啪啦的爆炸声。

垃圾车的司机吓得立刻把车辆向前开了一段距离，这才停在路边，下车后打电话报警。

从发生车祸到火势无法控制，只有不到三分钟的时间，要不是王佳佳等人不顾生命危险地上前抢救，刘天昊一百条命也死在车里了！

"昊子，昊子！"王佳佳不断地呼唤着，却不见刘天昊醒来。

轩胖儿立刻上前帮助查看刘天昊的状况，发现他已经停止呼吸，撕开上衣后，发现胸口位置有块肿胀，可能是撞车过程中胸部受到剧烈撞击导致心脏停止跳动。

"心肺复苏术！"轩胖儿提醒着王佳佳。

王佳佳抹了抹眼泪，立刻伏下身体给刘天昊做心肺复苏术。

车辆的火越烧越大，随着一声巨响，车辆突然发生了爆炸，车辆部件随着冲击波四处飞溅出来。

一块燃烧的木头落在轩胖儿脚下的键盘盒上，瞬间把键盘点燃，溅起的火星子飞在他身上，痛得他"哎哟"一声，轩胖儿连喊了几声倒霉，等把火焰弄灭，键盘已经变成了一团黑黢黢的垃圾。

"唉！"轩胖儿冲着还有火星子的木头踢了一脚，木头滚了一段距离，露出没有燃烧的一面。

"咦，这是什么？"轩胖儿走上前，拿起木头看着。

这并不是一块普通的木头，而是一个类似于雕刻艺术品的一部分，从完好的部分来看，材料是竹的！

……

刑警是一个极苦的差事，每周七天、每天二十四小时的工作时间，要比某些企业所谓的"996、806"工作时间要长得多，所以每次躺在床上睡个好觉都不容易，更不要提做梦这种非常奢侈的事儿。

这次刘天昊做了一个有史以来最长的梦。

梦中的天空很蓝，白云朵朵，微风拂面。

他梦到自己来到一片矿区，矿区非常荒凉，只有一条土路可以进出，土路两侧是茂密的树林，土路上有十几名彪形大汉，满脸横肉，带着杀气，手上拎着砍刀和钢管。

一名瘦弱的男子穿着劳保的衣服，脸上略有些伤痕，骑着自行车从矿区里面向外赶来时，被彪形大汉们拦了下来。大汉们推搡着男子，男子不敢反抗，只得苦苦哀求。但哀求并未获得大汉们的可怜，反而惹怒了他们。众人上前，不由分说地把来人一顿暴打，下手非常重，若不是男子不顾伤势跑回矿区，怕是被活活打死在路上。

过了不久，一名三十多岁的妇女领着两个小女孩儿从矿区外的路上走来，在临时哨卡前和守哨卡的护矿队打着招呼。领头儿的彪形大汉并未横眉冷对，反而对妇女非常客气，但态度依然坚决，任凭妇女如何哀求，也不让三人进入矿区。

两个小女孩儿见母亲哭得厉害，便也跟着哭了起来。从两人的模样来看，依稀看出和慕容姐妹有些神似，而那名妇女的模样，更像是和慕容姐妹一个模子刻出来的！

妇女虽然进不去，但也不走，索性坐在路边哄着两个孩子。

双方僵持了很长时间，最终领头的彪形大汉连哄带骗地把母女三人骗走，松了一口气后又和一名护矿队队员说了几句话，那名队员转身朝着矿区方向跑去。

矿区方向传来一阵轰隆隆的声音，随后地面一阵剧烈震动，一阵烟雾从矿区方向升空。

为首的彪形大汉神色一黯，无力地坐在路边的石头上。

刘天昊想走到矿区里面看看究竟发生了什么，却发现双腿被困在淤泥里，而且随着时间的推移，他的双腿开始慢慢向下陷去，脚底好像有玻璃碎片，每下降一寸，脚和腿部的疼痛就会加剧一分，越用力向上拔陷得就越深。

他本能地喊出来，试图让护矿队的人帮他，却发现无论多努力，都无法喊出声，汗水从全身各处不断地渗出来，汇聚成巨大的汗滴，淌在皮肤上痒痒的，想抹掉又够不到。

突然，一个个狰狞的面孔从地面升起，不断地冲向刘天昊。有的面孔上带着血，有的满是凝固的混凝土，有的甚至面目全非，所有人的表情都极为夸张，眼神中带着对生的渴望和对死的恐惧，唯独一个面孔不但清晰可见，就连表情也异常平静，通过眼镜镜片，可以清楚地看到他的眼神中充满着理智，理智得让人不寒而栗。

这张面孔看起来像慕容霜，但理智而睿智的眼神更像是慕容雪。这个异常冷静的人逐渐靠近刘天昊，整张脸变得越来越大，他从巨大的瞳孔里看到了一个背影，一个呆滞的背影，背影慢慢地转过头，毫无生机的脸突然有了变化，嘴角微微上扬而起，笑意充满了揶揄和嘲笑。

"啊……"

刘天昊终于喊出了声音，但不是救命二字，而是心底翻着寒意的呐喊。

第二十八章　起死回生

当刘天昊醒来的一瞬间，他的意识却依然沉浸在刚才的梦境中，眼神有些散乱，细密的汗珠从浑身毛孔渗出来，身体和被子之间立刻充满了潮气。

"我还活着吗？这是哪儿？"刘天昊几乎用嗓子挤出这两句话，但由于三天未进水，嗓子沙哑得厉害，除了他之外，没人能听清说话的内容。

"水！"

"醒啦醒啦，快叫医生！"老蛤蟆几乎尖叫着，眼神中满是兴奋和愉悦。

围在病床周围的大部分是女人，很漂亮的女人，她们都异常冷静地盯着老蛤蟆，看得他一阵阵后背发凉。

韩孟丹从一旁拿起带吸管的矿泉水，给刘天昊喂了一点水下去。

在场的有刘天昊的叔叔刘明阳、虞乘风、韩孟丹、法医小慧、大师姐赵清雅、医生许安然、王佳佳，还有很少露面的齐维和阿哲。韩孟丹、小慧和许安然都是医生出身，对老蛤蟆的惊叫自然不屑一顾。

刘明阳几乎下意识地用袖子抹了抹有些潮气的眼睛，深吸了几口气。

老蛤蟆见状知趣地躲了出去，几名女生都冰雪聪明，明白刘天昊劫后重生对刘明阳的重要性，见他已无大碍，便和虞乘风等人一起离开了病房。

齐维把一个破旧的本子和一块烧焦了的塔尖模型放在床头柜上，冲着刘天昊说了句："有空看看这个账本，当年那个毛贼从你车上拿走的，可能和你正在查的案子有关！还有，你所遭遇的车祸不是意外，而是人为，车虽烧焦了，相信应该难不倒你。"

他用手指在账本上重重地点了点，随后，他看了看一旁的刘明阳，摊了摊手，和阿哲离去。

此时的房间中只剩下刘明阳和刘天昊叔侄二人，除了心电监护仪时不时地发出一点声音外，房间里非常安静。

刘天昊下意识地活动了一下手指和脚趾，发现除了痛之外，所有的肢体末端还好好地长在他身上，这才松了一口气。

"钱局和韩队每天都来看你一次，还有她们，几乎一有时间就来医院照顾你。"刘明阳说道。

刘天昊勉强提起胳膊把被子掀起来，向被窝里看了看，叹了一口气。为了治疗，除了一条裤衩之外，整个人都光着，想必照顾他的她们该看到的也都看到了。

"我昏迷了几天？"

"三天，医生说如果你今天还是醒不过来，怕是很难再醒过来了。"刘明阳转过脸去抹了抹眼泪。

"叔……"

"你的伤势主要集中在头部，其他位置的伤势没什么大问题。"刘明阳说道。

刘天昊努力地坐起身子，把后背靠在枕头上，头部的痛和强烈的眩晕不断地冲击着他，过了好一阵，才缓了过来，冲着刘明阳苦笑一声。

"我去检查了你那辆车，刹车系统、油门和安全气囊被人动过手脚，很可能是行车电脑主板被篡改，一旦超过每小时六十公里刹车系统就会失灵，油门会持续不断地加速，导致车速越来越快，主驾驶位置的安全气囊受到撞击后无法弹开，要不是你及时做出处理，用路边的轿车减速，最后撞上垃圾车停下来，怕是已经……"刘明阳叹了一口气。

刘天昊能从这场意外车祸中逃生并不是幸运，而是得益于平时良好的习惯和安全意识，在剧烈的撞击中，安全带成为保命的第一道防线，而大切诺基也算是中大型 SUV，发动机舱足够的溃缩空间以及发动机下沉等技术，让车体吸收了绝大部分冲击。再就是刘天昊的驾驶技术，在碰撞垃圾车之前，他利用路边的轿车和障碍物进行减速，在撞击前降低了车速。但就算这样，要是没有王佳佳等人不顾性命救他出来，最终还是会被燃起的大火烧死。

"行车电脑主板被人动过手脚？"刘天昊脑袋中灵光一闪。

现代的汽车工艺非常发达，很多原本是机械的部分已经转为电子控制，只要通过驾驶位置下方的 OBD 系统接口就可以实现。

在之前的法官李克建的案子里，凶手就是通过修改电脑控制程序微调了电锯台防护机制，让老李惨死在电锯之下，而刘天昊的车很可能也是因为修改了行车电脑程序。

"是同一个人！"刘天昊脸上露出了微笑，拿起烧焦的塔尖摆弄着。

塔尖大部分的外表已经被烧毁，但技术科针对塔尖部分进行了复原，依稀还能看到上面曾经刻着字"意气用事的……塔尖之人必将……烈火焚身"。

根据前两件案子的线索，塔基上的内容是"不分黑白的灵魂安于此"和"打开塔基之人必将受到断头之难"。塔身上的内容是"贪婪成性的灵魂安于此"和"打开塔身之人必将受到窒息之苦"。

塔尖上完整的话应该是：意气用事的灵魂安于此。打开塔尖之人必将受到烈火焚身！

"你想到了谁？"刘明阳急忙问道。

"现在还不好说，不过，我想明白了一件事，凶手究竟为什么要杀人，除了法官李克建、拍卖行古今，为什么第三个目标是我，而不是蒋小琴。"刘天昊说完后意味深长地看着刘明阳。

刘明阳的头脑绝不逊色于刘天昊，经过点拨后立刻明白了他的意思。

李克建的案件属于第一个案件，凶手思维缜密、行动小心谨慎，看不出凶手的动机，但经历过古今案后，刘天昊终于明白，凶手一定和"NY市五号案件"有关，所以他把第三名受害者定为蒋小琴，但蒋小琴并未有任何过激反应，凶手也没有要谋害蒋小琴的迹象，直到刘天昊遇险之后，他才发现凶手的第三个目标不是蒋小琴，而是他自己。

从塔尖上的字迹和佛教三毒的说法，塔尖对应的部分应该是"嗔"，所谓的"意气用事"指的可能是刘天昊不顾一切要查清"NY市五号案件"的事儿。蒋小琴虽说也符合"嗔"的条件，却和"NY市五号案件"关联不大。

"叔，现在我成了第三个目标，只要我继续查下去，依然还会受到死亡的威胁，但您知道我的性格，不可能因为有危险就停止调查，这也是我的职责所在……"

刘明阳摆了摆手："我当然知道，从你告诉我你考进刑警学院的那一刻开始，我就知道，之前我不说，是因为有难言之隐，但现在涉及你的性命，我……"

刘明阳闭上眼睛垂着头，眉头紧锁着，双手攥成拳头不停地颤抖着，显然他是在做激烈的心理斗争。

刘天昊没敢再说什么，在这种时候，闭嘴不说才是最明智的。他拿起齐维留下的破旧账本翻看着，里面依然是难懂的密语，但密语下方或侧方空着的位置都做了标注，从字体来看，是齐维的笔迹。

这本账本是从富商刘大龙的密室中找到的，刘天昊当初以为这就是刘大龙和官员们的账目来往，但看了齐维的标注后，发现并非如此。

上面记录的大多数是买卖黄金珠宝的数量、时间、地点，却并未标注黄金珠宝的来源，在一段不起眼的密语后面，标注了一个"蒋"字。

交易的时间都是"NY市五号案件"发生之后，交易地点遍布全中国，交易的对象都是一串串数字代码，应该是记录人特有的代码，齐维在这些代码后面画上了很多问号。

刘天昊立刻联想到了蒋小琴的父亲。

当年，刘大龙本身是个小包工头儿，带着流氓气息，按说无论如何都高攀不起蒋小琴，哪怕后来因为厕所奸杀案"A级通缉令"一案的关系，蒋小琴也不可能嫁给一个不入流的小包工头儿。但如果刘大龙手上有了这个账本之后就不一样了，他可以用这本账本做威胁，和蒋小琴父亲做交换条件。

这也解释了蒋小琴和刘大龙一直没有感情的事实。

但刘天昊并未纠结诸多的交易对象究竟是什么人，齐维和刘天昊的能力相差无几，如果齐维都无法破解，刘天昊也没必要费神做无意义的事儿。

"'NY市五号案件'涉案人员很多，但没有一个人肯站出来说出当年的事情，我就知道其中肯定涉及惊天的秘密……您的正义感我懂，绝不可能因为私利而放弃正义，如果换做是我，我也不会说。"刘天昊轻声说着，他是由心而发说的这番话，绝不是敷衍叔叔。

刘明阳闷了好一阵，最后整个人如同放空了气的轮胎一样瘪了下来，叹了一口气，说道："小昊，你得答应我，无论这件案子破与不破，我即将讲述给你的一定不要传出去，尤其是记者王佳佳和那个作家轩胖儿。"

王佳佳作为网红记者，肯定是无热点不写，相对于一些无良知无底线的网红来说，王佳佳算是比较优秀的，但也无法保证她不为了利益爆出秘密。至于轩胖儿就更不用提了，只要知道了稀罕案件，一定会加以改编写进小说和电影剧本里，只要有心人，几乎都能从他的小说里找到故事原型，到那时，保守多年的秘密就会被公之于众。

刘天昊正色道："我用生命起誓，除了破案所用，一定不会把秘密说出去！"

刘明阳点了点头，他清楚刘天昊的为人，一旦答应了，就会做到，而且当初刘明阳能为了这个案子受冤入狱，以刘天昊的为人，接触到那个秘密后，所作出的选择应该和他是一样的！

刘明阳走到病房门口，推开房门向外看了看，见病房外并无人留守，这才关上门，轻轻地把门从里面锁上，回到病床前，喝了一口水。

"这件事情说来话长，我先从我和慕容龙成的关系说起吧。"刘明阳缓缓说道。

第二十九章　五号案件的秘密

人类历史上从来不缺天才，但天才不一定有机会展露才华。

慕容龙成是 NY 市最有名气的考古学家、微生物学家、艺术家、商人，在机械设计方面也有很高的造诣，认识他的人都说他是达·芬奇转世，要不是受到时代科技的限制，以他的能力能把人类社会的科技提升三个等级，绝对能让人类进入二级文明时代。

一个是顶级科学家，一个是警界著名的神探，两个人在各自的领域都属于佼佼者，原本没有交集，但一起敲诈勒索案让两人相识相知成为好朋友。

在慕容龙成庞杂而专精知识的帮助下，刘明阳轻松地抓到了勒索案嫌疑人。这一次的合作也让刘明阳开拓了一条破案的新路，就是利用大量而丰富的科学知识破案。

至此，他们成为挚友。

他们很少见面，却彼此惺惺相惜，在那个通信还不发达的年代，两人大部分都是书信来往。

聊天的内容不过是彼此职业的内容，刘明阳讲述各种各样离奇案件，遇到难题时向慕容龙成求助。慕容龙成对于刘明阳的求助是有求必应，同时把自己的奇思妙想和研究出来的成果分享给刘明阳。

刘明阳之所以能成为神探，至少有一半是慕容龙成的功劳。

慕容龙成绝大多数时间都沉浸在实验室和商场上，但他的高智商不适合经商，往往在科研上赚的钱都赔在商业上。而刘明阳则是从一个案发现场到另一个案发现场，从一名碌碌无为的小警察成为闻名千里的大侦探。

可惜的是，刘明阳由于身体原因一直没有结婚生子，在刘天昊父母因意外去世后视他为己出。慕容龙成的两个女儿继承了父亲的基因，不但冰雪聪明，身材相貌更数一流。刘明阳和慕容龙成甚至在私下为双方的儿女做了约定，等孩子们长大后成为亲家，按照孩子们的年纪来算，刘天昊和妹妹慕容霜将会结婚。

令人意想不到的是，两人之间的再次见面是因为"NY 市五号案件"，地点是位于鸡冠山山脉的矿区保卫科！

刘明阳是为了一起故意伤害案而来，几名工人和护矿队发生争执打斗，其中一名工人受了重伤，矿区的医疗点无法救治，工友们想把受伤的工人送到市里的医院，但护矿队依然阻拦，双方在医疗点再次爆发冲突，一名工人趁着陪同的护矿队人员不注意，用医疗点的电话报了警。

刘明阳正好在矿区附近出差，得到消息后便立刻赶往矿区处理此案。

来到通往矿区唯一的那条土路，便看到很多护矿队队员戴着防毒面具在四周巡逻，一见到刘明阳，便立刻将其拦了下来，甚至喝骂着驱赶他离开。

刘明阳年轻气盛，亮出警察身份和随身携带的手枪。护矿队的人半黑半白，并未理会刘明阳的警察身份，要不是慕容龙成及时出现，怕是双方会玩起命来。

刘明阳知道护矿队的性质，硬是和他们对抗没有任何好处，便准备上报局里，却被赶来的慕容龙成拦了下来。

慕容龙成的出现让刘明阳一愣。他是一个科学家，怎么可能和这帮人混在一起！

慕容龙成不顾刘明阳满脸疑问，把他连哄带劝地拉到就近的临时指挥部，让闲杂人都退出去后，调制了一杯蓝色的水，让他喝下去。

刘明阳看着蓝色的水感到疑惑。

慕容龙成一向都不是会客气的人，也从来不注重世俗礼节，今天却亲自调制一杯水给他喝，还是蓝色的，这怎能不让人生疑？

慕容龙成拿起水杯一饮而尽，随后又调制了一大杯水，喝了三分之一后，把剩下的倒给刘明阳。

"我知道你不查个底朝天是不会罢休的，我把实情告诉你，决定由你来做。"慕容龙成的语气异常严肃。

刘明阳喝下了蓝色的水，点了点头。

"我先说这杯水，它是一种生物制剂，可以提高你身体的免疫力，有效抑制病毒对人体的侵害。"慕容龙成说道。

刘明阳听后一惊，他预感到这起案件的背后因有慕容龙成的介入而变得并不简单。

"你决定要听吗？"慕容龙成慎重地问道。

刘明阳思索了一下后点了点头。

好奇心是人类进步的源头，刘明阳身为警察，好奇心自然是少不了的。

……

原来，这处矿产是蒋氏集团旗下的产业，勘探的时候是贵金属矿，蒋氏集团投入了大量资金，由于勘探失误的缘故，挖出的贵金属矿数量很少，眼见蒋氏集团的投资打水漂，很有可能会面临破产的结局。

令人意外的是，贵金属矿下方居然挖到一个年代已久的宝库，里面藏有大量的黄金珠宝和古董，其中一件正是三起谋杀案中涉及的竹塔。

得到大量黄金和珠宝，蒋氏集团不但可以挽回所有的投资损失，还能大赚一笔。

事情却并未因此而结束，参与挖掘的多名工人突然倒地不起，送到矿区医疗室检查后，也没能查出原因，正要送往市里医院，工人们的状况却发生急剧变化，几乎在 10 分钟内，病倒的工人们全部窒息而死！

每一个神奇宝藏都关联着一个悲惨的故事，这个宝藏自然也不例外。

时间回到抗战末期，侵略国掠夺了大量的黄金、古董和金银首饰等物，但由于即将战败，来不及运送走的金银珠宝只能就地掩埋，以待日后卷土重来时再挖掘出来。

侵略军从中国的古代陵墓建设中学到了布设机关的手段，但他们的手法更加残忍，把某个臭名昭著的部队请来，用一种未知的病毒充斥到宝库中，一旦有人不知道其中利害贸然进入，便会被病毒感染死亡。

幸运的是，宝库的消息并未传出去，否则，一旦被盗墓贼盯上，病毒早就泄漏出来了。

在挖掘的过程中，在宝库的通道中发现了大量的尸骨，从穿着和配饰来看，应该是当年参与埋藏宝藏的工人，在完成宝库的建设后，他们全部被侵略军灭口。

在挖掘宝藏的过程中，一些工人莫名其妙地死在宝库中，还有些人在一段时间后莫名其妙地死亡。

传言被灭口的工人冤魂不散，到处寻找替身，只要进入宝库的人都会离奇死亡，得到宝藏也无法活着离开。

死亡的恐惧在工人中蔓延开来。幸存下来的工人们不愿意继续工作，便准备离开。出于保密考虑，蒋小琴父亲下了一道命令，所有人在宝藏未挖掘完成之前不得离开矿区。

护矿队是那个年代的产物，用的都是社会闲散人员，玩的都是半黑半白的路子，平时横行霸道，工人们敢怒不敢言，但在生命威胁面前，工人们哪还顾得了你是黑是白。工人们与护矿队发生激烈的争执乃至打斗，要不是一名工人生命垂危到矿区医疗点急救，工人趁着护矿队不注意报了警，怕是到现在警方也不会知道这件事儿。

蒋小琴父亲得知事情闹大后立刻来到现场，发现事态有些不对劲儿，直觉告诉他这件事绝不是简单的死亡诅咒，如果在没弄清事情的前提下贸然报警，宝藏的消息就会传出去，不但宝藏保不住，而且他矿区内没有采到矿的事儿也会传出去，光是董事会的那帮老家伙就足以让他从董事长的位置上下来。稳了稳情绪后，他这才打电话私下找到了合作伙伴慕容龙成来矿区帮忙。

请慕容龙成来的原因还有一个，蒋小琴父亲怕死，不敢贸然进入宝库中。

慕容龙成只是个科学家，偶尔做点小生意补贴家用，本来和蒋小琴父亲这样的商业大亨毫无瓜葛，但搞科学研究需要大量的资金，加上他没有经商头脑，做生意不但不能补贴家用，反而让本就糟糕的生活更加糟糕。蒋小琴父亲恰好能看到慕容龙成的潜质和未来的成就，出于对产业未来布局的考虑，便拿出大量资金支持慕容龙成。

慕容龙成有今天的成就，大部分是因为有蒋小琴父亲强大的资金支持。

慕容龙成是著名的微生物学家，得知诅咒事件和宝库后，便预感可能和病毒有关，所以便立刻动身来到矿区。

经过一番调查和检测后，他发现工人并非受到所谓的诅咒，而是被一种未知病毒所感染。

经过一番调查后，慕容龙成终于在宝库的墙壁上发现了病毒的秘密。

当年埋藏宝藏的侵略军为了宝藏不至于被外人所获，便在宝库中放置了一种未知病毒，如果日后想取出宝藏，只需要先用火清理宝库后再打开即可。可惜的是，工人们并不知道其中的奥秘，挖开宝库后，争先恐后地进入宝库，被未知病毒感染。

慕容龙成发现病毒已发生变种，带有一定的传染性，一旦有人被感染，病毒会在人体内潜伏并大量繁殖，通过触摸、空气、水源等多种途径在人类之间传染。在传染的过程中，病毒会选择用变异的方式进化，以对抗人类的药物和免疫力。

一股无力感由心而生，因为当时的医疗条件和科技不足以对抗这种病毒，要保全人类社会就只有一个办法。

……

"只要进入矿区的人都有可能被感染，一旦感染，人将会成为一个行走的超级病毒库，走到哪里就会传染到哪里，这也是封闭矿区的原因。"慕容龙成说道。

"啊！"刘明阳大惊失色，过了好一阵才冷静下来，问道："连你也没有解决办法吗？"

慕容龙成摇了摇头，说道："受到现在科技硬件条件的制约，还没办法生产出能够对抗这种病毒的疫苗，而且人类对这种病毒的抵抗力极弱，所以我采用了最极端的办法，用炸药炸塌了通向宝库的洞口，防止病毒继续蔓延出来。"

刘明阳知道慕容龙成在科学上的成就，也许还有奇人高手能克制病毒，但短时间内病毒会呈现链式扩散，就算最终攻克病毒，人类也会遭受前所未有的危机，大量的人类会因此而死亡。

"因为爆炸没控制好，洞口并未完全封闭，需要再进行一次爆破，为了确保绝对安全，还得用混凝土把挖开的竖井完全封闭。"慕容龙成说道。

"这点应该不难做到。"

"我知道，难的是所有人都不能离开矿区，一旦人走出矿区，对于NY市乃至整个国家、人类社会都可能是一场灾难。"慕容龙成一脸正色地说道。

"你的意思是说已经在矿区里面的人都不可能再走出去了？"刘明阳问道。

"病毒非常厉害，被感染后会很快产生症状，如果未被感染，就说明此人可以免疫病毒，免疫病毒的人经过病毒消杀处理后就可以离开。"慕容龙成说道。

刘明阳看了看手上的杯子。

"药水是提高人体免疫力的，也有对抗病毒的作用，如果你没能扛过去，也不能离开的！"慕容龙成叹了一口气。

刘明阳一笑，问道："护矿队那帮人能干？要是他们造起反来，怕是谁也挡不住。"

"知情人并不多，到目前为止只有你、我、蒋总三个人知道真相，护矿队那帮人都是混子流氓，给钱就干活儿，哪管得了这些事儿。"慕容龙成说道。

刘明阳耸了耸肩，他并不后悔自己执意要进入矿区，他也怕死，但肩膀上的职责所在，不想进入也要进入，这就是担当！

"目前只有蒋总是完全免疫的，他已经带着第一批挖掘出来的财宝离开矿区了，宝库分好几个区域，每个区域都是相对封闭的。相信其他的区域也有病毒。"

"他带着财宝离开了……"刘明阳意识到了危险。

"放心吧，那些财宝都经过消毒了，没有任何病毒！"慕容龙成说道。

刘明阳舒了一口气，点点头。

"他的责任很重，代表即将永远留在这里的人们回到人类社会，照顾他们的家人和后代，当然，这也包括我的家人，也有可能包括你的。"慕容龙成说道。

刘明阳脸色一变，放下杯子在房间里踱来踱去。

慕容龙成脸色猛然一变，急忙从一个抽屉里掏出一个药瓶，从里面倒出几片药片，吞服了下去，随后才舒了一口气。

"你也被感染了？"刘明阳关心地问着。

"没有，我这是老毛病，老天爷是公平的，给你强大的大脑，就会剥夺你身体的强壮。"慕容龙成苦笑道。

"为什么不离开？你可以带着病毒样本到外面去研究，凭你的能耐，相信不久后就能制出解药。"

"我不敢冒险，克制病毒的唯一办法就是让它封存起来。"他深吸一口气后，对刘明阳说道："兄弟，我需要你一个承诺。"

"好，你说！"

"如果你能出去，答应我，无论怎样，矿区里面的事情都不要说出去。"慕容龙成诚恳地说道。

刘明阳眉头一皱。

矿区里面发生的事情的确很怪异，宝库、病毒、利益、生命交织在一起，说不清道不明，但涉及很多条人命，如果不说出去，怕是无法交代。

"大多数人是贪婪的，一旦矿区内有宝藏的消息传出去，会有很多人不顾一切前来挖掘，只要有钱，他们绝不会顾忌什么病毒，全人类将面临一场巨大灾难，我们这些人的牺牲就白费了。"慕容龙成说道。

慕容龙成是站在全人类的角度上来看的这个问题，刘明阳则是从局部来看问题，两人的格局和境界完全不同，但刘明阳聪慧过人，立刻便明白了慕容龙成的意思。

"至于怎么说，你应该会有办法。"慕容龙成说道。

刘明阳苦笑一声，思索一下才回答道："我答应你，如果我能活着离开，一定守口如瓶。"

守口如瓶只是四个字，说起来简单，做起来极难，尤其对于刘明阳这样的公职人员。

慕容龙成惨笑一声，说道："也许，若干年后，人类科技达到一定程度，可以克制病毒的时候，宝藏就可以公之于众了，我们的尸骨也会得以安葬。"

"下一步你打算怎么办？"

"完全封锁矿井。"

"人，我指的是人。"

"所有被感染的人都将被封锁在矿井里，也包括我，竖井将会成为所有人的坟墓。"慕容龙成表情决绝。

"也许还有其他办法，而且你没被感染，根本没必要死在里面。"

"时间不等人。就像你说的，护矿队那帮人哪那么好糊弄，如果我不跟着进入矿井，他们都不会进入。"慕容龙成把一个简易的遥控器交到刘明阳手上。

"混凝土已经在搅拌中了，当所有人都进入矿井后，你按下这个按钮，几十吨的混凝土会覆盖竖井，当然，如果你被感染了，这个按钮将依然由你亲自按下，只是……会在地下！"慕容龙成苦笑一声。

刘明阳接过遥控器的手有些颤抖。

人面对生死时都会产生恐惧，这是原始本能，更何况在他手上的是百条人命！

"这是我从宝库中取出来的一个古董，算是与佛有缘吧，是座古塔，我给我的女儿们写了一封信，封在里面了，希望她们能知道她们的父亲不是抛弃了她们……"

慕容龙成从一个柜子里取出一个竹塔，放在桌子上，轻轻地用手摸着。

"这座塔分为三部分，每一部分的连接都是用很巧妙的工艺锁住，如果没有一定的智慧，绝不可能打开。"慕容龙成说道。

"我明白你的意思，如果能打开这座塔，就说明你的女儿拥有了大智慧，不但能理解你的所作所为，也不会被贪欲所控制，贸然去打开宝库。"刘明阳说道。

慕容龙成一笑，说道："知己就是知己。"

"你怎么知道我能出去？"刘明阳问道。

"直觉。"

刘明阳笑了笑，随后又皱起了眉头。

他不怕死，但要是真的出去了，如何隐瞒矿区内的一切才是最大的难题。

第三十章　人生苦短

人在一生中会面临无数次选择，绝大多数人都是被动地做选择，能够主动做出抉择的人并不常见。

尤其在面临生死抉择时，人往往会选择被动接受，而不愿意选择主动死亡。慕容龙成的选择无疑是违反人性的，只有人在思想境界达到一定高度后，才能做出这样的选择。

至于参与挖掘的工人和护矿队等人，很难为了看不到摸不着的病毒而放弃生命，他们的逃离势必会对当时的人类社会造成一场巨大灾难，所以慕容龙成算是为他们做了抉择。

刘明阳是幸运的，但同时也是不幸的，幸运的是他活了下来。不幸的是，在离开矿区后，面对死难家属和社会各界的关注，他只能选择沉默，消极地以一己之力对抗整个社会，以人性对抗人性。

刘明阳最终按下了按钮，数百吨的混凝土很快把竖井填满，他甚至在多年之后依然能听到竖井下的人们高喊救命的声音。

慕容龙成的决定是对的，若只是用塌方的方式来处理感染的人们，遇难者家属和政府一定会想办法把尸体挖出来，然后再安葬，但现在所有人的尸体和混凝土凝结在一起，完全没可能再次挖掘，只能在事故矿区附近立一块公共墓碑，把遇难者的名字都刻在上面。

蒋小琴的父亲虽说是名商人，却信守承诺，在集团走上正轨后，他开始寻找遇难者家属、子女，通过各种各样的方式来进行补偿，蒋氏集团旗下有很多老员工都是死难者的亲属。

蒋小琴父亲曾经去过监狱看望刘明阳，在这个世界上，也只有蒋小琴父亲才懂刘明阳内心的苦。蒋小琴父亲原本要动用人脉关系和钱财疏通，给刘明阳减刑，但刘明阳坚决不同意，依然服满刑期。

蒋小琴父亲是一代枭雄，知道刘明阳这样做是为了赎罪，便不再纠结，利用资源暗中帮助刘天昊。

……

刘明阳内心的倔强极其强悍，在这个世界上，几乎没有什么事情能够撼动，但他也有软肋，就是侄子刘天昊。凶手已经威胁到刘天昊的性命，而且是不死不休，刘明阳再不能坐视不理。

在反复纠结后，刘明阳终于做出妥协，和盘托出"NY市五号案件"的真相。真相是极其惊人的，尤其是慕容龙成在面对数百人的生死和整个人类社会之间做出的选择，在生与死之间做出的选择，绝非常人能够做到。

刘明阳说完后长长地舒了一口气，这个秘密闷在他心里太久了，已经足够让他窒息，现在终于说了出来，压力陡然释放出来，令他心里无比轻松。

刘天昊看着叔叔凝重的脸点了点头，说道："我真不该听这个故事。"

"如果不是凶手要你的命，我也绝不肯说出来的。这么多年的代价我都付出了，苦就可着我一个人苦。"刘明阳说道。

刘天昊终于知道刘明阳为何苦苦守着这个秘密了，慕容龙成说得很对，人性的贪婪是深入骨子里的，要是世人知道了当年"NY市五号案件"所涉及的矿区还藏着宝藏，势必会蜂拥而至，凭借现代的工业技术，打开宝库并非难事，病毒也会随着宝藏重新来到人类社会中。

现代的医学技术和科技的确进步了很多，但能不能对抗这种病毒还是未知数，至少没必要用那么多条人命来做实验。

"蒋小琴父亲也就是那个时候开始发迹，事业越做越大，但他履行了和慕容龙成之间的承诺，所有遇难者的家属都得到了蒋氏集团的照顾，生活无忧。慕容姐妹的经历自不必说，慕容雪能够在刚入行就做到了青松律师事务所的头把交椅，主要原因就是蒋氏集团在背后运作，而慕容霜一直能够在蒋小琴身边工作，并获得了大量的报酬，也是得益于此。"刘明阳说道。

"照这样说来，凶手是蒋小琴的可能性不大，能在她家里拿到宝塔并打开，还和'NY市五号案件'有关的人，也只有慕容姐妹了。"刘天昊说道。

刘明阳点了点头。

"但慕容雪在之前的案子中得了怪病，整个人丢了魂一般，别说是作案，连生活都无法自理，是凶手的可能性几乎为零，慕容霜身手敏捷，又接受过特殊训练，精通各种技能……但是她没有理由害我呀！"刘天昊皱着眉头自言自语道。

慕容霜对他的感情他是知道的，而且数次表明过想要和刘天昊一起周游世界，意思自然再明显不过了。

"破案不能单凭感性，更多的是需要你的理智。"刘明阳说道。

"我还记得在古今被害的时间段，当时我和慕容霜、可儿正在查找竹塔的资料，期间因为慕容雪犯病，慕容霜把姐姐送回家，大约半小时后又回到保险库，也许就是在这期间，慕容霜杀了古今，在我们查找完资料后，找机会用钥匙把尸体移进保险库中，而且她曾经说过，古今邀请她查过一个人，就是威胁到古今的那个人，慕容霜虽说当时拒绝了，但这也是她自己说的。"刘天昊说道。

"我知道你说的是什么意思，想怎样就去做吧。"刘明阳说道。

"叔，无论如何，'NY市五号案件'的事情我会保密的。"刘天昊挣扎着从床上坐了起来，拔下吊针穿好衣服向外走去。

"小昊，无论什么时候，都不要被表面蒙蔽双眼。"刘明阳对着刘天昊的背影说道。

"明白！"

刘天昊刚走出门，便看到走廊中的椅子上坐着几个人，是王佳佳、韩孟丹、赵清雅、老蛤蟆、虞乘风、许安然等人。

"你这人，怎么说起来就起来了，医生说你有很严重的脑震荡，需要静养，如果休养不好得了精神病，可就得转到我的科室了。"许安然立刻走上前说道。

刘天昊脸上肌肉抽了抽，勉强一笑，说道："我没事，乘风、孟丹，有两件事比较急，我需要你们立刻帮我调查。"

许安然等人见刘天昊三人要谈公事，便识趣地走到一旁。王佳佳和老蛤蟆却并未离开，眼巴巴地看着刘天昊。

刘天昊笑着摇摇头，说道："正好也需要你们的帮助。佳佳，你帮我查一下慕容霜的所有资料，是所有，不管用什么手段，付出多少代价，官方能查到的资料已经没有任何意义，我需要非官方渠道的资料，越多越好，不用甄别真假，全部都要。"

王佳佳听后眼睛一亮，知道眼前的三起案子很可能与慕容霜有关，于是点了点头。

"我还需要一个微型摄像机，要高清的，能够支持一小时以上录像和传输的那种。"刘天昊小声地说道。

王佳佳立刻从包里掏出一个小盒子，笑嘻嘻地递给刘天昊："你要做什么坏事吗？"

"是正经事！"刘天昊拿过盒子，把目光盯向老蛤蟆，说道："蛤蟆兄，技术上的事儿就靠你了。"

"好，那我到外面的车上等您，设备都在车上。"老蛤蟆本就不多话，做了一个"OK"的手势后和王佳佳两人离开。

"孟丹，在我车上发现的那截塔尖鉴定结果出来了吗？"刘天昊问道。

韩孟丹从随身的包里掏出一些资料，白了他一眼说道："就知道你这毛病，醒了就会工作。经过检测，塔尖和之前的两个物证在材质上完全一致，应该就是那尊竹塔，但塔尖上和你的车上并未出现可疑的指纹，监控录像乘风也查看了，并未发现有可疑的人把塔尖放在你的车上。"

"这也在意料之中。乘风，你帮我再查一下李克建，所有的资料，一定要详细。"刘天昊说道。

李克建的档案早在他遇害后就已经放在刑警大队五中队的办公桌上了，但那只是来自官方的档案，里面记录的信息，之前三个人已经烂熟于心，现在刘天昊提出再查李克建，就说明他想要的是除了档案之外的资料。

"好，我马上落实！"虞乘风比画了个手势转身离去。

"孟丹，我需要你去查古今的详细资料，主要是……财务状况，另外，你找下齐维，让他帮我查一下古今和 NY 市黑市最近有没有过往来。"刘天昊说道。

韩孟丹虽说不知道刘天昊葫芦里卖的是什么药，但知道他所要查的一定和整个案件有关。

一个优质的合作伙伴不需要太多的解释，只要一个眼神、一句话就够了，这也是三人能够密切合作破了很多疑难案件的原因。

"没问题，齐维他们应该还没走远。"韩孟丹说罢便拿起电话，边向外走边给齐维打电话。

安排好了一切后，刘天昊这才关注到站在不远处议论着的女人们。

赵清雅走到刘天昊身边，轻声说道："哎，师弟，你要是在这场车祸里死了，估计伤心的可不止孟丹一个人啊！"

刘天昊苦笑一声，说道："师姐，都这个时候了，你还在开玩笑，我需要你陪我去见一个人。"

"我刚才都听到了，去见慕容霜吧？"赵清雅冲着刘天昊顽皮一笑。

"刚才你们离我那么远，我说话的声音很小，你是怎么听到我们说话的？"刘天昊一惊，随后他释怀一笑。

大师姐赵清雅专长是心理学，其中一项最为擅长的技能就是读唇语，只要在她的可视范围之内，几乎能够准确无误地读出对象所说的话来。

"你怀疑是慕容霜？"赵清雅问道。

"唉，不好说，但目前所有的证据都指向她，我要和她面对面聊一次，开诚布公地聊，你帮我观察她的表情，看有没有破绽。"刘天昊说道。

"既然是开诚布公地聊，而且是面对面，如果有我在，估计她不能说实话呀！"赵清雅说道。

刘天昊狡黠一笑，说道："你自然不能出面，但我可以用这个。"

说罢，他把王佳佳给他的盒子晃了晃，盒子里面放的是一个领带夹，如果不是破坏性地查看，完全看不出这是一个带发射信号功能的微型摄像机。

"老蛤蟆的车上有同步监控器。"刘天昊说道。

"这样可是侵犯公民隐私权啊！"赵清雅半开玩笑地说道。

刘天昊摇了摇头，说道："事态紧急，顾不了那么多了，对了大师姐，我还有件事拜托你。"

"哼，和我那么客气一定不是容易的事儿。"

"慕容雪，我需要你去查查她的底细。"

"她不是……明白了！"

"谢谢！"

……

第三十一章　关键性证据

慕容霜从来没有多愁善感的习惯，无论处于什么样的境地，哪怕是天崩地裂，她都能乐观面对。能保持这种状态的，不是心态极好就是心理素质极强。在刘天昊的朋友圈里，老蛤蟆属于前者，而慕容霜属于后者。

她依然保持着在部队养成的习惯，每天都会在下午进行体能训练，紧身的运动装配合绝佳的身材，再加上飞快的速度，吸引了不少男性的目光。

刘天昊开着队里的桑塔纳不紧不慢地跟着慕容霜，他已经恢复了以往的自信，双眸中闪烁着智慧的光芒，嘴角微微上扬着。

慕容霜早就注意到刘天昊开车跟着她，意外的是，从来不穿西装的刘天昊却穿起了西裤衬衫，打上了领带，看起来有些怪异。

"哎，你今天犯了什么毛病，怎么穿得这么正式？不会是把你脑袋撞坏了吧？"慕容霜的气息很长，一边跑步一边说话没受到丝毫影响。

刘天昊一笑，说道："这套衣服是虞乘风准备结婚时用的，我那身衣服都碎了，我着急见你，所以乘风直接拿来让我先穿上了，意思是让我冲冲喜，省得走霉运。怎么，不够帅气吗？"

慕容霜笑着撇了撇嘴，加快脚步用力向前冲刺，瞬间拉开了和桑塔纳之间的距离。冲了将近二百米后，才停了下来，转为快走，同时瞥向刚刚跟上来的桑塔纳。

刘天昊没说话，开车跟了她一阵，直到她的气息均匀之后，才说道："上车吧，我请你吃冷饮。"

慕容霜也没客气，打开车门上了车，一股混合着高档香水的女性体香钻进刘天昊鼻孔里，让他不自觉地瞄向慕容霜的身体。

"看够了就走吧！"慕容霜呵呵一笑。

"呃……走！"

桑塔纳带着一阵咆哮和黑烟离去。

……

若是平时，两人吃着冷饮聊着理想和生活，一天一夜都不会累。

人是有心电感应的，刘天昊是带着怀疑来的。本就神经敏锐的慕容霜怎能注意不到？两人只是一味地吃着冰激凌，却谁都没开口说话，一个冰激凌很快吃完，气氛开始尴尬起来。

刘天昊之所以不说话是因为没有把握，他这次只是试探性的谈话，要是试探蒋小琴之类的不相关的人倒也无所谓，再强势他也可以不在乎，但慕容霜不同，他知道她对他是有感情的，介于好友和恋人之间的感情，一旦怀疑有误，很可能会影响两人之间的友谊。

慕容霜是军人出身，直率习惯了，所以她率先打破了沉默："昊子，有事儿就说吧，咱们之间用不着这样。"

刘天昊尴尬地笑了笑，说道："好，那咱们就开门见山地说。"

说是开门见山，但毕竟涉及慕容霜是嫌疑犯，这句话哪有那么容易说出来。

刘天昊深吸了一口气，又缓缓吐出，随后才一脸正色地说道："我怀疑你是杀害法官老李和古今的凶手，但没有证据，我胸前这个领带夹是微型摄像机，现在大师姐赵清雅正在监控器前看着你，想通过你的微表情验证你是否说谎。"

刘天昊说话的时候直直地盯着慕容霜。

慕容霜的目光先是集中到领带夹上，随后又看向他的脸，表情先是惊讶，后又转为失落，最后叹了一口气，说道："看来你知道了很多事。"

"嗯，应该比你想象的还多一些！"刘天昊说道。

慕容霜笑了笑，捋了捋短发，说道："我说我不是凶手你相信吗？"

刘天昊没有立刻回答，但目光一直和慕容霜对视着。

……

"刘队怎么把摄像机的事儿和盘托出了，这样一来，慕容霜有了防备，就没什么作用了！"老蛤蟆坐在监视器旁的椅子上失望地说道。

赵清雅也没想到刘天昊这样说，但转念一想，这样做也是非常高明的。慕容霜的智商本就很高，如果刘天昊选择遮遮掩掩地询问，反而会让她有所警觉，一旦双方绕起弯子来，怕是更加不利。

对于老蛤蟆的观点，赵清雅自然不屑一顾和他争论，集中精力观察着慕容霜的微表情和反应。

……

"我相信。"刘天昊的回答是肯定的。

慕容霜可以杀害法官老李，也可以杀害拍卖行商人古今，但要说对他下手，他无论如何都不肯相信。

"每个人都有秘密，但我的秘密绝对不是你。"慕容霜表情有些失落，但随即释然。

刘天昊点了点头，问道："你知道'NY市五号案件'吗？"

慕容霜听到这个问题后愣了一阵，眼神飘忽不定，像是在做激烈的心理斗争，过了好一阵，她的眼神才逐渐清澈起来，说道："知道，应该比你想象的还多一些！但我不能告诉你，因为这也是承诺。"

慕容霜学着刘天昊的语气，显然是想通过这种幽默缓和尴尬的气氛。

"至少在慕容龙成的部分，你知道得要比我多一些。"刘天昊说道。

慕容霜点了点头，但没有要说下去的意思。

"我很好奇竹塔里面的那封信是什么内容。"刘天昊说道。

他的问话技巧很高明，没有直接问慕容霜能不能打开竹塔，反而以慕容龙成留下的那封信为引子，一旦慕容霜说出相关内容，就意味着是她打开了竹塔。

慕容霜冰雪聪明，一下子便看破了刘天昊的小伎俩，脸色一正，说道："竹塔里面还有信吗？什么信？"

对于慕容霜的反应，刘天昊有些奇怪，按说慕容霜在蒋小琴身边多年，又是她把那尊竹塔买回来的，应该知道其中有古怪，甚至买这尊宝塔的人并不是蒋小琴，而是慕容霜！

刘天昊耸了耸肩。

慕容霜思索了一阵，才缓缓说道："昊子，我知道你怀疑我，但我真不知道竹塔里面还有信，更不知道竹塔还能打开。我检查过你出事的车辆，很明显是有人蓄意破坏了刹车系统和油门、行车电脑主板，我的确有这个能力，但我绝不会做任何危害你的事儿，你应该知道我对你的感情！"

刘天昊叹了一口气，把领带夹摘了下来，用咖啡杯扣在桌子上。

"你姐姐最近怎么样？"刘天昊问道。

慕容霜眼珠一转，脸色沉了一下，随后说道："我姐姐一直就是那种状态……你……曾经问过这个问题，怀疑她吗？"

"我没有证据！"刘天昊并未直说。

"绝不可能，我姐姐……"话说到一半，她突然停住，皱着眉头思索着。

"不可能是我姐姐！"慕容霜虽说语气坚定，却已经有些松动。

刘天昊正要说话，手机却响了起来，是技术科小王打来的电话。

"刘队，那本残缺的密码本，就是齐所提供的那本，基本已经完成破译了。"小王的语气显得很兴奋。

刘天昊看了一眼慕容霜。慕容霜识趣地站起身，小声说了句："我去下洗手间。"

刘天昊点了点头，继续对着电话说道："涉及多少人？"

这本账本是从开发商刘大龙处得来的，在"画魔"一案中被盗贼偷走，后又经齐维拿了回来，齐维还特意提醒让刘天昊仔细查看其中的线索。但在众人眼里，这本账本很可能是商人刘大龙和一些违法乱纪的官员之间的来往。

"没有官员，没有贪污，没有官商勾结，没您想的那么复杂，但也不简单。要不您回队里咱们当面说吧。"小王学着广告里面"不要899元，不要699元，只需要99元"的语气说着。

"贫！等一会儿我回队里找你。"

"好！"

刘天昊放下电话，看到慕容霜从卫生间走出来，她脸上的表情变得有些凝重，走到卡台后并没有坐下，反而向他告辞："今天蒋总出去办事了，姐姐一个人在家，我不能出来太久。"

刘天昊点点头，说道："我送你。"

"不用了，司机来接我了！"慕容霜指了指门外停车场的劳斯莱斯。

刘天昊下意识地摸了摸口袋，才想起自己的车已经撞报废了，自己开的警车的确不适合送慕容霜。

……

技术科一向是忙碌的，但今天的办公室非常安静，除了电风扇转动的声音，还有翻动纸张的声音。

当刘天昊穿着西装来到技术科时，赵清雅、老蛤蟆、韩孟丹、虞乘风、小王、王佳佳等人都已坐在小会议桌旁，每个人身前的桌子上都放着一些资料，他们翻看着资料，老蛤蟆守着一台笔记本，不停地敲击着，技术科小王不时地在一旁说上两句只属于程序员之间的黑话。

"嗯……人这么齐！"刘天昊看到这种阵仗也有些发蒙。

"我们等你好久了，你打扮得和新郎官似的，准备去结婚吗？"王佳佳放下资料调侃着，话语中带着一丝酸味儿。

刘天昊尴尬一笑，坐到桌子旁，摆了摆手说道："都说说情况吧！"

虞乘风优雅地做了一个手势，意思是女士优先。

王佳佳咳了咳，率先说道："慕容霜的资料都在这儿了，非官方的，父亲是慕容龙成，母亲叫柳飞絮，有个双胞胎姐姐叫慕容雪，2014 年从某某女子特战队退役，军衔是下士，之后两年的档案是空白，2016 年进入蒋氏集团工作，职务是秘书，2019 年离职，据说 2014 年到 2016 年之间她去了缅甸接受雇佣兵训练，并成为'魔鬼军团'的一分子，在 2016 年执行了一次极其艰难的任务后因伤退出，之后回到 NY 市，几乎没有任何缓冲时间，就进入蒋氏集团。"

魔鬼军团是盘踞在金三角附近的一支雇佣兵队伍，每名队员都接受过地狱式训练，训练的死亡率高达百分之三十，一旦通过训练进入雇佣兵队伍，报酬也格外丰厚，如果服役期间死亡或者伤残，也将获得一笔巨额赔偿。

但慕容霜一个女孩子，就算是特种部队出身，退役后也没必要冒着生命危险加入魔鬼军团。蒋氏集团是 NY 市著名企业，工资高待遇好，出了名的难进，就算凭借慕容雪的关系也很难，慕容霜不但进来了，而且一下子成为蒋小琴的秘书。

蒋小琴是出了名的难伺候，虽说秘书一职薪水高到离谱，但没有任何一个秘书熬过三个月，不是被开除，就是被骂得离职，而慕容霜居然干足了两年多，最后是由于姐姐的原因主动辞职，这实在有些不可思议。

王佳佳把资料放在刘天昊面前，语气有些冷淡："剩下的资料你自己看吧，有些是和你有关的。"

虞乘风和刘天昊搭档多年，自然知道什么时候该出面化解尴尬："哦，我再次对法官李克建的情况进行了解，其他的情况和之前的一样，唯独一条，他最近要出版一本书，已经和某某出版社接洽了，我找到出版社的责编，通过了解得知李克建属于自费出版，但他有信心把这本书卖得很好，又有承诺做保底销售，出版社自然很高兴这种合作形式。"

"出书？"王佳佳脸上写满了无奈。

很多人退休后都有出书的想法，这类人有稳定的收入，生活相对比较富足，凭借一腔热情和情怀把一生的经历写出来。但大部分人没有写作技巧，写的无非就是传记或者是类似传记样的小说，也有的玩诗词歌赋，但最终都是——没有销量，只能靠着脸皮硬生生地向亲戚朋友推销。

"内容很可能涉及当年'NY市五号案件'，所以他才有信心能卖脱销，这是我从丁秀文那儿得来的消息，老李写书的时候从来不让人打扰，丁秀文也不行，所以她只是大约听说这件事，并不能敲定。"虞乘风说道。

"书稿拿到了吗？"刘天昊问道。

"还没有，责编说他一直在修改，我到老李家，从书房找到一台笔记本电脑，但丁秀文不知道密码。"虞乘风把目光转移至老蛤蟆。

"马上了，马上了！"老蛤蟆敲击的速度更快了，几乎眼睛不离屏幕，甚至都忘了呼吸。

韩孟丹清了清嗓子，说道："我调查了古今的详细情况，尤其是他公司的财务状况，我特意找了经侦的顾问，不查不知道，古今拍卖行早已负债累累，但古今靠着自信和行业内的余威强撑着。"

"具体说说。"

"如果古今拍卖行只是进行拍卖倒还好，但他比较冒进，利用杠杆资金涉足了房地产、金融、电商等行业，在泡沫破裂后，更可怕的是他还购置了大量的虚拟货币，以图打个翻身仗，却没想到人家压根儿就是打着虚拟货币伪装的传销。按照古今的资产，完全可以消化所有的负债，安安稳稳地继续做他的拍卖行。但诡异的是，古今并未变卖资产还债，还多次组织朋友到山里去野游。"韩孟丹说道。

"这人心可够大的！"小王在一旁接了一句。

"野游的地点是鸡冠山，一共组织了三次！奇怪的是，每次去野游大伙儿都玩得很好，唯独古今总是独自行动，说是静静心。"韩孟丹说罢便将目光望向刘天昊。

刘天昊一惊，立刻明白了韩孟丹的意思。

鸡冠山是一座很大的山脉，当年"NY市五号案件"发生的地点就在鸡冠山的一处山谷中，古今是那尊竹塔的曾经拥有者，说不定他打开了竹塔，知道了矿区内有宝藏的秘密。

同时他又想到了慕容霜曾经说过，古今原本打算雇用慕容霜当保镖，除了可能受到人威胁之外，还有一种可能，就是为挖掘宝藏做准备。

"我通过齐维联系到了黑市的常老大，据常老大说，古今和他算是老朋友了，曾经问过他，大量黄金变现的事儿。"韩孟丹说道。

对于一名拍卖行老板来说，黄金白银、古董字画，这些物品变现易如反掌，不太可能通过黑市变现，一方面是黑市收取的居间费很高，另外还有一定风险。

"通过资产清查，我发现古今拍卖行名下还有数台挖掘机和一台大型打孔机，都是今年新购入的二手机械，购入渠道是司法拍卖，经手人正是法官李克建！"韩孟丹说道。

"联上了，都联上了！"刘天昊语气变得兴奋起来，见韩孟丹不再说话，便将目光转向大师姐赵清雅。

古今为了弥补财务上的亏空，他打算像蒋小琴父亲当年一样私下挖掘宝库，这也是他被杀的原因，宝塔上的那句话"贪婪成性的灵魂安于此"。

赵清雅叹了一口气，摇了摇头："我这儿没有任何收获，无论是市医院还是私立医院，对慕容雪的病情都没有明确的说法，我询问了很多医护人员，他们没发现慕容雪有任何异常，我也和慕容雪接触过，但从心理学和微表情学来说，她没有丝毫破绽。有两种可能，一是她的确变成了没有思想的人，另外一种就比较可怕了，通过严格训练，硬生生地做到了这点，能够主动清空自我意识、没有失误、没有破绽。但从理论上来讲，没人能做到后者。"

在近代战争中，谍战是必不可少的，很多优秀的间谍通过训练，意志变得非常坚韧，能够抵抗残酷的刑讯以及其他手段，其中主动清空自我意识正是其中一项最重要的训练，在对抗刑讯时，没有自我意识才是能扛得住的法宝！

"裂变"一案中，刘天昊破了案子，抓到了最后的凶手，但凶手所谓的借尸还魂术究竟起没起作用，恐怕只有慕容雪自己才知道。而且"裂变"一案是两年前发生的，如果慕容雪为了今天的案子隐忍两年之久，每天和植物人似的，此人就太可怕了！

"没人能做到这点，怎么会有这种可能！"刘天昊说道。他的话虽说有些拗口，赵清雅等人却也听得懂。

"所以，看似最不像凶手的，往往就是凶手！"虞乘风接着说道。

刘天昊并未表态，却一直盯着虞乘风。

虞乘风立刻又补充道："慕容雪曾经是青柏律师事务所的头号律师，和法官李克建的关系自然很密切，又参与了'NY市五号案件'的审理。古今从事的行业和不良资产息息相关，和慕容雪难免有所交集，刘天昊就更不用提了，之前的数个案子两人都是针锋相对。"

赵清雅摇了摇头，说道："从专业的角度来看，慕容雪的状态不具备作案条件，我还是觉得慕容霜才是凶手，现在所有线索也都指向她。"

韩孟丹、王佳佳等人听着有些发蒙，把目光集中到刘天昊身上。

从线索来看，慕容霜最有作案的可能性，但无论如何，刘天昊不相信慕容霜会杀他，更何况，目前还没有确凿证据指证她就是凶手。

刘天昊一拳头击打在桌子上，虽说力度不大，但能感受到他的坚决："证据，咱们现在缺的是证据。"

想到这里，刘天昊的眼神逐渐清澈起来，嘴角慢慢上扬！

"哎……哎……"老蛤蟆一边敲着键盘一边喊着。

众人立刻围到他身边，盯着屏幕看着。

"是李克建的书稿！"

第三十二章　大结局

尽管当年刘明阳以前途命运为代价保守了"NY市五号案件"的核心秘密，但天下没有不透风的墙。书稿中很明确地指出"NY市五号案件"的核心秘密正是那座宝库，而不是所谓的矿井事故，可惜的是，内容中并没有提到致命病毒的事儿，显然是李克建通过蒋小琴父亲的崛起发现事情并非那么简单，但由于案件的两名幸存者——刘明阳、蒋小琴父亲，两人都不可能说出秘密，李克建只能通过一些线索进行分析，最终得出一个大约的轮廓。

李克建毕竟是法官出身，逻辑思维能力非常强悍，就算得到的线索有限，依然被他分析得八九不离十。他曾经用微博发过一篇文章，透露了出版这本书的内容，出版书的事儿虽然一直处于保密状态，但微博上的内容出卖了他。

最终这本书成为他的致命符咒："不分黑白的灵魂安于此。"

至于刘天昊就更简单了，他为了叔叔刘明阳鸣不平，费尽心机要查清当年"NY市五号案件"的真相，为此，他不惜一切代价，甚至已经走火入魔，王佳佳对刘天昊多次专访中也提到过"NY市五号案件"是名侦探的心结，凶手得知刘天昊的心结后便一直在暗中关注，直到刘天昊开始触及"NY市五号案件"的核心秘密！

刘天昊的行为成为凶手杀他的动机，正应了那句"意气用事的灵魂安于此"。

然而凶手并非为了利益杀人，而是为了隐藏当年的秘密，为了防止病毒再次危害人间。

李克建的书、古今的贪念、刘天昊的执着都威胁到了当年慕容龙成誓死要保守的秘密。

贪、嗔、痴三毒在人间无处不在，只要人性在，人类便无法抵挡。

"凶手反侦查能力很强，就算现在咱们推测得正确，凶手依然有两个，而且还没有确凿的证据锁定她！"虞乘风说道。

"有，当然有，就在李克建的家里！"刘天昊说道。

"可……之前咱们怎么没查到呢？该搜集的证据都搜集了呀！"韩孟丹说道。

"你们忘了一个地点，李克建书房外的卫生间，当初我说过，丁志亮听到冲厕所的声音，却没听到撒尿的声音，首先可以确定绝不是受害人李克建的，而那时候丁秀文还在蓝郡家……"

"啊……我终于明白了，是凶手，女性的凶手，而且那个卫生间从案发后一直处于封存状态，男性站着小便，而女性……所以丁志亮只听到了冲水声，而没听到小便的声音。就算当初凶手冲过厕所，也一定会残留下尿迹！这也是那次你让我们到李克建的卫生间提取生物信息的原因。"韩孟丹有些兴奋。

刘天昊冲着韩孟丹赞许地点了点头："报告出来了吗？"

韩孟丹抱歉地看了看刘天昊："还没来得及，你这不就出事了嘛！不过，你现在没事了……"

如果通过DNA检测，确定尿液的主人是慕容霜或者是慕容雪，那就可以锁定她们其中之一为凶手，因为她们无法解释去过李克建家这件事！

……

世间之事变化无常。

刘天昊、韩孟丹和虞乘风三人来到蒋小琴家时，慕容霜正要出门，手上拎着一个肩包，她的表情有些沮丧，同时脸上写满了焦急。

"你们……"慕容霜从未见刘天昊穿警服的样子，更没想到他们三人会一起出现。

"我们是来找慕容雪的。"韩孟丹说道。

慕容霜神色立刻黯淡下来，说道："我姐突然犯了病，干妈已经送她去医院了。"

刘天昊看到慕容霜的表情就感到事情有些不妙。

韩孟丹和小慧加班加点，对从李克建家提取的生物样本进行化验后，和慕容雪的 DNA 有百分之九十八以上的相似度，这就说明慕容雪正是出现在李克建被杀时的那个神秘女人、杀害李克建的凶手。

刘天昊想起了古今找慕容霜做保镖时，他突然感到威胁到他的那个人就在附近，其实他并非危言耸听，那股威胁来自于慕容雪，应该是慕容雪察觉到古今的真正意图是要挖掘宝藏，进而起了杀机。

然而慕容雪在这个时候犯了病！

"你还是怀疑我姐？"慕容霜有些不快地问道。

"没错，我们申请到了搜查令，抱歉了！"虞乘风出示了搜查令。

慕容霜耸了耸肩，让出半个身体，意思是可以随便搜。

虞乘风和韩孟丹也没客气，立刻进入房间搜查。

刘天昊叹了一口气："我知道你很难接受这个事实，但实际上……"

慕容霜打断刘天昊的话："你说吧！"

……

法官李克建退休后无所事事，但他不甘心这样沉寂，看到很多老年大学的人都出了书后，他也想出一本书，小说类并不适合他，于是他就想到了写纪实，他有法官的经历，写破案纪实最合适不过了。

但要想得到出版社的认可，并非写出内容就可以，书的内容必须具有市场价值，才能列入公费出版的计划之内，老李没有出书的经历，自然不知道如何获得公费出版的技巧，无奈之下，只得选择自费出版，好在他对内容信心十足，并不担心销售的问题。

可惜的是，老李为了做预售，提前在微博上透露了书的内容，虽然写得比较隐晦，但知情者一看之下，就会发现他所写的内容与"NY市五号案件"有关，还涉及蒋氏家族的起起伏伏以及深埋在地下的那个巨大的宝藏！

老李的微博引起了两个人的关注，一个是古今拍卖行的老板古今，一个是大律师慕容雪。

经历过"裂变"一案后，慕容雪失去了神志，但不知何时又恢复了神志，她坚信父亲的理论，一直是宝藏的守护者，无论何时，都不要打开宝藏，因为宝库中的病毒很可能会让人类陷入一场巨大的危机中。

李克建的出书梦引起了慕容雪的注意。

当慕容雪发现李克建出书在即，她不得不做出应对措施。由于职业的缘故，她和李克建成了朋友，她熟悉李克建的为人、喜好甚至家中的一切。

慕容雪以慕容霜的身份出现在李克建的视线中，因为她是慕容龙成的女儿，能够提供更多的细节，但绝不会一次性给到李克建，而是像钓鱼一样，一点一点地放出信息，目的就是为了打探李克建到底知道多少秘密。

李克建并不知道危机的到来，拿到慕容雪提供的线索进行修订，再修订……这也是他的小说迟迟未出版的原因。

和李克建接触过程中，慕容雪得知古今对小说内容非常感兴趣，刻意接近李克建，还要给他的小说投资拍电影。古今是一名商人，无利不起早。

于是慕容雪暗中监视古今，果然，她发现古今接近李克建的目的就是为了那笔宝藏。

蒋小琴是古今的重要客户，按照古今的做法，一定会对蒋小琴和蒋氏家族的集团企业研究个透，结果聪明的古今发现了蒋氏家族的崛起正好对应上了"NY市五号案件"，他断定蒋氏集团定是从"NY市五号案件"中得到了什么，结合李克建的微博，他终于明白，是那笔宝藏让蒋氏集团起死回生！

而现在的古今也面临当年蒋氏集团同样的困境。

深挖"NY市五号案件"对于商人出身的古今来说没有太大难度，他和法官李克建因业务上的关系本就很熟，古今私下答应李克建，一旦书上市后，他会出资拍电影。

李克建自然欣喜若狂，竹筒倒豆子一般把自己的推理和证据一股脑儿告知。

古今是个行动派，利用了数次组织驴友进山旅游的机会，利用先进的仪器对"NY市五号案件"的发生地进行勘探，果然发现地下有很大的空腔，又利用小型勘探设备对地下进行钻探，发现了其中果然有宝藏。

慕容雪利用妹妹慕容霜的身份不断地出现在二人周围监视和侦查，这也是古今求慕容霜保护他的原因，因为当时古今已经开始怀疑慕容雪姐妹了，要她们保护是假，监视是真！

到此为止，李克建和古今的行为已经无法阻止，于是慕容雪起了杀心。她先是拿到丁志亮的指纹，又迷倒了李克建，安排好一切后，等丁秀文回家后恢复地下室供电来杀死李克建，栽赃给丁志亮，同时把塔基部分放在死者手中，用以迷惑警方。

杀了李克建后，她一不做，二不休，借用慕容霜的身份迷惑古今。在慕容霜还是蒋小琴秘书时，古今就对他垂涎三尺，自然不会放过讨好她的机会，精虫上脑的他又如何会分辨出慕容姐妹的身份。别有用心的慕容雪骗到保险库的钥匙后，把古今骗到保险库中，给他下了迷药，又利用新风系统只抽出空气，而不送入空气，制造密室中空气极为稀薄的状态，加上迷药对古今呼吸系统的抑制，最终导致古今窒息而死。

至于刘天昊，因为他对叔叔因"NY市五号案件"含冤入狱这件事始终耿耿于怀，一直寻找机会重新翻案，直到李克建和古今案发生后，他几乎要触及"NY市五号案件"的核心，一旦公之于众，宝藏将成为热点，一旦被某些有心人挖掘，宝库内的病毒泄漏，后果将不堪设想。

慕容雪自然知道妹妹慕容霜对刘天昊的感情，但大局之下，也顾不得许多了，按照宝塔塔尖部分的诅咒，慕容雪对刘天昊的车动了手脚，若不是恰好遇到王佳佳、老蛤蟆、轩胖儿等人，刘天昊真的会死于大火！

至于那尊宝塔是如何到了慕容雪手里，应该也是慕容雪利用了慕容霜的身份，从蒋小琴家偷出来的！

……

"我曾经听你说过，近两年来，她不再平静如水，而是经常会跑出去，等你找到她时，她却表现得和没有神志状态一致，所以你之前也怀疑过姐姐慕容雪。"刘天昊说道。

慕容霜思索片刻才缓缓地点了点头。

"还记得古今请你当保镖的那次吧？"刘天昊问道。

慕容霜说道："古今当时很紧张，是由于我姐姐就在他身边的缘故，想必是我姐姐看古今那个样子心生怒气，不小心露了杀气。古今非常敏感，一下子便感知到了！"

"没错。我还有个问题。"刘天昊盯着慕容霜。

刘天昊平时几乎很少敢与慕容霜对视，因为他不敢面对慕容霜的热情，但这次的对视毫不示弱，看得慕容霜有些脸红。

"你姐姐用你的身份出去，这件事你知道吗？"刘天昊问道。

慕容霜眨了几下眼睛，思索了好一阵，叹了一口气，说道："我睡眠质量很好，一到晚上九点左右就特别困，绝大部分时间我会睡到第二天天亮，嗯……"

"你晚上可有吃东西或者喝饮料的习惯？"

"每天晚上我都要喝一杯果汁，养颜嘛！"

"鲜榨果汁吗？"刘天昊问道。

慕容霜摇摇头："是一种进口品牌的果汁，原来给蒋总当秘书时总喝，喝习惯了之后，就一直喝它，你的意思是……"

刘天昊点点头："你姐姐肯定在你的果汁里掺了安眠药！"

"有时候我白天也会犯困，而且感到身体极度疲乏，可能是头一天多喝了一杯的缘故吧！"

刘天昊摊了摊手："这样就全解开了。"

慕容霜没再说话，长叹了一口气后不断思索着。过了一阵，她的手机一振，将她从思索中拉回现实，她看了一眼，脸上的表情凝固起来。

"你姐姐怎么样了？"刘天昊急忙问道。

慕容霜微微摇了摇头，表情充满悲伤，显然慕容雪的情况不妙。

"去医院！"

……

私立医院永远都是高贵而安谧的，设计优美的庭院仿佛皇家后庭院一般。医生和护士们从容并充满自信，脸上始终保持着职业式的微笑，与匆忙走过的刘天昊等人形成鲜明对比。

人的生命极其顽强，但同时也非常脆弱，生与死之间也只是一瞬间的事儿。

慕容雪原来的状态就好像失去灵魂一般，生和死已经没有太大的区别，但现在她真的死了，静静地躺在病床上，一名高鼻梁、蓝眼睛的医生不断地用英语说着道歉的话，而一向暴躁的蒋小琴却并没有发火，只是铁青着脸站在病床前，脸上满是怜惜之意。

蒋小琴看了一眼刘天昊，眼神中流露出的不再是厌恶，而是一种无可奈何。

对于蒋小琴，刘天昊的看法也发生了改变。原本这个女人脾气暴躁、霸道不讲理、自私自利，私人感情上极其不检点，除了有钱之外，可以说没什么值得称赞的，但蒋小琴继承蒋氏集团后，依然对当年出事的工人后代照顾有加，至少说明她做人有原则和底线。

"她去世前让我把这个交给你，你所有的疑惑都可以在里面找到答案，包括你最关心的'NY市五号案件'的核心秘密。"蒋小琴从口袋里掏出一个U盘，递给刘天昊。

蒋小琴的话意味着慕容雪并未失去神志，至于她为何一直要伪装成失去神志，相信从U盘中会得到结论。

刘天昊伸手拿U盘，但蒋小琴捏得很紧，他拽了两下没拽动。

"那尊塔背后的秘密，我早就知道了，当年我不惜一切从拍卖会把它买回来，也是为防止当年宝藏的秘密外泄，我蒋小琴在你眼里嚣张跋扈、不可一世，我不在乎，因为我有我的使命，这绝不是你能理解的。"蒋小琴盯着刘天昊说道。

刘天昊和蒋小琴对视一眼，突然发现她并没有原本看到的那么可恶。

"可能是咱们所站的角度不同吧。"

"人死为大，该过去的就让她过去吧，记住，真相并不是破案的唯一目的。逝者已矣，生者如斯！"蒋小琴松开了手，随后背过脸去用手抹着眼泪。

慕容霜急忙走上前安抚着蒋小琴。

刘天昊手上的 U 盘足以证明他们的判断是正确的，慕容雪正是眼前谋杀案的主谋凶手，动机就是为了掩盖宝藏的秘密。蒋小琴不愿意把 U 盘给刘天昊，并说出那番话的意思也正是如此。

至于慕容雪为何会用失去神志来瞒过所有人，也随着慕容雪的死亡而无法考证，李克建案、古今案作案的手法和过程，刘天昊团队有推理、有证据，加上 U 盘上的内容，应该能还原两件案件的全过程。

现在难的是这份报告该如何去写！

多年前，"NY 市五号案件"发生后，刘明阳面临人生中最重要的一次抉择，而现在，轮到刘天昊来抉择。

人类世界一向如此，虽说每个人都有不同的生活、不同的人生，但从规则这个层面看来，不过是一次又一次相同的抉择罢了。

而慕容雪，以死亡的方式再次保守了秘密！

刘天昊叹了一口气，走到慕容雪遗体前鞠了一躬，用白布单把遗体完全盖住。

"咱们走吧！"刘天昊小声对两名搭档说着，随后他迈着沉重的步伐向外走去。

真相大白了，但所有的负担都集中在他一个人的肩膀上，正如当年刘明阳所面临的压力一样。

人性之一便是贪欲，任何人都无法完全克服，哪怕是在现代，科技和医疗水平已经达到前所未有的高度，但能否对付得了神秘病毒还是未知数，一旦宝藏的秘密公开，被贪欲控制的人们定会想尽办法去挖掘，至于宝藏内的病毒则不是人们所考虑的事情。

　　马克思在《资本论》中早就指出："如果有10％的利润，资本就保证到处被使用；有20％的利润，资本就活跃起来；有50％的利润，资本就铤而走险；为了100％的利润，资本就敢践踏一切人间法律；有300％的利润，资本就敢犯任何罪行，甚至冒绞首的危险。"

　　刘天昊此刻知道了这个 U 盘的重量，以至于他把自己关在刑警大队的禁闭室呆坐了一天一夜没动。韩孟丹和虞乘风、姚文媛三人中间来看过他，但知道他现在处于自我内心胶着状态，只有他自己才能走出来，所以并未打扰。

　　走出禁闭室很容易，但走出自我画出来的监牢很难。

　　刘天昊在禁闭室待了足足三天，依然没有要出来的意思。韩孟丹走进狭小的禁闭室中，陪着他坐了一会儿，才缓缓说道："无论如何，你都要走出来的。"

　　"我不知道何去何从？"刘天昊脸上的胡楂更让他显得满是沧桑。

　　"那个只知道追求真相的小侦探会永远关在这间禁闭室里，走出来的才是真正的刘天昊，胸怀正义的大侦探。"韩孟丹说道。

　　刘天昊咧嘴一笑："我终于理解齐维的感受了，案件的真相只代表真相，却不代表一切，如果只为追求真相而探案，很容易让人陷入迷茫。"

　　"那尊塔上的第一层意思很简单，是当年佛教的传教者给夜郎古国的启发，要是夜郎古国国王能理解其中的含义，也不至于最终被灭国。至于慕容雪把宝塔拆开，分别放在三名受害者身边，也是告诫世人，去除三毒，才能克服人性的黑暗面，更好地发挥人性的光辉。"

说到这里，他的眼神逐渐清澈起来，慢慢地站起身，跟着韩孟丹走出禁闭室。

虞乘风和姚文媛早早就在禁闭室外等着，见到刘天昊的状态后心中一阵高兴："刘队，你回来了。"

"我回来了！"刘天昊的回答很坚定。

"那个……U盘呢？"虞乘风看着刘天昊两手空空，一直攥在手里的U盘却不知去向，又看了看韩孟丹，她手里也是空空如也。

"案子已经结了，要U盘还有什么用，至于这三起谋杀案的作案手法已经很明显了，自然也难不倒你，相信这三天里，你应该能写出一份满意的报告。"刘天昊笑着说道。

"啊……也是啊。"虞乘风依然心有不甘。

虞乘风是名称职的刑警，和刘天昊搭档多年，熟悉程度自不必说。在刘天昊自我禁闭的时间里，他破解了慕容雪三起案件的作案手法，同时形成卷宗，向韩队和钱局申请了结案，现在他提出要U盘完全是出于好奇。

虞乘风也带来了另一个线索：宝塔是如何到了慕容雪手里的。

慕容雪和慕容霜的母亲柳飞絮原本的姓名叫蒋飞絮，蒋家过继给了要好的柳家后，她便改名为柳飞絮，只可惜早年在生完慕容姐妹后便病死了，从理论上来说，慕容姐妹应该叫蒋小琴姨妈！慕容雪能够在别人还属于实习的年纪就成为律师事务所头把交椅，完全是蒋小琴的缘故。

这个世界有真正的天才，但能够成为天才，实力助推才是真相！比如慕容龙成，比如慕容雪、韩忠义、刘天昊、齐维等人。

蒋小琴拍下这尊塔完全是为了保守当年父亲和慕容龙成所守护的秘密，这尊塔本就属于慕容龙成的，买回来就放在博古架上。丢失后，蒋小琴查看了录像，看到是慕容雪拿走的，也算是物归原主，自然不会报案。

"那个……刘队……之前蹲点加班时我买了一些吃的，发票什么时候给签个字？"虞乘风说着就掏向裤子口袋。

姚文媛见虞乘风有些不识趣，便在一旁偷偷地掐了他一把。很痛，但他又不敢甩开她的手，只好瞪着眼睛强忍着。

看到两人的样子后，韩孟丹和刘天昊几乎同时笑了起来。

……

姚文媛和虞乘风终于有情人终成眷属，他们并未举行盛大的婚礼，只是悄悄地领了证，双方家长在一起摆酒庆祝了后便算是完成了人生大事。用他们的话说，婚礼是属于相关联的所有亲戚朋友的，而爱情和生活是属于两个人的，喜欢安静的姚文媛坚持不办婚宴，虞乘风自然不会违背心爱的妻子。

韩忠义荣升公安局副局长，主抓刑事和经侦。在韩忠义的力荐之下，钱局也是讲事实摆道理劝说齐维。令人想不到的是，齐维居然很痛快地答应回刑警大队任职大队长，接替了韩忠义的职务。苗小叶提前申请了退出国安系统，只身来到 NY 市投奔齐维。对于苗小叶的感情，齐维只是保持着沉默，并未有明确的表态。

他们之间的感情也只有他们自己心里清楚，旁人观察到的永远都是星星点点。

对此，苗小叶有些失望，却并未放弃。

齐维上任后，阿哲并未跟随其进入刑警大队，出乎意料地选择留在基层，当上了一名派出所副所长。阿哲便是阿哲，不但断案学到了齐维的精髓，连行为处事也变得完全一致。

王佳佳和老蛤蟆继续着他们的网络记者事业，经过刘天昊所办的一系列案件后，他们真正成为新一代的网红，有着正能量和内容的网红，引领着 NY 市新媒体的发展，所有人都认为老蛤蟆和王佳佳最终能成为一对儿，但意想不到的是，老蛤蟆居然早就有了心仪的对象——古今拍卖行的大堂经理可儿！王佳佳再性感，他也只是当作合作伙伴、好哥们儿。

蒋小琴一向不按常理出牌，这次的行为更是让人大跌眼镜。也许是她真的看破了人生，经历过大起大落的她居然选择了提前退休，把名下的所有股份都给了慕容霜，随后选择和葛青袍一起修行。

慕容霜凭借蒋小琴占绝对优势的股份当上了蒋氏集团董事长，一举成为 NY 市身价最高的年轻女性。

在巨大的蒋氏集团办公楼里，刘天昊在秘书的带领下转了好一阵，才来到慕容霜的办公室。

办公室门口排着四五个人，从穿戴和气质看，都属于精英中的精英，他们手上都拿着一些文件，应该是等着慕容霜签字。

秘书敲门进入后，慕容霜随着秘书一同走了出来。她穿着职业女装，头发也变了发型，由原来的马尾辫变成了高高挽起的发髻，显得极其干练。

"今天我还有事，有文件等我忙完了再说吧。"慕容霜语气冷得好像千年冰山一般。

众人不敢应声，冲着她鞠了一躬后纷纷离开。

慕容霜又看了一眼小秘书，小秘书吓得缩了缩脖子，冲着慕容霜抱歉式地一笑，又瞥了瞥刘天昊，急忙迈着小碎步离开。

等所有人都离开后，慕容霜松了一口气，脸上的表情也变得轻松起来，说道："哎呀，你怎么才来呀，这段时间可把我憋坏了，这公司老总可真不好当，要学很多很多的知识，这些人很古板，每天都是钱钱钱的，又累又烦。"慕容霜一下子挽住刘天昊的胳膊，嬉笑着带着他走进巨大的办公室中，完全没有刚才威严总裁的模样。

"不就是签个文件嘛，写几个字有那么烦吗！"刘天昊这是第一次看到蒋小琴的办公室，其中的装修豪华无比。

"哎哎哎……哪有那么容易，集团有那么多人要养活的，每一份文件都代表着钱，钱钱钱！要是集团完蛋了，那些人怎么办？"慕容霜顽皮地一笑，与她现在的打扮完全背道而驰。

刘天昊想了想，也是这个道理。

一个集团的发展绝不是儿戏，一份商业文件就可以决定集团的生与死，慕容霜只是获得了蒋小琴的股份，但能力上还是有所欠缺，这份工作对她来说绝对不轻松。

"那次我和你说的事儿你考虑好了没有？"慕容霜递给刘天昊一杯咖啡。

咖啡很香，单从口感上就可以判断其价值不菲。

"什么事儿？"

"你这人！"慕容霜白了他一眼，随后又背过脸去，说道："就是放下一切去周游世界的事儿啊！这里可太不适合我！"

"啊……这个……"刘天昊手一颤，差点把咖啡洒了。

"哈哈，我开玩笑的，现在我无论如何也脱不了身了。"慕容霜摊了摊手，环视了一下宽敞而豪华的办公室。

人都是会改变的，慕容霜曾经是名向往自由的女子，但现在被现实所牵绊，更何况，说不定她现在已经适应了这种奢华的生活。

"你找我不是光来喝咖啡的吧？"慕容霜看出刘天昊有心事。

刘天昊一口喝干咖啡，把杯子放在桌子上，缓缓说道："那件案子，我还疏忽了一种可能。"

慕容霜摊了摊手，脸上露出好奇的表情。

"妹妹作案或是姐姐作案，还有一种可能就是协同作案。"刘天昊表情突然变得严肃起来。

慕容霜先是惊讶，随后又释怀地笑起来，同时伸出双手，摆出一副媚态："你这样说是要抓我吗？"

"我是来向你告别的，我要离开 NY 市了，也许，咱们一辈子不会再见了。"刘天昊说道。

慕容霜脸色逐渐冷了下来。

"咱们本就是两个世界的人，我放不下，你也一样，不是吗？"刘天昊说道。

慕容霜闭上眼睛好一阵，最后叹了一口气，脸上又逐渐恢复了笑容："事在人为。王佳佳性格过于外向，加上职业限制，并不适合你。韩孟丹你俩属于办公室恋情，彼此太过了解，早就没了新鲜感，日子肯定过不长。至于安然和大师姐，她们本来就不是你的菜，只有我才最适合你。刘天昊你记住，你的余生里，我是不会放过你的。"

刘天昊笑了笑，没再争辩什么，大手用力地在她的手腕上抓了一下："至少我曾经抓住过你了。"

……

走出禁闭室的是一个胸怀正义的成熟侦探，等待着他的是更为宽广的天地，更大的发挥空间，更多离奇的案件，案件中除了诡异的作案手法和奇葩的作案动机之外，还有共同的一点：人性！

世界万物皆有规律，唯独人性是例外。